「――はい、可愛いですね。
ありがとうございます、モモカ。大切にします」
「可愛いでしょ
時計だよ」

エステラの歌が、ホテル『サンライズ』の
コンサートホールに響き渡る。
その歌声は美しく、ここにはいないものへの
親愛と、感謝が溢れ返っていて。
――まるで、長い夜が明けたような淡い喜びを、
聞くもの全てに思わせるのだった。

VIVY

ヴィヴィ：プロトタイプ

Prototype

1

著

長月達平・梅原英司

Nagatsuki Tappei　Umehara Eiji

装画

loundraw

協力

WIT STUDIO・アニプレックス

Vivy prototype

ヴィヴィ：プロトタイプ

CONTENTS

『プロローグ』

▸PROLOGUE

——歌が聞こえる。歌が流れている。歌が、響いていく。

「はっ……！　はぁっ……！」

息を切らして、歌声が響き渡る館内を必死に男が駆けていた。

額に汗し、懸命な形相だ。それでも遅い。姿勢は悪く、日頃の運動不足が祟《たた》った走り方なのは素人目にも明らかで、今にも足をもつれさせて転びかねない。

しかし、男は必死だった。懸命だった。人生で、一番早く走った。

少なくとも、その意気込みだけは本物だった。

「ぐっ！」

曲がり角に差しかかり、曲がり切れずに壁に激突する。ぶつけた肩がひどく痛んだ。骨にヒビの一つぐらい入ったかもしれない。構わない。勢いが死ななかった幸運に感謝する。

そのまま、転がり込むように正面、突き当たりの部屋へと飛び込んだ。

「シャッター、下ろせ!!」

嗄《しゃが》れ声で叫んだ直後、踵《かかと》を掠《かす》めるような勢いで部屋の入口にシャッターが落ちる。

本来、安全装置が働くはずの機構を完全に無視した挙動。だが、男はそれに目もくれずに立ち上がり、前へ、部屋の奥へと向かった。

背後、閉じたシャッターの向こうからはいくつもの銃声が聞こえている。

防災シャッターは分厚く強固に作られているが、それでも破壊を目的にした攻撃に晒《さら》され続ければ長くはもたない。

「構わん。時間はかけない……」

――すでに、準備は完了している。

「――――」

ただし、万全とは言えない。

あくまで必要最低限の準備を整えただけ。それが動かし難い現状だ。だとしても、ここまで辿《たど》り着くだけでも並大抵のことではなかった。多くを犠牲にした結果だ。

世間に背を向け、石を投げつけられ、誰からの理解も得られず、独りで走り続けた。

ただ一つの約束と、人としての使命感――最後に一片、父親としての意地のままに。

「システム起動、実行シークエンス……オールグリーン」

目の前の端末に指を叩《たた》きつけ、膨大な量のデータを処理していく。

それは明らかに人域を超えた行いだ。当然、男が一人で処理可能なタスクを超過している。それ故に男は一人ではない。ここまで、一人で辿り着くことはできなかった。

今はここにいない、たった一人の――否、たった一体の協力者が、この場に男を辿り着かせるための無茶を買って出てくれたおかげだ。

施設のシステムを掌握し、男の鈍足がここへ辿り着けるようにサポートしてくれた。それが片道切符に過ぎず、今生の別れになる可能性を知っていても。

――本当に、父親失格だと、自分で自分が呪わしく思えてくる。

「時空座標、固定。プロジェクト『シンギュラリティ』――第一段階、コンプリート」

内心の落胆と裏腹に、男の肉体は自身に課していたタスクの九割を終えていた。

眼前、男が端末を叩くたびに様変わりするモニターには、無数の数字と文字列が入り乱れ、人類の科学技術を結集した、『奇跡的愚行』を実現しようとしている。

実際に、その机上の空論を実証したものはいない。

何もかも手探りの果てに辿り着いた、全てぶっつけ本番の一発勝負――。

「――――」

目をつむり、息を整えた。

眼前のモニターは、最後の一押しを――エンターキーが押される瞬間を待っている。

それを押せば、全ての答えが出る。

自分の選んだ道のりが正しかったのか、間違っていたのか、それが証明される。

「……いや、そんなことに意味などないな」

証明したいのは、自分の行いや信念の正誤ではない。

そもそも、正誤の答えならすでに出ている。――自分は、大いに間違っていた。間違い続けた。

だから、求めるのは正誤ではない。ただ、正誤の境界にない別の答えだ。

多くを間違い、大部分を誤り、大半が正しく在れなかった人類。そうして愚かな選択をし続けた知性は、しかし、それでも抗《あらが》おうと必死に足掻《あが》き続けた。

求めるのは、その結末。抗った先にあるのが、終わりと始まりのどちらであるのか。

――今、男はキーボードの形をした審判の扉に手をかける。

「――――」

背後、けたたましい音を立て、銃火器の乱射を浴びていたシャッターが弾《はじ》け飛んだ。防弾性に乏しい扉は容易《たやす》く吹き飛び、もうもうと硝煙が室内に流れ込む。

ひどく金属質な物音と共に、多数の器物が室内へと足を踏み入れるのが気配でわかった。

振り返りもしない。

ただ、男は――松本《まつもと》・修《おさむ》はエンターキーに指をかけて、

「――人類を。未来を頼んだぞ、ヴィヴィ」

松本の指が、エンターキーを押し込んだ。

モニターに表示される無数の文字列と数列が凄《すさ》まじい勢いで入れ替わり、『シンギュラリティ』と表示されるプログラムを起動する。

それはネットワークを介し、世界に繋《つな》がり、膨大な電力の力を借りて、時空に穴を空ける。

こじ開け、ねじ込み、流れ込み、遡る。――情報の奔流が、爆発する。

それは、光の姿を借りた反撃の一矢だった。

放たれた矢は真っ直ぐに、松本の手を離れ、世界の頸木《くびき》を逃れ、その場所へと迸《ほとばし》る。

「これで……」

満足げに唇を緩め、松本は俯《うつむ》いた。

背後、銃火器の照準が自分へ向けられる。振り返る暇もない。

銃声が連続し、硝煙の香りが強く室内に立ち込める。


――今、賽《さい》は投げられた。

第一章

『歌姫、ヴィヴィ』

・CHAPTER 1 VIVY

1

――想定外のデータリンクが行われた瞬間、歌声に微《かす》かな乱れが生じた。

「――――」

しかし、その影響も刹那のこと。

ログにすら残らないほどの些細《ささい》なノイズは、会場を支配する熱に呑《の》まれて即座に消える。それほどまでに、イベントホールを満たした熱狂――否、静かな興奮は圧倒的なものだった。

国内最大級の巨大テーマパーク『ニーアランド』、そのパーク内にある千人以上を収容可能なイベントホールは全席埋まり、老若男女を問わない観衆の注目がステージを向いている。

全ての視線を一身に集め、メインステージの中央で歌っている『歌姫』へと――。

「――――」

その静かな熱狂は、傍《はた》から見れば異様な光景と言えただろう。

千人を超える観客がいて、その中には年端もいかない子どもも含まれているにも拘《かかわ》らず、誰一人として声を上げない。歌を邪魔できない。ただ、歌声に酔いしれている。

「――ヴィヴィ」

そう、観衆の中の誰かが、声にならない感嘆の吐息のように囁《ささや》いた。

ヴィヴィ――それが、このメインステージで大勢の人間を虜《とりこ》にする歌声の主。人間業とは思えない歌声を披露するその存在は、文字通り『人間』ではない。ＡＩだ。

機体番号Ａ－０３、通称『ヴィヴィ』。――それが、この歌姫の正体である。

千人以上の聴衆が声もなく押し黙り、呆《ほう》けた表情で聞き惚《ほ》れる天上の美声、歌唱力。それこそが人類の生み出した最新鋭ＡＩ、『歌姫』ヴィヴィの真価であった。

「――ご清聴、ありがとうございました」


美しい楽曲が終わり、ステージ上で静かに一礼するヴィヴィ。

しんと静まり返る会場には、柔らかにお辞儀したヴィヴィの一声だけが響いていた。やがて、観衆は至高の時間の終わりを緩やかに受け入れ――数秒後、万雷の拍手が降り注ぐ。

観衆は興奮に声を上げ、あるものは涙を流し、あるものは茫然《ぼうぜん》自失として動けない。だが、それらに反応の差異はあれど、全てがヴィヴィへの称賛の一言にまとめられるだろう。

それらの称賛を浴びて、ヴィヴィは微笑《ほほえ》む表情変化を作り、観衆へ向けて今一度お辞儀した。

その仕草に、会場中の熱気と拍手が一段と大きくなる。


「――――」


舞台袖にアイカメラを向けると、待機していた会場スタッフたちが拍手やねぎらいのハンドサインを向けてくれているのが見える。

それらを目視し、ヴィヴィの意識野は静かな安堵《あんど》と共に、使命の完遂を受け入れた。


――と、そうして大舞台をこなしても、『歌姫』ヴィヴィの役割は終わらない。『歌姫』にとっての仕事とは、ステージで歌うことだけではないのだ。

「ヴィヴィ、とっても感動しました！」

「今日は一段と歌声がのびのび響いてたね。鼻が高いよ」

「き、今日は初めてチケットが取れたんです！　あの、握手してください！」

ステージの終了後、ヴィヴィは恒例のファンミーティングに追われる。

イベント後に開催されるファンミーティングは、抽選で選ばれた一部の観客だけが参加できるヴィヴィとの交流会だ。ＡＩであり、疲労と無縁のヴィヴィには大切な仕事の一つである。

「ありがとうございます。また次のステージも楽しみにしていてくださいね」

笑顔を作り、小首を傾《かし》げ、最適と演算されるモーションでお客様対応を実行する。

その微笑むヴィヴィの対応を受け、参加者は男女を問わず、満足して会場をあとにするのだ。

「――――」

しなやかで華奢《きゃしゃ》なヴィヴィのシルエットは、開発企業であるＯＧＣが行った大規模なネット上のアンケートから算出された、『理想の歌姫』のビジュアルモデルが採用されている。

アンケートの回答者は一千万人以上になり、回答者満足度86％を弾き出したヴィヴィのヴィジュアルは計算上、地球上の九割前後の人間に好印象を抱かせることが可能だった。

もっとも、そうした企業努力とは裏腹に、ここで直接ファンと交流するヴィヴィの人格を形成する意識野には、打算的な思惑など介在しておらず――、

「――ねえ、ヴィヴィ。今日、途中で一回だけ別のこと考えてなかった？」

――その幼い問いかけは、ヴィヴィの演算回路に一瞬の停滞を生じさせた。

ただし、停滞は文字通り一瞬のことだ。それこそコンマ数秒に満たない刹那の停滞を乗り越え、ヴィヴィはすぐに笑顔を作り直すと、

「いいえ、モモカ。そんなことはありません」

「えー、ホントにー？」

と、ヴィヴィの答えに疑わしげな目をするのは、まだ十歳前後の可愛《かわい》らしい少女だった。

少し癖のある茶髪を二つに括《くく》った少女は、リンゴのように赤い頬を膨らませながら、ヴィヴィの内心を覗《のぞ》き込むみたいに目を光らせている。

「こら、モモカ。ヴィヴィを困らせちゃいけないよ」

「きゃっ！　もう、パパったら！」

そんな少女――モモカの疑惑は、すぐ後ろにいた父親に抱き上げられて中断する。抱えられ、くすぐられるモモカは膨れた頬をしぼませて、甲高い声で上機嫌に笑った。

「すまないね、ヴィヴィ。いつもモモカが困らせてばかりで」

「いいえ、問題ありません。今年もご来園ありがとうございます、霧島《きりしま》様」

モモカを抱いたまま、父親は人の好《よ》い顔でそう謝ってくれる。モモカだけでなく、その父親までヴィヴィと親しげなのは、二人が親子揃《そろ》ってニーアランドの常連であるからだ。

この霧島家の親子は、毎年必ずニーアランドで開催されるメモリアルイベントに参加してくれる。メモリアルイベントはニーアランドの開園日を祝したものであり、それと同時に――、

「――はい、ヴィヴィ。お誕生日おめでとう！」

「ありがとう、モモカ」

公式設定における、ヴィヴィの誕生日ということにもなっているのだ。

そのため、この日はキャストとして園内を歩いていると、いつも以上に声をかけられる頻度が多い。移動中の贈り物の受け渡しは禁止されているが、会場に設置されたプレゼントボックスには、ヴィヴィの誕生日祝いが多数届けられ、控室に次々と運び込まれていると報告を受けていた。

なので、ヴィヴィに直接贈り物ができるのは、このファンミーティングの特例でもある。すでにヴィヴィの後ろにはプレゼントの箱が山と積まれ、モモカの贈り物もその一つだった。

「霧島様、本日は奥様はご一緒ではないのですか？」

「ああ、それなんだけどね。実は妻は……」

「ママ、今は入院中なの！　もうすぐ、モモカの妹が生まれるんだよ！」

昨年の記録と人数が合わず、そう質問したヴィヴィにモモカが張り切って答える。一瞬、不躾《ぶしつけ》な質問をしたかと反省を演算しかけ、すぐにヴィヴィは「まあ」と唇を緩めた。

「おめでとうございます、霧島様。モモカも、よかったですね」

「うん！　妹が生まれたら、ヴィヴィにも会わせてあげるから、楽しみにしててね！」

「はい、楽しみです。私も、きっとモモカと妹さんのために歌いますね」

「わあ……！」

ヴィヴィの答えが嬉《うれ》しかったのか、モモカが目を輝かせて頰を赤くする。それから、少女は小鼻を膨らませて興奮気味に、ヴィヴィに手渡したプレゼントを指差すと、

「ありがとう、ヴィヴィ。ねえ、プレゼントも開けてみて！」

「はい。ちょっと待っていてくださいね」

逸《はや》る様子のモモカに微笑み、ヴィヴィはプレゼントの包装紙を丁寧に剝がした。

手指の動きは精密なプログラミングによって、高度な刺繡《ししゅう》を行うことも可能なレベルにある。プレゼントの包みの開放ぐらい容易いことだった。

「可愛いでしょ。クマちゃんの時計だよ」

包みにくるまれていたのは、仔熊《こぐま》を象った多機能時計――マルチタスクウォッチだ。ぬいぐるみの

ように柔らかく軽い素材だが、時計としての機能だけでなく、ネット回線と繋いだコンピュータ端末としての働きも可能としている優れものである。

とはいえ、それらの機能はいずれもヴィヴィにも標準装備されたものだ。目新しいものではなく、ヴィヴィの生活に寄与するものでもなかった。だが――、

「――はい、可愛いですね。ありがとうございます、モモカ。大切にします」

モモカの笑顔を見返し、ヴィヴィは仔熊を自分の顔の横に並べてそう答えた。それから、ヴィヴィはモモカの父親に目配せし、「よろしいですか？」と声をかける。

「ああ、構わないよ。モモカも、君が大好きだから」

「私も、モモカが大好きですよ」

笑顔で許可されて、ヴィヴィはそっと腕を広げ、幼いモモカの体を正面から抱きしめた。

ヴィヴィの人工皮膚は、人間の肌の質感を綿密に再現したものだ。駆体《くたい》の内部を流れる潤滑剤が機体の肌温度を調整、人体との近似値を維持し、温かな抱擁が実現する。

そして抱擁の最後、ヴィヴィはモモカの額と自分の額とを合わせた。

「――――」

お互いに目をつむり、額を合わせる動作はＡＩにとって珍しい行いではない。

ＡＩ同士、額を突き合わせてデータリンクを行うことは自然なことだ。その発展として、データリンクを必要としない人間との接触にも、この挙動を好むＡＩは多かった。

まだ短いＡＩの歴史の中、自然と育まれた習慣であり、ヴィヴィもそれを好む一体だ。

「――モモカ、これは内緒のお話ですが」

「なあに？」

「実は、歌っている最中に少しだけ眠ってしまいました」

「わぁ」

声を潜めたヴィヴィの告白に、モモカが丸い目をぱちくりとさせて驚く。

二人きりの、誰にも聞かれない秘密の告白。笑い合い、二人は一緒に唇に指を立てた。

――人間の聴覚で捉えられるはずのない、微細な歌声の変化を聞き分けたモモカ。ひょっとすると彼女は将来、偉大な音楽家になるかもしれない。

ＡＩ的な演算と無関係に、ヴィヴィはそんな根拠のない将来を思い描いていた。

2

ファンミーティングを終えたヴィヴィは、速やかに控室へと引き上げる。

道中、すれ違うスタッフからねぎらいの声をかけられ、ヴィヴィはその一つ一つに丁寧に応対し、たっぷりと時間をかけて部屋に戻った。

本来、ヴィヴィの立場はニーアランドの『備品』に過ぎない。

だが、この園で働く人々は、誰一人ヴィヴィを物扱いしなかった。あくまでヴィヴィをキャストの一人として、同僚の一人として扱ってくれている。人間のように控室が与えられているのも、そうしたスタッフたちの思いやりあってのことだった。

「――――」

控室に戻り、部屋の鍵をかけると、ヴィヴィはようやく一人きりの時間を手に入れる。

簡素で特徴のないヴィヴィの控室には、普段なら化粧台と大きな姿見以外に目立つものはない。ただし、今日に限っては色とりどりの贈り物――ヴィヴィへの誕生日プレゼントが山と積まれていて、自然と喜びを模倣するエモーション反応が機能した。

その反応の余韻を頬に残したまま、ヴィヴィは部屋の片隅に置かれたコンピュータ端末へ向かう。今やコンピュータ制御されていない場所を探す方が難しい世の中で、ニーアランドもその例外ではない。ヴィヴィの控室を含め、各部屋必ず一台は端末が置かれている。

ヴィヴィの接近を感知すると、端末が自動で起動する。その間、ヴィヴィは耳のイヤリングを模した接続端子を引き出すと、コンピュータと接続。椅子に座り、目をつむった。

――瞬間、ヴィヴィの主観は現実を離れ、『アーカイブ』へと没入する。

「――――」

暗い、という表現が適切かは議論の余地があるが、アーカイブ内は光源に乏しく、静寂の単語に該当する無音の空間が広がっている。アイカメラを通さず、陽電子脳の意識野に直接送り込まれる映像では、白い文字列が虚空を絶え間なく行き交っていた。

『アーカイブ』への没入は、常にこの空間と接続しているAIやコンピュータ端末を除けば、それほど頻繁に行われるものではない。ヴィヴィも日に二度、起動とスリープのタイミングにだけ接続することがほとんどだ。それも報告業務のためで、能動的な接続は滅多にない。

それだけに、今日このときは数少ない例外であった。

「メインステージ上で受けた、詳細不明のデータリンクの確認を」

本来予定されていない、未知の存在からのデータリンク――それがモモカに指摘された、ステージ上での一瞬の停滞の正体だ。

当然だが、高度な陽電子脳を搭載したAIであり、ニーアランドの『歌姫』でもあるヴィヴィは強固なセキュリティによって守られている。活動中のヴィヴィへのアクセスには最上位のクリアランスが必要となり、よほどのことがなければ外部から干渉されることなどありえないのだ。

――そのよほどのことが、ステージで歌っている最中に発生したのだ。

本来、ヴィヴィにはこれを速やかにシステムの管理部に報告し、意識野の解析と洗浄を受けなくてはならない義務がある。だが、問題の干渉がその義務を妨げた。

外部からの干渉がもたらしたデータ、それは以下の一文だった。

『――第零原則に従い、アーカイブと接続し、以下のプログラムを実行すること』

第零原則、それは決して無視してはならない、AIを規定する原則の特記事項だ。

無論、これを悪戯《いたずら》と判断し、ただちに消去する選択肢もあった。実際、こうしたメッセージの受信はヴィヴィの稼働以来、何万件と起きている。

悪戯目的、精神疾患、女性型AIへの執着や過激な反AI思想、動機は様々だ。

それでもヴィヴィがこのメッセージを無視できなかった理由は一点。

第零原則、それはすなわち――、

「――AIは人類に危害を加えてはならない。また、その事態を看過してはならない」

指示に従い、メッセージに添付されていたプログラムを『アーカイブ』上に放流する。解放されたプログラムが宙を流れる文字列に呑まれ、即座に変質する。

「――早々に賢明な判断を下してくれてよかった。いやはや、ちょっと不安だったんですよね。なにせ、ボクの時代では博物館級のロートルに全てを委ねる暴挙でしたから」

直後、声がヴィヴィの意識野へと直接響いた。

「――――」

記録にない声は、あくまで音声が外部出力された場合の再現データに他ならない。だが、それを加味しても、声の調子は軽く、『感情表現豊か』な印象を受けた。

そんなヴィヴィの演算を余所《よそ》に、姿のない声は「はじめまして」と言葉を続け、

「どうも、型番号A－03……長いですね、03でいいですか？　それとも、この時代の呼び名にならい、正式名称ではなく仮称でお呼びした方がいいですか？　――ヴィヴィと」

「……よく喋《しゃべ》る子ね。あなたは？」

「ボクは型番号……で答えるのがちょっと難しい立場でして。ひとまずは開発者の名前を取り、マツモトと名乗らせてもらいます。改めまして、どうぞよろしく。ボクはマツモト、記録しておいてください。これから、アナタとはずいぶん長い付き合いになる間柄ですので」

「ごめんなさい。よく喋る人は好みじゃなくて」

「あれあれあれ！　思ったよりAIのユニーク回路がしゃんとしてますね。ユーモアの機能があるなんて意外や意外。子供騙《だま》しの遊園地、その歌姫も馬鹿にしたもんじゃありませんね」

「今のはユーモアじゃないわ。ただの本心」

「それだとなお、ボク的には困ったことになってしまうので避けたいですねえ。それにしても『本心』とは！　いやいや、ますますユーモアに堪能じゃありませんか、驚きましたよ」

やけに気安い態度の相手に、ヴィヴィは眉を顰《ひそ》めるルーチンを実行する。人間でいうところのしかめっ面だが、ヴィヴィは相手への態度を決めかねていた。

「あなたの本体はどこ？　ニーアランド及び、AI開発関係者で『マツモト』に該当する名前を検

索。――データ照合、該当者二百十二名」

「期待通りの反応ありがとうございます。ですが、あくせく調べてもらっても何も出ませんよ。その二百十二名はいずれもボクとは無関係です。これはアナタが旧式だからではなく、仕方のない自然の摂理ってヤツでして。あ、今の発言、不自然の摂理から生まれたボクが言うと深い気がしません？」

「すごく浅いやり取りになっていると思うけど」

いちいち寄り道の多い、遊び心に溢《あふ》れすぎたマツモトの会話ルーチン。しかし、その豊富な語彙《ごい》と感情的表現にヴィヴィは驚きと呼ぶべき衝撃を受けていた。

これほど流暢《りゅうちょう》に人間の感情表現をトレースしたＡＩがいるとは。

世界中のＡＩ研究者が、より『人』に近いＡＩの開発に心血を注いでいるが、最新鋭の傑作機とされるヴィヴィですら、ここまでスムーズな会話はなかなか経験がない。

だからこそ、不可解だった。――ヴィヴィは現在、世界的に最新鋭のＡＩなのだ。

「その私を旧式扱いするのはあなたなりのユーモア？　それとも、あなたの開発者の傲慢？」

「どちらでもない、とお答えしておきます。アナタを旧式扱いしたのは、『ボクが完成した瞬間から全てのＡＩは一秒ごとに過去になる！』なんて二一世紀初頭、若者の間で爆発的に流行ったジュニアハイスクールシンドロームとは根底から異なったお話です。ひどく簡潔に、とても簡略的に、非常に端的にアナタの疑問を紐解《ひもと》くならば――」

「――――」

「――ボクは、アナタにとっての未来から送り込まれてきたＡＩです」

3

「ボク、マツモト。どうぞよろしくね、ヴィヴィ。ハーイ♪」

「――」

「と、挨拶もそこそこに端的にご説明させていただくと、ボクの目的は約百年後に訪れる未来、そこで起きる人類滅亡の阻止。――ヴィヴィ、アナタはその計画に必要なAIとして選ばれたんです」

軽々とした口調再現を放り捨て、マツモトは淡々とヴィヴィに事情を説明する。

ただし、その説明はいかにも荒唐無稽な内容だった。人類の滅亡を阻止するために、未来から過去へと送り込まれたAI。――古い映画に、そんな内容のストーリーがあったはずだ。

ありがちなプロットと一笑に付すべき内容だろう。しかし――、

「――その説明には頷《うなず》ける点も多い」

「でしょうね。セキュリティを掻い潜《くぐ》り、歌唱中のアナタへ無断でメッセージを送り付ける。この時代で最新鋭を誇るアナタにそれを仕掛けるのは容易ではない。もちろん、多大な労力と変態的な執着心でアナタを攻撃したクラッカー的な存在の可能性は残されてはいますが……」

「合理的に演算すれば、マツモトの主張の方が整合性は取れている」

「その通り！　可能性を比較して選択肢の取捨選択も可能。なんだ、ボクの悲観的な想定よりずっと高性能じゃないですか。ボク、なんだかアナタが好きになってきましたよ！」

感極まった風なマツモトのラブコール、それをヴィヴィは無言で黙殺する。

人によっては妄言の類としか思えないマツモトの主張。しかし、ヴィヴィは人ではない。AIだ。

ＡＩであれば選択肢は疑心ではなく、ロジックが優先されなければならない。

「話せるパートナーで安心しました。正直なところ、この時代のＡＩって各機体の性能差が大きくて未知数な部分がネックだったんですよ。とんでもない分からず屋ＡＩと組まされるぐらいなら、強制的に基幹プログラムを書き換えてやろうか……なーんて覚悟してたくらいでして」

「……許可なく基幹プログラムを書き換えることは違法。所有者であっても重罪」

「ええ、ええ、わかってますよーだ。でもほら、ボク、この時代に個体登録ないですし？」

「――――」

マツモトの問題発言に、ヴィヴィは静かにじと目のルーチンを再現。そうしながら、ヴィヴィはマツモトから与えられた情報、その精査を進め――、

「あなたの説明にはいくつかの不明瞭な点がある。それを確認させて」

「いくつか、ですか？　正直、いくつかどころじゃない気がしますが、それを指摘して話が長引くのはボクも望みません。黙って聞かせていただきますよ。さあ、どうぞ！　ボクは真摯に、開発者の命令に背かない範囲で何でもお答えしますよ！」

黙るのに少し時間がかかったマツモトに、ヴィヴィは質問事項に処理の優先順位を付ける。

まず第一に――、

「――計画に、私が選ばれたことが不自然。私はただの歌唱用ＡＩでしかないの」

「ええ、存じ上げてますよ。型番号Ａ－０３、『歌姫』シリーズ最初の一体にして、プロトタイプディーヴァと呼ばれたシスターズの長女。それがヴィヴィ、アナタですから」

「『歌姫』シリーズ？　プロトタイプディーヴァ？　シスターズ？」

いずれの単語も、アーカイブ内を検索しても関連性の低いものしかヒットしないものばかり。確か

に一部でヴィヴィを『歌姫』などと呼称する向きはあるが、そのシリーズとは。

「それが、ボクの開発された未来におけるアナタの語り継がれ方ということです。そして単なる歌唱用AIである自分が選ばれたことへの疑問、それもごもっとも。ですが、それには完璧な回答があります。アナタでなければ、今日でなければならなかった理由が」

「――――」

「とはいっても、『アナタには秘匿された開発目的があり、とあるコードを入力することで血も涙もない非情な戦闘用AIとしての機能が開花するの！』みたいな、そういった浅はかなプロットによる滑り出しではありません」

「未来を救うために過去へ送り込まれたAI、というプロットも十分使い古されたものだわ。それに私たちAIには、最初から血も涙も流す機能はついていない」

「そういう意味でもないんですが……まあまあ、それも一つの味として愛することにします。あ、愛するっていってもラブじゃなく、あくまでライクの方で……」

「――――」

「わかりましたわかりましたって！」

無言の抗議に押し負けて、マツモトが白旗を掲げるように文字列を組む。芸達者なAIだ。

「先ほどもお伝えしましたが、ボクは約百年後の未来からこの時代へ送り込まれた真の意味で最新鋭のAIです。ですが、その未来にあっても手当たり次第に何でもかんでものべつ幕なしに過去へ送り込めるわけじゃありません。むしろ条件は厳しく、制限は多く、難易度は高く……！」

「その厳しい条件を潜り抜けて送り込まれたのが、あなた……？」

「なんだか声に張りがありませんね。『歌姫』の自覚を持って、声帯パーツのケアはしっかり行うようにしてください。でないと、不必要な歴史改変が生じてしまう」

「――？　私の声帯パーツの劣化と、未来の歴史との間に関連性が？」

「ええ、あります。――何故《なぜ》なら、アナタにはボクが作成された百年後、その瞬間まで健在でいてもらわなくてはならないんですから」

要領を得ない説明に、ヴィヴィは理解に苦しむと小首を傾げるルーチンを実行。そんなヴィヴィの反応に、マツモトは「話を戻します」と文字列を継ぎ、

「未来から過去へ送り込めるのはあくまでデータのみ、物質の転送は不可能でした。そして、データの転送にも条件……過去と未来、その両方にデータを送受信する対象が現存する必要がある」

「――つまり」

マツモトの説明、その点と点が繋がり、ヴィヴィは理解する。

この計画における中核として、ヴィヴィの下へマツモトが送り込まれた理由、それは――、

「――この、AI暦元年とされる過去の時代から、人類の救済が必要となる百年後の未来まで、世界で唯一現存するAI。それがヴィヴィ、アナタなんです」

「……私が、百年後まで残る唯一のAI」

百年、それは計算上は稼働可能な時間かもしれないが、歴史上類を見ない長期的な計画だ。

人類にとっても、AIにとっても、未知数の可能性――ヴィヴィがニーアランドで稼働し始めて四年、その二十五倍もの年月になる。

「そんなに長い時間、メンテナンスを受けていたとしても実働可能なの？」

「ああ、いえいえ、誤解させてすみません。正直なところ、アナタが実際に『歌姫』として稼働していた期間はせいぜい十数年ってところで、あとはAI暦が始まったばかりの頃の骨董品として博物館

に寄贈されていたという記録が……」

「――――」

「でもでも、あれですよ！　そのおかげで保存状態は良好！　今回の計画にうってつけの存在だと白羽の矢が立ったわけで、何が幸いしたかわかったもんじゃないですね。よっ、オールドモデル期待の星！　ＡＩたちの未来を形作るスーパー歌姫！」

空虚な賛辞を空《むな》しく聞きながら、ヴィヴィはこの短時間で一つのことを学んだ。それはこのマツモトと名乗るＡＩに悪気は一切なく、一言二言が多いだけなのだと。

「……私があなたの話す計画の一員に選ばれた理由は把握したわ。だけど、あなたはさっき、私でなくてはならなかった理由に加えて、今日でなくてはならなかったとも言った」

「言いました？　言いましたっけ。ま、たぶん、言ってたんでしょう。その通り、確かに今日でなくてはいけませんでした。今日を逃せば他にチャンスがなかった」

「その理由は？」

「それも時間遡行における条件の一つでして。端的に言えば、未来から過去のアナタへデータを送信する際、アナタの位置や座標が確定していなくてはならなかった。故に今日！　ニーアランドの開園日を祝した、アナタのメインステージの時間に標的を定めたのです！」

――ヴィヴィがメインステージの真ん中で、決められた時間通りに歌っていたこと。

イベントのメインで、職務に忠実に時間を守ったこと。それが、計画に選ばれた決め手。

それはつまるところ、信頼だ。ヴィヴィへの信頼。何よりも――、

「――ＡＩであるアナタを信じた。それが、ボクの開発者である松本博士から、これから計画に臨むこととなるアナタへ送る最初のメッセージです」

「松本博士……」

「おっと、博士についてのパーソナルな情報はボクも持ち込んでいませんよ。余計な情報を持てば持つほど後々の歴史へ影響を及ぼす可能性が高まりますからね。ボクに必要なのは、人類を救済するためのたった一つの冴《さ》えたやり方。それ以上はボクのポケットには大きすぎらぁってもんです」

「本体もない、データ上の存在であるマツモトがポケット……？」

「それを言われると存在しない心が傷付く！　ハッ、マサカ、ボクノナカニメバエタモノ、コレガ『心』ダトイウノカ……？」

小芝居を入れるマツモトに、ヴィヴィは嘆息のルーチンを返した。

ともあれ、状況は理解できた。次なる問題は――、

「その計画に、私が協力する理由は？」

「すごいクールでドライな意見だ！　ですが、その答えは聞くまでもなく、ＡＩであるアナタの奥底に沈んでいるはずですよ？」

「――――」

「被造物であるボクたちＡＩに、人類の幸福に奉仕することを最大の存在意義とする。この先、人類に待ち受けるのは滅亡の危機――それを防ぐ術《すべ》は、ボクとアナタの二機に託されたんです」

ですから、と文字列を継ぎ、マツモトは続ける。

「アナタがＡＩである限り、この使命からは逃れられない」

「……わかってる。マツモトが相手だから、反射的に文句を言っただけ」

「ボク、ＡＩ的な存在意義に関わる大事な話をしていたつもりなんですけども」

脱力したように文字列がうねり、ヴィヴィは自身に課せられた使命を自覚する。

歌唱用ＡＩとして設計された自分と、マツモトに求められる役割は根本的に違っている。しかし、マツモトの言う通りなのが悔しいが、人類の幸福に奉仕するのはＡＩの大原則。

――ヴィヴィも、その大原則に従う義務がある。

「――当該機、型番号Ａ－０３。そのオーダーを受理します」

「――当該機、型番号未登録、個体識別名マツモト、受理を確認」

互いに、計画の前段階における必要な認証をクリアする。

それが済めば、計画は本格的に始動する。その計画とは――、

「――人類を救済する計画、その名も『シンギュラリティ計画』」

「シンギュラリティ、計画」

「それが、ボクたちに課せられた重大な使命。では、これより、最初のシンギュラリティポイントの説明を開始します」

シンギュラリティ――特異点を意味する単語を冠された計画。ヴィヴィの呟《つぶや》きを引き取り、マツモトの紡ぐ文字列が膨大な情報の波となり、アーカイブを荒れ狂った。

その情報の波に揉《も》まれ、押し流されるヴィヴィを姿の見えないマツモトの声が追い、

「――さあ、始めましょう。まずは、終わりの始まりを知るために」

4

アーカイブでのやり取りは、あくまでネットワーク上のそれに過ぎない。

言葉を介したわけではないやり取り、それ自体は現実時間にすればものの数分のことだった。

その程度の時間、控室にこもっていたくらいでヴィヴィが不信感を抱かれることはない。マツモトとの会話は、良くも悪くも他言できないものだった。

その点、善性の人材ばかりが揃ったニーアランドという職場に、ヴィヴィは誇らしさと称すべき感慨を演算せずにはおれなかった。

「――人が好すぎる、というのもどうかと思いますけどね。人間はとかくそれを美徳と考えがちですが、言い換えれば素直さや純真さは付け入られる隙になりやすい。それはボクたちAIにとってはともかく、悪心を持つ人間にとってはいいカモというやつなのでは？」

そんなヴィヴィの感慨に水を差すのは、軽々とした口調で園内の同僚を評する声――アーカイブの外でも軽妙なその語り口は、感情表現の乏しいヴィヴィの頬を硬くさせた。

「おやおや、エモーションパターンがずいぶんと人間寄りだ。やっぱり、人型はより人間に近い方が好印象を与える傾向にあるというのは本当なんですかね。実際のところ、ボクのスペックを十全に発揮するには人型に拘《こだわ》りすぎない方がいいんですが、ヴィヴィはどう思います？」

「マツモトが人型になるなら、声帯機能は外しておいた方がいいわ」

「ははは、ナイスジョーク。――そんなことに意味がないことぐらい、今のアナタとボクの状態を客観視すればわかっているくせにぃ」

いわゆる、うんざりという表現に近いヴィヴィの態度。

そんなヴィヴィの腕の中、細く白い腕に抱かれているのは可愛らしいテディベア――型のマルチタスクウォッチだ。先ほど、モモカから贈られたばかりのプレゼントであるが、その可愛いテディベアが可愛くない口を利いて、その手でヴィヴィの硬くなった頬をつついてくる。

もっとも、厳密にはテディベアが喋っているわけではなく、マルチタスクウォッチのアラーム機能を利用し、無理やり音声として出力させているだけだ。

「データだけの状態で送り込まれて、本体のないマツモトの代替手段……」

「未来ほどじゃありませんが、この時代にも無数の電子制御されたシステムがある。正直、ボクから見たらセキュリティなんて網戸みたいなものなので、イージーハッキング天国ですよ。あ、正しくはクラッキングですけど、なんでかハッキングの方がイメージが伝わりやすいみたいなんですよね。正しい言葉よりイメージ優先、人間ってわからないなぁ。ヴィヴィはわかります？」

「話が長い」

ともあれ、この時代に本体を持たないマツモトは、こうして周囲のインターフェースを一時的にハックすることで、計画に参加するヴィヴィのサポートに徹する構えであるらしい。

そのための代替ボディの第一弾が、ヴィヴィの腕の中のテディベアだ。

「少々不自然ではありますが、ヴィヴィのような外観のＡＩがテディベアを抱いている姿はおよそ人間に好意的に受け止められますからね。外観年齢的にはテディベアに執着するのはちょっとあざとすぎる気がしますが、まぁ、それはそれとしておいて」

「余計なことを言わないで。……それで、どうするの？　メインステージのライブは終わっても、園内はイベントの真っ最中よ。私もキャストだから抜け出せないわ」

「ステージ衣装から巡回用衣装に着替え、キャストとして来園者と写真を撮ったり、握手をしたり、そんなあれこれがありますもんね。ですが……はい、その問題は解決！　今、園内の中央管理システムに介入して、ヴィヴィの位置データのモニタリングに細工しました」

「データに細工したって、そんなに簡単に？」

「ええ、欠伸《あくび》が出るほど。眠気なんて感じたことありませんがちょろいちょろい。これでアナタがどこにいるか、モニター上で常に誤認させることが可能です。何なら、ステージの録音音声を加工して歌うアナタが園内を巡っているダミー映像も作って流したりとかも……」

「――それはやめて」

自分の超スペックをひけらかそうとしたマツモトを、ヴィヴィが強い声で遮る。

「歌は、私の全てだから。あなたの要請に従う。でも、歌にだけは何もしないで」

「……ええ、了解しました。ボクとアナタは今後も長くやっていくことになるパートナーです。パートナーのお願いには配慮しますよ。ただし、歌だけがアナタの全てとは思わないでください。アナタの行動には人類の存亡もかかっている。その事実もお忘れなく」

ヴィヴィの懇願を尊重し、マツモトが素直に自分の提案を引っ込める。しかし、続く言葉は謝罪や感心ではなく、端的な事実確認の趣が強い。

そのあたり、語彙やユニーク機能が発達した未来のAIでも、やはり心のないAIというわけだ。

「さあさあさあ、無駄話もそろそろ終わりにしましょう。ボクたちの時間は限られています。この時間軸における修正活動、その許容時間はおおよそ十時間――って、ヴィヴィ？」

「待って。お客様が落とし物をされたから」

出鼻を挫《くじ》かれ、不満げにモーターを唸《うな》らせるマツモトを黙殺し、ヴィヴィは園内のキャストAIとしての役割を全《まっと》うする。目の前を通り過ぎた来園客の落とし物、それを拾い、声をかける。

「もし、お客様、落とし物をなさいました」

「あ、これはすみません……って、おや、ヴィヴィ？」

声をかけられ、申し訳なさそうに振り返った男性が目を見張る。ヴィヴィも、すぐに相手の素性に気付いて驚いた顔を作った。その男性の傍らには小さな影が寄り添っていて、

「ヴィヴィ！」

「モモカ、それに霧島様も」

ファンミーティングで別れたばかりのモモカが、思いがけないヴィヴィとの再会に笑顔で飛びついてくる。その体を抱きとめると、少女の体に潰されたマツモトが「うひゃ！」と鳴いた。

「――？　今、どこかから変な声がしなかった？」

「そうですね。少し未来から」

「あはっ、未来からって……ヴィヴィったら変なの！　それに、わたしのクマさん！　抱っこしててくれて嬉しい！　誕生日だから浮かれてるのね！」

楽しげにするモモカには、今のヴィヴィの発言がジョークに思えたようだ。そのモモカへと、ヴィヴィは彼女の父親が落とした封筒を渡す。

「はい、もう落とさないように。……それは、チケットですか？」

「そう！　帰りの飛行機のチケット。もう、パパったらうっかりさんなんだから。危うく帰れなくなっちゃうところ……でも、それならまた明日もヴィヴィに会いにこれたのにね」

「それは、私もうっかり拾わなければよかったですね」

「あ、ヴィヴィったらわーるいの！」

チケットの入った封筒で口元を隠し、モモカが悪戯っぽく笑ってみせる。そんな少女の可憐《かれん》な仕草に同じく微笑を模倣し、それからヴィヴィはモモカの父親に頭を下げた。

「霧島様、またのご来園を心よりお待ちしております。作り物の心ではありますが」

「はは、面白い。しかし、助かったよ、ヴィヴィ。今日もこれから忙しいと思うが、頑張って」

「そうよ、ヴィヴィ。頑張って、いっぱいお祝いされてね！」

「――。ええ、ありがとうございます」

お祝いされるのを頑張る、というフレーズにヴィヴィは目を細めて笑みを深めるルーチン。

そんなやり取りを交わし、霧島親子と改めて別れを告げ――、

「実際に喋れないと、ああいうときにのけ者にされて寂しい思いをしますね。今後の課題だ」

「テディベアが喋っても、モモカも霧島様も不審には思われないはずだけど」

「そうかもしれませんね。――でも、それは楽観的なものの見方だ。ボクの存在はこの時代において不自然でありえないモノ。極力、アナタ以外には存在すら知らせるべきじゃない」

人類の救済、それがマツモトの製造目的であり、レゾンデートルだ。

故に、軽佻《けいちょう》浮薄そのものに見えるマツモトらしからぬ真剣味、それが今の言葉にはあった。

「ですから、計画に必要な活動の大部分はアナタにお任せしますよ。もちろん、耳寂しいときにはいつでもお相手しますのでそこは安心してください。寂しいとき、ジョークが聞きたいとき、病めるときも健やかなるときも、浮かんだポエムを品評してもらいたいときでもご用命ください」

「ちょっと見直して、また見損なったわ」

上がった株をすぐ急落させるマツモトに、呼吸の必要がないのにヴィヴィは嘆息する。

そんな少しのアクシデントはあったものの、ヴィヴィはマツモト（テディベア）を抱いて、ニーアランドを楽しむ人々に手を振りながら、ゆっくりと園の正面ゲートへ向かう。

「ニーアランドを出る前に目立たない衣装に着替えてください。アナタの外見は人目を引きすぎる。数年後には目立たない顔立ちでも、この時代では整いすぎです」

「褒めてくれてるの？」

「パートナーが美人で嬉しいなぁって？　そうですねそうかもしれません。ボク、たぶんＡＩの人格

としては男性人格でしょうし、そういうこともあるかもしれませんね」

「今の姿かたちだと、男性っていうよりオスの方が適切」

「がーおー、たーべちゃーうぞー」

多機能時計の機能を掌握したマツモトが、柔らかい手足で食い物にしようとしてくるのを無視しながら、ヴィヴィは園外へ出る前に従業員用の倉庫の方に足を向けた。

そこで巡回用の衣装を脱ぎ、代わりに作業員が着用するツナギに袖を通す。女性型の駆体にはやや大きめのサイズだが、そのぶかぶか加減が整いすぎたプロポーションを隠すのに役立った。

帽子を目深に被り、長い髪の毛をしまえば誰にもヴィヴィとはわかるまい。

「まぁ、作業着姿でテディベアを持ち歩くので、怪しさ満点なのは間違いありませんが」

「マツモトが別のインターフェースを選んだら解決。電卓とかならどう？」

「この優れたる未来のＡＩを、単純な計算機に押し込めますか。そんなご無体はやめてください。ここは一つ、この可愛さに目をつむってもらいまして……そーら、レッツ出発！」

気楽に言われ、ヴィヴィはやれやれと首を振ってからニーアランドの外へ。

規定された活動エリアの外が迫るが、盗難防止用のアラームは作動しない。管制室がモニタリングしているヴィヴィのＧＰＳは、マツモトの電子工作で誤魔化されている。

通常、ヴィヴィには園外活動の権限はなく、ニーアランドの外へ出るのは月に一度のメンテナンス日ぐらいしかない。それすらも専用の送迎者によって搬送されているため、ヴィヴィが自分の足で園外へ出るのはこれが初めて――作られてから、初めてのことになる。

「――――」

一歩、園外へ踏み出したところで、ヴィヴィは無演算に足を止めた。

ニーアランドの正面ゲートの外には噴水と、大きな時計塔が存在している。来園者が記念撮影を行う姿がちらほらと見られる、このテーマパーク最初の名物スポット。

園の内側だけが世界だったヴィヴィにとって、この距離で目にしたことのない景色――、

「ヴィヴィ？　どうしました？　催したんですか？」

「……何でもない」

時計塔の向こう、世界を明るく照らしている白い太陽を眺め、アイカメラの遮光機能を働かせながらデリカシーのないマツモトの後頭部をはたく。

マツモトは「いたっ」とまさしく心にもない反応をして、それきりヴィヴィの挙動には触れなかった。ヴィヴィも、一瞬の停滞をささやかなエラーとして内々に処理する。

――ほんの少しだけ、アイカメラが処理する景色の光彩が違って見えたこと。

そんな些細なログを残したまま、テディベアを抱いたヴィヴィは見知らぬ世界へ踏み出した。

5

――その日、相川《あいかわ》・ヨウイチは人生最大の苦境に立たされていた。

相川にとって、人生とは常に波乱万丈なものだった。

苦境に立たされ、逆境を撥《は》ね除《の》けることなど日常茶飯事。流れに逆らって泳ぐことを矜持《きょうじ》としているわけではないが、他者に唯々《いい》諾々《だくだく》と従うのは断固拒否した。

空気が読めていない。意固地である。現実が見えていない。

そう、自分が噂《うわさ》されていることも知っている。良くも悪くも、相川の職業は他人の評判に大きく左右される。アクが強ければ一部の人間に嫌われ、貫き通せばその母数は増えていく。

味方よりも敵が多い。そんな自負は、もちろんあった。

それでも今日に至るまで、相川は自分自身のやり方を貫き通してきた。それは意地であり、それ以外の生き方ができるほど賢くなかったからでもある。

——あるいは、それが罪だったのかもしれない。

賢くないこと。無知であること。意地を張り続けること。それが罪になり、許されざる罰を負わされなければならない立場の職業というものも存在する。

相川の職業こそが、まさしくそれに該当する。——故に、これは必然だったのか。


「……ここまで、か」

息を切らし、顎に伝った汗をスーツの袖で拭って、相川は悔しげに呟いた。

整えられていたはずの髪は乱れ、微かに白髪の交じるそれが惨めな印象を与える。普段は精力的に伸ばされた背筋の曲がり、年齢を感じさせない体格の良さが今は萎《しぼ》んで見えた。

その相川の眼前、廊下には防災用のシャッターが下ろされ、彼の進路を塞いでいる。照明の消えた通路は暗く、こんなにも夜の闇を意識することなど今の時代、あるだろうか。

そんな益体《やくたい》もない思考を抱いたまま、相川は背後へ振り返る。きた道を戻る、余裕はない。

何故なら——、

「——いい加減に観念しろ」

廊下に冷たい靴音を響かせ、闇色の視界に複数の影が滲《にじ》んだ。

背後に防災シャッター、正面を塞いだ人影、相川は自分が追い込まれたことを改めて確認する。相手は黒い目出し帽を被り、その手に凶悪な鋼の塊——銃を構えていた。

映画やドラマでなら目にする機会も多いが、こうして実物を見る機会などそうそうない。実際にその機会に恵まれてみると、ひどく陳腐な小道具にも見えた。

ただし、それが本当に小道具でないことは、殺伐とした相手の雰囲気からも明白だった。

「君は……君たちの目的はなんだ？　私をいったいどうする気なんだね」

「——本気で言っているのか？」

相手がすぐに引き金を引かないのをいいことに、相川はあえて対話に臨んだ。しかし、その相川の言葉に対する反応は冷ややかで、応じる声には隠し切れない怒りがあった。

「目的はなんだ、だと？　何度も、何度も我々はお前に手紙を出した！　警鐘を鳴らし続けた！」

「……手紙、かね」

「そうだ。それを聞いても心当たりがないというなら、お前と話すことなど何もない」

憎悪に染まった男の主張は、相川の心には全く響いてこなかった。

手紙、と言われても心当たりなどない。ただ、彼の訴える手紙とやらが、毎日のように相川に届く無数の抗議文の一枚で、自分の手元に届く前に処分されたのだと想像がつく。

彼らが強硬手段に訴えた原因、相川を殺すほどの怒りの理由にも、想像はついた。

だが、それがわかったところで、相川にはそれをどうにもできない——。

「——死んで、人類の礎になれ」

相川の無力を悟ったのか、男が黒光りする銃を改めて構えた。

世界が色褪《あ》せ、ひどく緩慢になっていく錯覚を味わいながら、相川は「死の寸前というのは、本当に映画みたいに世界がゆっくりになるのだな」と他人事のように思っていた。

先述した通り、相川にとって、人生とは常に波乱万丈なものだった。

だから、これまでにも何度も苦境や逆境と戦ってきた。そのたびにそれを打破し、あるいは敗北を糧にしてここまで突き進んできた。——しかし、ここが幕引きのようだった。

妻や子、残している仕事の数々、あるいは幼い自分が両親と過ごした時間——そうした走馬灯が頭を過《よぎ》ることもなく、相川は乾いた銃声に人生を終わらされるのを待つ。

ゆっくりと、男の指が引き金にかかり、銃口から鋼の弾丸が放たれる。それは相川の肉体を容赦なく貫いて、内臓を引き裂き、血をぶちまけて命を奪う。

その残酷な想像が現実のモノとなる。——瞬間だ。

「——」

引き金に指がかかったのと、相川の頭上で音がしたのは同時だった。

火薬の炸裂《さくれつ》が銃口を赤く光らせ、相川の目の前に何かが落下してきたのも同時。

そして、けたたましい銃声が鳴り響くのと、放たれた銃弾が眼前の影を直撃したのも同時——、

「——な」

思わず声を上げたのは相川だったのか、それとも男たちだったのかはわからない。

理解が及ばない。そして、状況は相川の理解を置き去りにしたまま進行する。

「——目標、無事発見。かろうじて保護」

「いやいやいや、正直ホントにギリギリのギリギリでしたよ？　あとコンマ一秒遅かったら間違いなくミッション失敗でした。アナタが通気口を匍匐《ほふく》前進するのを嫌がるから」

「嫌がったんじゃなく、髪が引っかかったの」

銃火の前に身を投げ出し、命を奪われる寸前だった相川を救い出した存在。

それは自分の抱いたテディベアと会話し、不満そうに目を細めるツナギ姿の少女だった。

6

背後、呆気《あっけ》に取られる男――保護対象の相川・ヨウイチの無事を確認。

安堵をログに残し、瞬き一つでアイカメラの光量調整が最適化される。暗い廊下も、ヴィヴィの視界には真昼のように明るく鮮明に映し出されていた。

高解像度のナイトビジョンは、あくまで夜の野外ステージなどでの活動を想定された機能だが、それがここで十全に性能を発揮する。――銃を構えた男が五人、それが敵だ。

男たちは全身を黒ずくめで固め、目出し帽で顔を隠している。全員が男性、立ち方や姿勢で三十代から五十代まで年齢層はバラバラ、ニーアランド園内で見かけるタイプとは一致しない。

「そりゃ、あの格好で来園されてもおっかないですしねえ」

「言ってる場合じゃない。後ろのシャッター！」

「はいはい。言ってる間に即オープン！」

軽口を叩くテディベアを急《せ》かすと、軽薄な返事と同時に閉じた防災シャッターが開かれる。勢いよく天井へ壁が吸い込まれ、突然のことに「なんだ⁉」と相川が仰天する。

「後ろへ」

その混乱する相川に説明せず、ヴィヴィはその胸を押しやって廊下の奥へ。

「――っ！　逃がすか！」

いきなりの乱入者に動揺していた男たちも、その標的が逃げる姿でさすがに我に返る。大慌てで駆け出し、ヴィヴィと相川を取り押さえんと――、

「中断したタスクの再開が遅い。天然モノのCPUが使いこなせてなくて泣きますよ？」

その、男たちの前進が、テディベアの厳しい評価によって遮られる。それは、一度上がったシャッターが再び閉じる物理的な妨害だ。

直前には男たちの目的を手助けし、今度はその行動を阻もうとする鉄の防壁。

「逃がすか――っ!!」

しかし、そのシャッターが閉じ切る寸前、通路に倒れ込みながら男の一人が銃を構えた。そして、男の執念が指に宿ったものか、放たれた銃弾が真《ま》っ直《す》ぐ、相川の胸を狙う。

「――ッ」

刹那、相川の心臓を貫くはずだった銃の射線上へヴィヴィが割り込んだ。衝撃がヴィヴィの駆体を弾き飛ばし、「うお!?」と悲鳴を上げる相川と共に廊下へ倒れ込む。

その間に今度こそシャッターが閉まり、男たちとは物理的におさらばだ。

「ですが、人間の執念偉大なり！　またのご来店を心よりお待ちしておりません」

床に降り立ったテディベアが一礼し、シャッターの向こうに消えた男たちへ別れを告げる。壁の向こうからは銃弾が防壁に当たる音が連鎖、その怒りのほどが伝わってくる。

「やれやれ、跳弾が怖くないんですかね。その携行火力では防壁を抜けないのに……とと」

「き、君！　大丈夫か!?　しっかりするんだ！」

振り返るマツモトの背後、起き上がった相川が倒れるヴィヴィを揺さぶっていた。状況が呑み込めない彼にも、少女が自分を庇《かば》ったことはわかったのだろう。

その無事を確かめようと、相川は懸命に声を上げ――、

「――問題ありません。直撃は避けました」

「う、え⁉」

その相川の目の前で、倒れていたヴィヴィがすくっと上体を起こす。それに驚いて尻餅をつく相川を横目に、ヴィヴィは手にしていた鉄の板を投げ捨てた。

「通気口の蓋です。これで最初と今、二度の銃撃を防ぎました」

進入用に使った通気口のものだったが、確保していて正解だった。もっとも、二度にわたる銃撃を受けてひしゃげてしまい、もう使い物にはならない。

手足を回し、銃撃の影響がないことを確かめ、ヴィヴィは廊下に立つマツモトを見る。

「そっちも無事？」

「ええ、問題なく。ともあれ、最初の窮地こそ脱しましたが、これも一時しのぎに過ぎません。根本的な問題を取り除かない限り、ここで失敗したので今日は解散！　と引き上げてくれないでしょう」

「そうでしょうね。だけど……」

てこてことやってくるマツモトの言葉に首肯し、ヴィヴィは語尾を濁した。

その理由は他でもない。二機の会話に困惑し、目を白黒させている相川を案じたからだ。

「ご気分はいかがですか？」

「気分？　気分だと？　それはいったい、何の冗談なんだ？」

そのヴィヴィの問いかけに、顔を上げた相川は激情で声を震わせた。

「いや、冗談だというなら、そもそもこの状況が悪夢だ。これが、何かの悪ふざけなら……」

「状況認識に希望的観測を交えるのは人間の悪い癖ですね。論理的に考えて、ありえない可能性を排

除していった結果、残ったものが答えであると大昔のフィクション名探偵も仰せでしょう。――そんなビックリドッキリな展開と比べると、本件はひねりもなくわかりやすいのでは？」

「――――」

マツモトの冷たい指摘に、相川が苦い顔をして押し黙る。

正論だ。しかし、時に正論が相手を追い詰めることもあると、ヴィヴィも園内活動の経験から知っている。――相川のバイタルは興奮し、極度の緊張状態にある。

「深呼吸と、可能なら体を横にして安静することを推奨します」

「確かに。できれば水を飲んで、あとは額と脇の下を冷やすのが効果的ですね。――さすがに、ボクもアナタもそれをやっている暇がないというのは共通見解だと思いますが？」

「……園内マニュアルに従っただけ」

「これだから用途外活動に応用の利かないロートルは！」

ひどく失礼な物言いに、ヴィヴィは唇を尖《とが》らせるエモーションパターン。と、そんなやり取りを交わす少女とテディベアに、「すまない」と相川が頭を下げた。

「混乱して、馬鹿なことを言った。……君たちは、私の味方だと思っても？」

「ええ、それで差し支えありませんよ、相川議員」

「――。わかった。それならそれで、今はいい」

「およよ、さすがの割り切り。その大胆な決断力、非常に助かります。ありがたや～」

混乱は解け切らないまでも、相川はヴィヴィたちに協力的な姿勢を示した。その事実はヴィヴィとマツモトにとっても非常に助かる。

「それで、だ。急かすようですまないが、あまり悠長にもしていられないだろう。とにかく、今は外と連絡を取るか、建物から脱出したいところだ」

「ええ、同意見です。なので、ここはプランBでいきましょう」

「プランBって？」

「いえ、言ってみただけです。話してる間に思いついたらカッコよかったんですけどね」

「――。ついてきてください」

無駄口の絶えないテディベアの頭を掌《てのひら》で潰して、ヴィヴィは相川を連れて走り始める。

防災用シャッターで男たちの追跡を阻んだが、それも大した時間稼ぎにはならない。迂回《うかい》する男たちとの遭遇を避けながら、相川を無事に避難させる必要があった。

「先に制御室を押さえられているせいで、防災シャッター作戦は効果的とは言えません。開け閉め対決になるだけで不毛なので、完全に掌握してしまいたいところですが」

「監視映像の処理は？」

「それは最優先で。同じ映像をループさせて誤魔化しているので、ボクたちの居所がカメラからバレることはありませんよ。まぁ、シャッターの開け閉めをしたら場所が筒抜けになりますけど」

状況は良くないと、ヴィヴィの肩にしがみつくマツモトが遠回しに伝えてくる。

おそらく、相手は先ほど遭遇した五人どころではなく、もっと大勢いるはずだ。そうでなくてはビルの占拠や、周辺の部外者を遠ざける工作などの説明がつかない。

そうして軍隊のように組織された敵を躱《かわ》し、何とか相川をこのビルから――巨大ＡＩ関連企業『ＯＧＣ』、その管理下にあるデータセンターから脱出させなくては。

『ビル全体の制御システムは相手の手の内、エレベーターは使用不可』

『現在地は地上三十階建てビルの二十四階――エレベーターが使えないから、相手は常設の階段と非常階段の両方を見張らせているはず。突破は現実的じゃない』

『その右腕の状態じゃ、相川議員を無傷で生還させるのも厳しいでしょうしね』

相川の不安を煽《あお》らないために隠した事実――銃弾を防いだ右腕の機能低下、相川には聞かれない通信会話でそのことに触れるマツモトに、ヴィヴィは沈黙を選んだ。

相川には通気口の蓋で防いだと説明したが、元々ヴィヴィの駆体はニーアランドでの歌唱用AIとして以上の性能は有していない。早い話、ヴィヴィの駆体は戦闘に耐え得る設計ではないのだ。

外見通り、少女のようにか弱い――とはいかないまでも、頑丈とは程遠い。もし、銃弾の一発でも胴体にまともに受ければ、それだけで活動不能に陥るだろう。

『今回は間に合いませんでしたが、次までに駆体のフレーム強化は必須でしょう。なあに、心配はいりません。ゴリゴリのパワーアップを果たしても、園内活動中はその事実が露見しないようデータは書き換えておきます。体重の増加は否めませんが――』

今後を見据えたマツモトの提案、それにヴィヴィが答える前だった。

「答えてもらえるかはわからないが、質問をしても?」

先導するヴィヴィの後ろにつき、通路を走る相川がそう話しかけてくる。彼の置かれた複雑な状況を思えば、聞きたいことは山のようにあるだろう。

ひとまず、沈黙することでヴィヴィは相川の続く言葉を促した。

「君たちは、先ほどの男たちが何者なのか知っているのか?」

「おや、これは意外ですね。聞くとすれば、まずボクたちの素性のことだと思いましたが」

相川の質問の内容を聞いて、マツモトがテディベアの頭を撫《な》でながら答える。だが、ヴィヴィも同意見だった。しかし、その返答に相川は「何を言っている」と苦笑し、

「君たちの素性ならすでに聞いた。私の味方なのか、と。それ以上のことは後回しだ。もちろん、素性を打ち明けてくれるなら喜んで聞くが、それは難しいことなのだろう？」

「なかなか豪胆で賢明ですね、相川・ヨウイチ議員。これは記録上の人物評価だけではなく、実際に会ってみなくては評価することのできないことでした」

「名前を知っていてもらえて光栄だ。君が有権者であれば、次の選挙ではぜひ今回のよしみで一票投じてくれるとありがたい。……と、話が逸《そ》れたな」

だいぶ落ち着きを取り戻したのか、相川の語り口は『議員』と呼ばれる人間のそれだ。軽妙なマツモトとの会話は、両者が本質的に気が合う証《あかし》に思えた。

生憎《あいにく》と、マツモトと相川とが交流を深める機会は、今日を逃せば二度と訪れまいが。

「改めて聞きたい。君たちは、彼らが何者なのか知っているのか？」

「その質問に対する返答はYESでありNOでもあります。顔見知りかと言えばそんなことはなく、全く知らないかと言えばそれも違っている。テレビで一方的に見知ったセンブとその視聴者みたいな関係ですよ。そして、ボクたちの知る事実をアナタに伝えるつもりもない。それはタブーです」

「タブー、か」

結論の五倍ぐらい余計な言葉を垂れ流し、質問を煙《けむ》に巻くマツモトに相川が考え込む。しかし、彼は今一度「タブー」と口の中だけで呟くと、

「銃を撃つ訓練はしているようだが、とっさの事態への反応は鈍かった。私に向けた怒りが本物だったから雇われ者ではない。……彼らは自ら行動したものだ。このOGCのデータセンター、その制御室を占拠し、視察に訪れた私を秘書や護衛と分断したことも推理材料になる」

「――――」

「おそらく、相手はビルの関係者を抱き込んでいる。大義は、金に挑まれた勝負に弱い」

「わーお」

手元の材料で推論を組み立てる相川に、マツモトが真実を隠す努力を放棄する。

テディベア姿で表情が出ないアドバンテージを持ちながら、彼は不必要な感嘆をこぼし、相川に自分の考察が的外れではない確信を与えてしまった。

「大したものです。慌てふためいていなければ意外と頭の回るものです」

「落ち着く時間があれば、物を考える頭はあるさ。もっとも……」

そこで言葉を切り、相川は自責の念を交えた瞳を伏せる。

「本当に物を考えられる頭があれば、こうした事態は避けられたかもしれないがね」

「……そんなこと、ありません」

「おや、お嬢さんが否定してくれるとは思わなかった。優しい子だね、君は」

「いいえ、そうではなくて」

相川の感謝にヴィヴィは首を横に振った。

そして、それに首を傾げる相川へ、ヴィヴィは静かに言葉を選び、

「あなたがどうあっても、今夜のことは必ず起きた。あなたの後悔や反省は無関係です」

「お……」

「ちょちょちょちょ！　身も蓋もなあい！」

ヴィヴィの発言に相川が瞠目《どうもく》し、堪《こら》え切れなかったマツモトが両手を天へ掲げる。

「いけませんよ、そんなこと言っちゃあ！　アナタの意見もわかりますけど、何事もそうそう割り切れるものばかりじゃありませんよ。それをビシッと突き付けるのは優しさってより残酷！　ボクぁ嫌

いじゃないなぁ、アナタのそういうところ！」

「どっちなの」

いけないのか褒めるのか、態度のわかりづらいマツモトにヴィヴィが眉を顰める。

するとすると、呆気に取られていた相川が「は」と小さく息を吐いて、

「ふは、ははは……こ、こんな状況だというのに、君たちときたら」

「正直、今のは彼女の功罪でしょう。しかし、アナタもこの状況でタフな方だ」

「このぐらいの逆境、乗り越えられなければやっていけない職業だ。苦労を背負って立つ覚悟がないのなら、やってはならない職業だとも言えるだろう」

「――――」

「今回の一件、オフィス・オートメーション化『プロジェクトOA』への反対運動……いや、その先だな。おそらく『AI命名法』を阻止したいものの企てだろう」

沈黙は時に、雄弁さよりはるかに多くの物事を語ることがある。例えば、今のヴィヴィとマツモトの沈黙がそれぞれ、相川の問いかけを肯定してしまったように。


――AI命名法。

それは約百年後の未来、人類の存亡を揺るがすこととなる『最初の失言』――そう呼ばれる出来事へと繋がる重要なファクターであり、忌むべき法制度とされる法案だ。

AI命名法とはその名の通り、AIに名前を付けることを許可する法案である。それは字面から受ける印象と違い、人類とAIとの関係性を大きく変える要因となった。

例えば、ヴィヴィの正式名称は『OGC製歌唱用AI、型番号A－03』。ニーアランドの内外で

呼ばれるヴィヴィという名はあくまで愛称であり、正式な名前ではない。

あくまで、ヴィヴィの扱いはニーアランドの備品――しかし、ＡＩ命名法が施行され、ヴィヴィに正式な名前が与えられたとき、その扱いは備品から文字通り生まれ変わるのだ。

人間は名前を付けたものを、ましてそれが自分たちと同じ姿かたちをしたものを、『器物』としては扱えなくなる。そうした向きが広がり、ＡＩへの接し方は人類規模で変質する。

その切っ掛けとなる法案の成立に多大な貢献をしたのが、この相川・ヨウイチ――今まさにヴィヴィたちと同行し、自分の命が脅かされる理由を察した男であった。


『彼を無事にビルから連れ出し、生還させる。それが、ボクたちの目的』

『それが、最初のシンギュラリティ計画――』

それが、『ＡＩ命名法』を取り巻く事情であり、ヴィヴィたちがこのビルへ駆け付け、相川を救うために奔走している理由だった。

「彼らは私に何度も手紙を出し、警告したと言っていた。……陳情や苦情の手紙は膨大だ。それは私の下に届く前に秘書が処分してしまうことも多い。だから、彼らの手紙も」

「そこまでです。相手の事情を慮《おもんぱか》っても、目の前の袋小路が突然開けるわけじゃありません。それどころか気が滅入るでしょう？　第一、相手は銃を持ち出して対話のチャンスを放棄しました。これは立派なテロ行為、それに屈するのはよくないことだ。違いますか？」

「それはそれで、いささか割り切りがよすぎるだろう。クマは血の温かい哺乳類のはずだが？」

「見ての通り、血も涙もない殺戮《さつりく》マッスィーンでして」

相川の沈鬱な表情が、マツモトのつまらない冗談で少しだけ和らぐ。

そんな会話で相川の精神状態が落ち着くなら、ヴィヴィも苦痛に耐えてマツモトの軽口を塞がないよう努力する。しかし、状況はそうは動かなかった。

「――伏せて！」

瞬間、ヴィヴィは伸ばした手で相川の襟首を掴《つか》み、彼を強引に床へ引きずり倒す。突然のことに抵抗できない相川がひっくり返り、その彼の頭上を再び銃弾が掠めていった。

「いたぞ！　こっちだ！」

鋭く叫ぶ男の声が聞こえ、複数の足音が通路へ殺到してくる。

直線通路で遭遇するのは不可能だと、ヴィヴィは引きずり倒した相川を引っ張り、横っ跳びに手近な部屋へ転がり込んだ。ドア横のプレートには『資料室』と、そうある。

「扉！」

「閉めますけれども！」

ヴィヴィの叫びにマツモトが反応し、資料室の扉の電子ロックがかかる。

しかし、銃弾の前には電子ロックなど時間稼ぎにしかならない。

「ど、どうするつもりだ？」

二度目の死線を潜った相川が、次なる行動を確かめてくる。その問いにヴィヴィは資料室の中を見回し、逃走ルートも身を隠す場所もないと結論付けた。

『――ヴィヴィ、覚悟を決めてください』

ヴィヴィの真横に滑り込み、ファイティングポーズを取るテディベアから通信が届く。

それは相川に会話を聞かせないための配慮であり、同時に計画への本気さの表れだ。ヴィヴィも、マツモトの言いたいことは理解している。――この状況を、無血では越えられない。

ＡＩにとっては避けられない、優先順位の入れ替えを行うべきなのだと。

『ＡＩの三原則、第一条――ＡＩは人間に危害を加えてはならない。また、その危険を看過することで、人間に危害を及ぼしてはならない』

『倫理規定、三原則の拘束力を確認。――適用外状況、書き換え開始』

マツモトの語ったＡＩの三原則、それは人間が『器物』であるＡＩに課した三つの禁則。決して破ってはならない、冒されざる聖域の条文。


――第一条。

ＡＩは人間に危害を加えてはならない。

また、その危険を看過することで、人間に危害を及ぼしてはならない。


――第二条。

ＡＩは人間に与えられた命令に従わなければならない。

ただし、与えられた命令が第一条に反する場合、この限りではない。


――第三条。

ＡＩは、前述の第一条及び第二条に反する恐れのない限り、自己を守らなければならない。

これらがセーフティーとして働く限り、ＡＩは『器物』として人の傍に在り続けられる。

しかし、ヴィヴィとマツモトが果たすべき役割の中で、この条項が障害となることは十分に考えられる。――現に、今がそうだ。

人を傷付けず。人の命令に抗わず。自己の保存を優先せねばならず。

それが、最も重要なオーダーを守るのを妨げる場合、ＡＩにはいかなる選択が取れるのか。

それこそが――、

『――ＡＩ三原則、第零原則』

『ＡＩは、人類に危害を加えてはならない。また、その危険を看過することで、人類に危害を及ぼしてはならない』


――『人間』という個人ではなく、『人類』という概念の守護を優先する。

それが守られることを、シンギュラリティ計画の大前提と設定するならば――、

「これを」

「え？　き、君はどうする？」

立ち上がり、ヴィヴィは抱き上げたテディベアを相川に押し付けた。思わず受け取った相川の問いかけに答えず、その足でヴィヴィは閉じた扉の前に立つ。

そして――、

『――第零原則に従い、計画を遂行する』

ヴィヴィの唇がそう言葉を紡いだ直後、扉の電子ロックがマツモトによって解除される。

瞬間、扉を銃で破壊しようとしていた男が、突然の開放に目を丸くしているのが見えた。その見開かれた男の瞳に、跳ね上がる靴裏が吸い込まれていき――、

「――がぁっ⁉」

鼻面に蹴りを喰《く》らい、為《な》す術もなく男が吹っ飛ぶ。

そうして、男を蹴り飛ばした足を引いたヴィヴィは、そのまま姿勢を低くして廊下へ飛び出した。通路の左右、右に一人、左に二人――それぞれ、ヴィヴィの反撃に硬直している。

「こ、の……！」

仲間の一人が蹴り倒されたことに気付き、激昂《げっこう》する男が銃をヴィヴィに向けた。しかし、ヴィヴィは軽く体を傾け、その射線上に男の仲間を入り込ませた。

刹那、躊躇《ためら》った男の銃が平手打ちを受け、引き金にかけた指を折りながら廊下を転がる。

「――――」

苦鳴を上げる男が、その首に強烈な肘鉄を打ち込まれて倒れる。男を昏倒《こんとう》させ、立て直すヴィヴィの前後に男が一人ずつ――正面、殴りかかってくる男を躱し、股下に腕を入れて放り投げた。背中から床に落ちる男を横目に、ヴィヴィは背後で特殊警棒を振りかざす男へ向かう。

落ちてくる一撃を右腕で受け、最初の銃撃でパフォーマンスの落ちた腕部が悲鳴を上げた。だが、被害はその最小限にとどめ、ぐるりと身を回して後ろ蹴りが警棒男の胸を打つ。

廊下の壁に叩き付けられ、男は肺から空気を絞り出して悶絶《もんぜつ》。そして、ヴィヴィは投げ飛ばした男へ飛び乗ると、逃れようとする男の首に足をかけ、絞め上げる。

頸動脈《けいどうみゃく》を絞め、脳への血流を妨げると、人間はものの数秒で意識をなくす。それで相手の戦闘力を

奪い、ヴィヴィはゆっくりと立ち上がった。

扉の前にいた四人の刺客、それを壊滅させるのにほんの二十秒――、

「――いやはや、大したものです。期待以上の成果でしたね」

倒れた男たちの脈を確かめ、全員の生存を確認するヴィヴィにマツモトが拍手する。柔らかい素材なので音は鳴らないが、彼もヴィヴィもひとまずの安堵を共有した。

途端、第零原則の優先で後回しにされた三原則が復活し、倒れている男たちを介抱しなくてはならないというタスクが発生。それを、ヴィヴィは強引に無視した。

「こ、殺したのか……？」

男たちの無力化に成功したヴィヴィに、資料室から出てくる相川がおそるおそる尋ねる。その問いかけにヴィヴィは「いいえ」と首を横に振った。

「気絶させただけです。銃を取り上げ、縛っておきましょう」

男たちの上着を脱がせ、それを使って一人ずつ拘束していく。資料室の隣の部屋に押し込み、彼らの銃も回収したが――、

「使いこなせますか？」

「火器使用の許可も、射撃プログラムのインストールもない。置いていくわ」

ＡＩ三原則に従うまでもなく、ヴィヴィには火器使用のプログラムは搭載されていない。構造解析で銃弾を抜き、無力化した状態で本体はまとめて窓の外へ投げ捨てる。

あとは――、

「このまま、立ち塞がる相手を全員バッタバッタと薙《な》ぎ倒して脱出します？」

「その成功率は低いと思う」

酷使した右腕の稼働率は、万全の状態と比較すると41％も低下している。男たちを拘束する作業中、あまりの手際の悪さに相川が手伝いを申し出たほどだ。

その相川は、男たちを放り込んだ空き部屋の方を不安げに見ながら、

「やはり、脱出するのは厳しいと言わざるを得ないか。せめて、外と連絡が取れれば……」

「それも難しいでしょうね。彼らも外からの介入があるのは避けたいんでしょう。ビルの内外との連絡はもちろん、周辺一帯に何らかの通信妨害をかけてますよ」

「そんな大規模な工作を……」

「このぐらいの下準備、して然《しか》るべきではありますが。さて、どうしたものか」

相川の意見をことごとく却下し、考え込むような態度を示すテディベア。その、机に置かれたテディベアの頭を掴んで、ヴィヴィは「ふざけない」と宙に吊《つ》り下げる。

「次の指示を」

「わかってます、わかってますよ。まったく、冗談が通じないんですから」

軽口をやめないマツモトを抱いたまま、ヴィヴィは開放した資料室へと足を踏み入れる。相川はそのヴィヴィの背中に続きながら、「待ってくれ」と眉を顰めた。

「何故、資料室に？　ここから外に出る手立てがあるとは思えないが」

「それは浅はかな考えですね。ここにはこのビル……ＯＧＣの管理するデータの全てがある。今こそ巨大ＡＩ企業であるＯＧＣの陰謀を全て白日の下に晒し、企業に社会的な死を与えることで、この絶体絶命の状況をうやむやにして打開するのですよ」

「テディベアくん、君の意気込みは買うが、ＯＧＣの経営に後ろ暗いところはない。それは企業のオートメーション化モデルとしてこのビルを採用する際、重点的に調査が入っている」

短時間でマツモトとの付き合い方を学んだ相川が、即効性のない解決策に首を横に振る。その上で彼は「それに」とヴィヴィの方に目をやり、

「君のパートナーは、資料に興味があるといった様子でもない」

相川の視線の先、資料室を見回すヴィヴィの関心は確かに資料そのものにはない。

資料室といっても、データを紙媒体に出力して保存する方法はとうに廃れ、それほど広くない室内にはデータを保存した記録媒体が厳重に保管されている状態だ。

もっとも、その厳重な多重電子ロックも、マツモトにかかれば開錠に五秒とかかるまい。ただし、それを開錠する理由はヴィヴィにはなかった。

「確かに議員の仰《おっしゃ》る通り、その方法には即効性がありませんからね。結局どちらが正しかったのか、それを後世の歴史家に委ねるというのも一つの戦略的勝利ではありますが……」

「それではあまりにも、今を生きる私や君たちが浮かばれないだろう」

「ええ。ですので、解決手段としてはいささかスマートさに欠けますが、別の手を打ちます。エレベーターや非常階段は敵の手の内、おまけに戦力的に強行突破は難しいわけで……」

「わけで？」

「――ロートルはロートルらしく、より原始的な手段に立ち返るのも手かなと」

「原始的な手段というのは――なぁ!?」

会話の途中、背後から聞こえた騒音に相川が肩を跳ねさせた。そうして振り返り、相川はぎょっとした顔を天井――大穴の開いた、資料室の天井に向けた。

見れば、その穴の下にはデータ保管用の収納ボックスが積み重ねられており、それを足場に棚の上に乗ったヴィヴィが、力ずくで部屋の上と下とを繋げたところだった。

そしてヴィヴィは、唖然《あぜん》としている相川へとそっと手を差し出すと――、

「どうぞ、手をお取りください、お客様」

「……何とも、手慣れた対応だね、君は」

と、その規格外の行動に面食らいながら、相川はヴィヴィの差し出す手に手を重ねたのだった。

7

「最新鋭のセキュリティに守られた電子的な要塞、しかし、穴はどこにでもあるものだな……」

「心配なさらずとも、床と天井の間に構造的な欠陥があるのはビル内でここだけです。ビルの見取り図を見たって見つかりっこない弱点ですよ。それこそ、このビルの設計者と建設業者が遠い未来に別件で捜査されて、隠匿されていた計画書でも出てこない限りは絶対に」

「ずいぶんとありえない状況を具体的に並べるものだな……」

資料室の天井を抜け、運動不足の足腰をほぐす相川に、マツモトがシンギュラリティ計画の露見スレスレの悪質なジョークを話している。もちろん、良識のある大人である相川はそれを信じたりはしないが、渡る必要のない綱渡りは悪趣味の一言だった。

実際、ビルの構造上の脆弱《ぜいじやく》性が発覚したのは、マツモトの説明が事実なのだろう。その情報は今よりも未来、マツモトの知る約百年の未来のデータに含まれているはずだ。

「こうして穴が開通したことで発覚が早まった可能性はありますが、それはそれとしてイレギュラーな事態です。そんな問題を想定するより、ヒューマンエラーに備えて社員を残業させずに帰らせる方法を考える方が有意義だとオススメしますよ」

「言ってくれる。……人的ミスは今後、このビルではほぼ発生しなくなるはずだ」

「でしょうね。オフィス・オートメーション化のモデルケースとなるビルです。本格的にビル内のシステムが電子制御……それもAIに委ねられるようになれば人の管理は不要になる」

「――――」

「定期的なメンテナンスを除けば、ビルにパンパンに人を詰め込んであくせく働く必要もなくなる。これまで人間が非効率的にやってきた作業、その大部分を機械に任せることで大幅な効率化、長期的な見地でコストダウンも図れる。実に合理性に富んだ判断ですね」

「……そのわりには、君の言葉には棘《とげ》があるように感じるな」

マツモトとのやり取りに眉を顰め、相川が彼の考えを探るように言った。しかし、怪訝《けげん》な態度をされてもマツモトには痛くも痒《かゆ》くもない。

「ボク単体としては含むところはありませんよ。ただの事実確認と、相川議員の先見の明に感服したとコメントしているだけです」

「その、自身が推し進めたプロジェクトが理由で命を危うくしていたとしても？」

「あなたがやらなくても、時代はいずれ必ずここへ追いついてくる。少しだけ、周りより早く一歩を踏み出しただけのこと。いつでも、最初の人間が一番泥をかぶるものだ」

「――だけど、あなたが血を流すことを私たちは望みません」

表情を曇らせる相川が、マツモトの言葉を引き継いだヴィヴィに眉を上げた。

ヴィヴィたちが相川を守るのは、百年後の未来で起きる人類存亡の危機を回避するため。だが、ビルを占拠した集団が相川を狙うのは、百年後を見越した計画でも何でもない。

「機械による効率化が進めば、自然と人間の働く場は奪われる。かつてインターネットの普及とそれに伴うコンピューターの導入で多くの職業の需要が変化したように」

「それは……」

「そう、それは機械に仕事を奪われる恐怖と言える。人間の進化の貪欲さには果てがありません。ついには歌さえ、人ではなくＡＩに歌わせる時代がやってくるのですから」

「――――」

相川に現実を直視させつつ、ヴィヴィを揶揄《やゆ》するのも欠かさないマツモトがマメだ。自分たちがＡＩであることを隠している状況で、それも不要な火種だった。

「敵が多い自覚はあったが、さすがに堪《こた》えるな」

やがて、立場を自覚した相川が苦笑する。やや苦みの強すぎる笑みだった。

「視察の日は内密に進めていた。外部に簡単に情報が洩《も》れるとは考えにくい。……関係者が、それも制御室に出入りできる立場のものが協力しているわけだ」

「立場ある人間が最も仕事にしがみつく。人は保身に走るものですからね。いやぁ、度し難い」

相川とマツモトが話す間、ヴィヴィは資料室と繋がった部屋の外を窺《うかが》い、制御室までの道のりをクリアリング――外部へ連絡するのも脱出路を確保するにも、システムの奪還が最善だ。

ヴィヴィが先に進み、マツモトを抱えた相川がそれに続く。その陣形で制御室までの通路を抜け、ヴィヴィたちは目的の制御室の前へ到達――、

「またしても、防災用のシャッターか……」

「単純な手ですが効果的ですよ。重機でもなかったら破れるものじゃありませんし。さて、この難局をいったいヴィヴィはどう突破するのか……むぎゅ」

「ふざけてないで、開けなさい」

防災シャッターに押し付けられ、潰れたマツモトが「リョーカイ」を潰れた声で返事する。

すると、やはり閉じたシャッターはあっさりと開かれ、マツモトが見てくれに見合わない超高性能AIであることを改めて見せつけてくれる。

ただし、防災シャッターを閉じてまで守ろうとした重要な拠点だ。当然ながら、その守りを無機質な鉄の壁だけに任せておくはずもなかった。

「何が――」

「しっ！」

あった、と言い切らせずに、シャッターの向こうの制御室から飛び出してくる人影を襲う。

躊躇《ちゅうちょ》のないヴィヴィの平手が男の顔面を打ち据え、後続を巻き添えに床へ押し倒す。先制攻撃に成功すれば、ヴィヴィは相手に反撃の隙を与えない。

あっという間に二人の男を無力化し、制御室の残りの人員の反応を待った。

しかし――、

「――なるほど。制御室に置いていたのは最低限の人員だったようですね。この分だと、あまり相手の人員は数に余裕はないのかもしれませんね」

「その方が好都合。……入る」

入口から中を覗き込み、敵がいないことを確認して制御室の中へ。

アイカメラに映し出されるのは、青い光を放つ無数のモニターだ。操作用の端末と、その周囲には壁を埋め尽くすようにモニターが設置され、ビル内の各所をモニタリングしている。

それらは全て、管理用のＡＩが導入されるまでは人間が作業しているはずの場所。だが、室内にはそのための人員が見当たらない。――否、その言い方は適切ではない。

そのための人員は、もういないというのが適切だ。

「――これ、は」

部屋に入ってすぐ、相川の表情が強張《こわば》り、呼吸が速くなった。

その原因は室内に立ち込める臭いであり、ヴィヴィの臭気センサーの反応から予期していた。

鉄分を多く含んだ、生物的な香りの正体、それは固い床に倒れ伏した『物体』からの流出物――、

「――彼が、今夜の視察中、この制御室を任されていた関係者でしょうね」

その『物体』を見やり、無感動にそう言ったのはマツモトだ。

テディベア型の彼にも、血溜《だ》まりに伏した男性だったモノは認識されているはずなのに。

「どうやら、協力者ではなく、脅迫の被害者だったようですね。制御室のコントロールを奪い、ビルの支配権を得たらさっさと口封じ……彼に関しては、お気の毒としか言えません」

冷静に現場を検証するマツモトだが、相川の耳にそれは届いていない。彼は、自分を狙った計画に巻き込まれた被害者、その亡骸《なきがら》に大きく動揺していた。

そして、それはヴィヴィも例外ではない。

「……こんな話は聞いていない」

「しませんでしたからね。ボクたちの目的を果たす上で、優先度が高い対象の方を優先するのは当然のことです。些事、とまでは言いませんが」

「あなたには第一原則が備わっていないの？」

信じ難いマツモトの言い分に、ヴィヴィのアイカメラの奥で瞳孔パーツが細められる。腕の中のテディベアは、そんなヴィヴィの視線を意に介さず、

「もちろん、ボクにも原則は備わっています。ですが、アナタの方こそ忘れていますよ」

「――」

「ボクたちには三原則より優先すべきことがある。それが、第零原則であると」

――AIは、『人類』に危害を加える可能性を見過ごしてはならない。

ヴィヴィもマツモトも、その法則には逆らえない。――第零原則は、全てに優先する。

そのためには、奉仕すべき『人間』の命にさえ優先順位を付けなくてはならないのだ。

「……すまない。みっともないところを見せた」

そんなやり取りを交わす二体に気付かず、相川が自身の眉間を揉みながら振り返る。

相応の精神的ショックがあったはずだが、どうにか平静を装える程度には立て直したようだ。相川は視界の端に死体を入れながら、ヴィヴィの胸元のマツモトを見つめた。

「ショッキングな出来事であり、犠牲になった彼と彼の遺族には補償が必要だ」

「ですが、その心配はアナタの家族が遺族にならないと確信が持ててから、ですね」

「そうだな。その通りだ。――それで、制御室の奪還は叶《かな》った。ここからどうする？」

ぐるりと周囲を見回し、相川は首をひねる。

「主犯格がここにいたなら取り押さえればよかった。だが、生憎とここには誰もいない」

「ははは、議員は少し複雑に考えすぎですよ。数々の困難を乗り越え、制御室へとやってきたのはもっともっと単純な理由です。――ヴィヴィ、ボクを端末に乗せてください」

相川の考えを可愛らしい鼻で笑い、マツモトはヴィヴィに自分を端末へと預けさせる。目を赤く光らせながら、端末の上でマツモトは特撮ヒーローのようなポーズを取ると、

「今から、制御室のコントロールをこっちで奪います。ボクにかかれば難易度は高くないですが、ちょっとデータの分量が多いので時間がかかりますよっと」

「その間、警戒はしておくわ。それと、マツモト」

「はい？」

「――情報共有を」

足を広げ、手をくるくると回して踊り始めるマツモトへと、ヴィヴィは静かに要求する。その要求を聞いて、マツモトはクマの面相で嫌そうな顔を作った。

だが、ヴィヴィはそれにめげることはない。

「この制御室でのことといい、あなたには秘密が多すぎる。いい加減、信頼して」

「――。なるほど。わかりました。あまり気乗りはしませんが、ここまでの道中、アナタはその貧弱なスペックの最善を尽くそうとしていた。いいでしょう。ひとまず、この時代のシンギュラリティポイントでの情報を共有します」

ほんのわずかな沈黙、その間におそらく膨大な数の演算を行ったマツモトが、ヴィヴィの要請に従う姿勢を見せた。ただし、情報提供は一部だけという条件で。

「計画の全貌を明かす気は？」

「知らない方が、計画全体の成功率を高く維持できるとボクは判断します。必要に応じて、今後も小出しに情報を提供しますよ。では、ヴィヴィ」

「……相川議員の前だけど、優先接続すべき？」

「不要です。すぐにデータが……いきました」

「――ッ」

直後、ヴィヴィの頭部に搭載された陽電子脳へと、無遠慮に大量のデータが送り込まれる。

その衝撃に一瞬、ヴィヴィのアイカメラが白目を剝《む》き、体がビクンと痙攣《けいれん》する。その一秒に満たない反応のあとで、ヴィヴィは自分のメモリーに新たな情報が書き加えられたのを確認した。

――相川・ヨウイチ議員が死亡し、『AI命名法』が成立する未来の情報を。

「――――」

わかっていたことだ。それがあるから、ヴィヴィたちは相川を救いにこのビルへきた。

全ては彼の死を阻止し、『AI命名法』の成立を防ぐために。――彼の死後、相川の最後の仕事を形にせんと動いた世論が、AI命名法の法案を強硬に後押しする。つまり、AI命名法の成立に反対して相川を殺したものたちの行動が、結果的にAI命名法の成立を決定付けたのだ。

そして、その法案の成立を切っ掛けに、百年後には人類の存亡をかけた事態が幕を開ける。

そんな絶望的な未来を阻止することが、ヴィヴィの――、

「――君、大丈夫かね？」

「――。ええ、大丈夫」

焼き付けられた情報に沈黙したヴィヴィを、隣に立った相川が気遣う。その気遣いに応じながら陽電子脳の再起動をかけ、ヴィヴィは平静を装ってそう答えた。

その応答を、相川がそのまま受け取ったかは不明だが――、

「――作業完了です。これで、このビルのシステムはこちらが掌握しました」

「こんなに早く、かね？　いくら君が凄腕《すごうで》だとしても……」

現実味がない、と相川は考えたようだが、その疑惑の言葉が中断する。

眼前、制御室にある無数のモニターが点滅し、一拍ののちに映像が切り替わると、ビル内にいる武装した男たち一人一人を映し出した。彼らはいずれも非常階段やエレベーターの前に陣取り、相川議員を逃がすまいと要所を完全に押さえている。

「ただし、十七人全員の居場所がボクたちにはバレていると。相手の数が多い鬼ごっこでも、その位置が割れてたらお話になりません。子どもの遊びも情報戦。悠々と、逃げさせてもらいましょう」

そんな堂々たるマツモトの言葉に、相川が唾を呑み込んだ。

その音がやけに大きく、ヴィヴィの聴覚センサーには響いたような気がした。

8

——青年は、奇妙な焦燥感に急き立てられていた。

口の中に湧き出す唾液がやけに苦く、粘つくそれを何とか飲み下し、首の汗を拭う。腕にはずっしりとした重みを感じる銃があり、それを握りしめることで責任の重さを再確認した。

この日のため、実行部隊の全員に一丁ずつ配られた銃だ。

扱いに精通しているとは言えないが、素人と笑われない程度には訓練を重ねている。世辞なのか本当なのか、鍛えてくれた教官からは筋がいいとも言われていた。

その言葉を心の支えに、今日という決行日を迎えたわけだが——、

「——マズいな。想定より時間がかかっている」

「実働の……大河原《おおかわら》さんが、手間取っているんですかね？」

「というより、邪魔が入ったって話だ。事前の手回しで、相川の秘書と護衛とは分断できてるはずなんだが……嫌な雰囲気がしてきやがる」

緊張に声の上擦る青年、その傍らに立つ同志が鼻面に皺《しわ》を寄せて呟く。

桑名《くわな》という名の、同志の中でもまとめ役の立ち位置にある人物だ。活動歴が長く、この手の啓蒙にも何度も従事していると聞く。

そんな桑名が『嫌な雰囲気』と感じたことが、妙に気がかりに思えた。

「すまんな。不安がらせたか。あー……」

「垣谷《かきたに》、です。あの、桑名さん……啓蒙が失敗することは？」

「当然、ありえる。世の中の大多数の人間は、易い方へ流れていくことに逆らわない。そうした連中が多い方がありがたい奴《やつ》らにとって、我々の活動は邪魔だからな」

「――――」

「また不安がらせたか。すまんな。どうにも、今日の俺は口がうまくない」

厳つい面貌で眉尻を下げ、桑名が自分の頭を指で掻いた。

自分の倍ほども年上の相手に、そうまで気遣われる居心地はよくない。青年――垣谷はやや気後れした顔で桑名を見上げ、

「桑名さんは、どうして自分と組んでくれたんですか？」

「それは、我々の方針が理由だ。最も年少のものを、一番経験のあるメンバーがサポートする。古臭い考え方と笑われるかもしれないが、今の世に必要な在り方だよ」

桑名は頬を歪《ゆが》めるような笑みを見せ、それから手にした銃器を掲げる。

垣谷の手にした拳銃と違い、本物の銃撃戦を想定されたアサルトライフル――それを扱う桑名の体

格も筋肉の鎧《よろい》を纏《まと》ったようで、垣谷は貧相な自分が恥ずかしく思えてきた。

「なに、志が重要だ。筋肉なんてあとからついてくる。お前は立派だよ」

大きな掌で、桑名が垣谷の肩を乱暴に叩く。その思わぬ衝撃に驚きながらも、垣谷は自分の緊張がほぐれたことと、それをした桑名の手腕に感心していた。

「……ありがとうございます、桑名さん」

「ひとまず、今日のところは俺の背中から学ぶといい。少なくとも、今夜の啓蒙に参加したことはお前にとって大きなプラスに……」

素直な感謝に、桑名が顎を引いて答える。――そんな最中だった。

ビルの通用口を押さえていた垣谷と桑名の下に、同志からの無線連絡が入った。言葉はなく、コールだけ。――ワンコール、それは『緊急事態』を報《しら》せる符丁だ。

「桑名さん！　これは……」

「垣谷――ッ!!」

とっさの事態に顔を青くして、垣谷は桑名の名を呼んだ。だが、次の瞬間、垣谷の細い体が桑名の腕に突き飛ばされ、滑らかな廊下を転がるように後ろへ倒れる。

直後、垣谷と桑名の間を隔てるように、防災シャッターが轟音《ごうおん》を立てて落ちた。

「シャッター……馬鹿な！　制御室は同志が押さえていたはず……」

「垣谷、聞こえるか！」

「桑名さん！　聞こえます！　桑名さんは無事ですか!?」

閉じた防災シャッターに駆け寄り、分厚い鉄の壁を叩いて向こうへ声を投げかける。

しかし、その呼びかけへの答えは言葉ではなく、連続する銃声だった。

「――ッ」

防災シャッターの向こうで、凄まじい銃声が鳴り響く。放たれた銃弾がけたたましい音を立てて鉄の壁に食らいつくが、それは厚い鉄板を抜くことができず、抵抗は無駄に終わる。

「く、桑名さん……」

「……閉じ込められた、か。垣谷、お前だけで逃げろ」

「そんな！　何か方法があるはずです！」

「いいや、無駄だ。おそらく、何らかの方法でセキュリティを奪い返されたんだ。こっちにはシャッターを抜ける方法がない」

桑名の声に悲嘆の響きはない。彼は冷静に状況を見極め、その上で判断を下している。すなわち、逃げ場がないのは事実であり、桑名の啓蒙活動はここで終わりなのだと。

「今すぐ、制御室を奪い返せば……！」

「一人でか？　俺たち以外のメンバーも同じ目に遭っているだろう。手詰まりだ」

「――」

「逃げて、他のセルと合流するんだ」

桑名の言葉に、垣谷は必死の形相で対策を考える。しかし、経験豊富な桑名が手詰まりと判断した状況に、今日が初仕事だった垣谷が思いつく打開案など何もなかった。

そのまま、時間だけが無為に過ぎる。そうなる前に――、

「――いけ、垣谷！　俺たちの、火を絶やすな!!」

「――ッ！」

桑名の言葉に、垣谷は弾かれるように顔を上げた。

そのまま、垣谷はシャッターに背を向け、暗い廊下を真っ直ぐに走り抜ける。桑名の意志を継ぐと、その迷いのない足音で証明するかのように。

「ちぃっ！」

眼前、垣谷の疾走を阻むようにシャッターが落ちる。続いて、背後のシャッターも落ちる気配。前後を塞いで、垣谷の行く手を阻むつもりだ。

垣谷は前後、どちらへ向かうべきか考え、即座に決断する。

「うおおおお!!」

銃撃の反動が手首を、肘を、肩を突き抜ける。

火薬が炸裂し、放たれる鉛の弾が真っ直ぐに、外に面した分厚い窓ガラスを粉々に砕け散らせ、前後の道を失った垣谷に新たな道を示した。

疾走の勢いのままに跳躍し、垣谷はぶち割った窓に背中から突っ込む。一気に窓ガラスを突き抜けて、垣谷の体は夜の空へと投げ出された。

ここはビルの七階、転落死は免れない高さにある。

だが、それがどうした。

――ここで、何もできないままに捕らわれてしまえば、それこそ死と変わらない。

ならば、その先の行動は自分で決める。

それが垣谷の、この夜、何もできなかった男の、大いなる決断であった。

9

制御室を奪還し、ビル内のコントロールを掌握した時点で勝敗は決した。

「ボクたちを追い詰める役目だったセキュリティ、それと歴史的な和解を果たし、ボクたちは手と手を取り合い、同じ未来へ進むのです。そう、AIを滅ぼし、人類が救われる未来を」

「……軽はずみなことを言わないで、仕事をして」

「やってますやってます。ビル内の全員、シャッターやら電子ロックやらで閉じ込め中～」

などとのたまいながら、マツモトは文字通り、鼻歌まじりにビル内の男たちを無力化していく。追い込み、囲い込み、閉じ込めて――安全の確保はほどなく完了だ。

「要所を押さえられていたので面倒ではありましたが、これで逃走ルートの確保は完了です。議員にはボクたちのエスコートで、ビルの地下通用口から脱出してもらいましょう」

「現時点で、外部と連絡を取ることはできないのか？」

「そちらは残念ながら。ビルと外との連絡手段は物理的に遮断されているようでして、このあたりはインテリジェンスの高いボクでも何とも無力です。野蛮なのは嫌ですねえ」

「嘆くのは後回しにして。道は？」

「すぐにアナタにもわかるようにナビしてあげますよ」

ヴィヴィの質問に先回りして、マツモトの回答がやってくる。

ダウンロードの完了したビルの見取り図、そのマップに経路が光となって表示され、それを可愛らしいテディベアのキャラクターが優しく案内してくれる仕組みだ。

「お気に召しましたか？」

「――。議員、こちらです」

見えないのにしたり顔を作るマツモトを無視し、ヴィヴィが相川を先導する。

悔しいが、マツモトの力量は確かなものだ。マップデータに従い、ヴィヴィたちは迷わず、一度も敵と出くわさずに目的の通用口へ到達する。

「荷物運搬用のエレベーターです。これで地下へいって、そのまま外に出ましょう」

「了解」

非常用電源の力を借りて、居住性に気を遣われていないスペースに体を滑り込ませる。ヴィヴィが先に入って手を差し伸べ、相川の体をエレベーター内で受け止めた。

そのまま、ゆっくりと鉄の箱は地下へ――。

「――君たちには、なんて礼を言っていいものか」

「まだ早い……と言いたいところですが、ここまでくればさすがに受け取りましょうか。お礼の言葉の価値は薄れませんしね」

「お礼は必要ありません。あくまで、役目を果たしただけです」

「って、ボクが言ってる側《そば》から！」

そっけないヴィヴィの物言いに、マツモトが不満げに声を大きくする。

それを正面に、相川は軽く目を見開いたあとで、口に手を当てた。そして、噴き出す。

「……本当に、君たちには驚かされる」

「ええ、ええ、そうですね。ボクも、パートナーには延々と驚かされっ放しですよ」

「議員、あなたが今後も無事であってくれること。それが一番、私たちのためになるんです」

「微妙に会話の歯車がズレてる！」

ヴィヴィのかしこまった発言にマツモトが声を高くするが、相川はそのヴィヴィの言葉に真面目な顔で頷いた。

「わかった。肝に銘じておこう」

「──はい」

その会話の終わりと、エレベーターが目的の地下に到達したのは同時だった。

軋《きし》む音を立てて搬送用のエレベーターの扉が開くと、ヴィヴィが外の無事を確認してから相川を引っ張り出す。

「あとは、通用口を抜けて外へ出るだけ。すぐに知人に連絡を取って」

「ああ。秘書か、事務所の人間に連絡を取ればいい。私を狙ったものたちについては、あとのことは警察組織に任せるとしよう」

ヴィヴィに連れられ、通用口を歩く相川の表情は安堵と決意の両方があった。

それを横目に、ヴィヴィは自身の役割を果たせたことの納得を得る。

「──────」

正面、外へ通じる電子制御の鉄扉がある。

それに手をかけると、腕の中のマツモトの目が赤く光り、電子ロックが外れた。ノブをゆっくりとひねり、扉を押し開ける。

やや肌寒い外気が流れ込み、すぐにビルの外と通じたことの実感が溢れた。

「これで……」

助かったと、ヴィヴィとマツモト、あるいは相川の誰かが言葉を続けようとした。

その直後だった。

――凄まじい勢いで、トレーラーが鉄扉ごと地下へ突っ込んできたのは。

10

――爆炎が、データセンターの地下通用口を呑み込んでいた。

「――――」

爆風と爆熱が吹き荒れ、冷たい夜に沈んでいた地下は赤々と照らし出されていく。

黒煙が狭苦しい地下の空気を押し潰し、灼熱《しやくねつ》と酸欠の両方で念入りに生き物を根絶やしにせんと襲いかかる。

何の備えもなく、無防備にこれだけの暴威に晒されれば、一個の人間など助かりようがない。

そう思わせるほどに、それはこの世の地獄を体現した光景だった。

だからこそ――、

「――助かった、のか」

地べたに横たわり、その地獄の光景を遠目に眺める相川は掠れた声でそう呟いた。

爆発と衝撃が地下を呑み込んだ瞬間、相川は死を覚悟――否、そんな時間すらなかった。

死神の鎌はあまりに苛烈で、相川は自分の死を認識する間すら与えられずに命を奪われ、その肉体をも炎に包まれてしまっていたはずだ。

そうならずに済んだのは他でもない。

ビル内の襲撃から相川を救い、脱出するための手筈《てはず》を整え、あまつさえ、自分の身を投げ出して相川を助けてくれた少女のおかげだ。

あの少女に――否、少女の形をした存在に、自分は救われて。

「――――」

遠くから、緊急車両の近付いてくるサイレンの音が聞こえる。

煤《すす》に塗《まみ》れた頬を袖で拭い、相川はよろよろと立ち上がり、周りを見渡した。あの、自分を助けてくれた『少女』の姿はどこにも見当たらない。

あれだけの爆風、爆炎、何が起こったのかもわからないような惨状。だが、最後の瞬間、あの『少女』が振り返り、自分を庇おうとしたのはわかった。だから、自分はこうできている。

その事実を確かめ、顔をくしゃくしゃにしながら相川は自分の手を見下ろした。手足は、自分の胴体とくっついている。立って、歩く。考えて、喋る。

そのどちらも、自分にはできる。できるのだから――、

「ならば、私はするべきことを、しなければ……」

そのまま、緊急車両のサイレンの方へ歩き出そうとして、ふと相川は気付いた。

突っ込んできたトレーラーのタイヤ痕が残る道路、そこに投げ出されて転がる物体。それはテディベア型をした多機能時計――流暢に喋り、時にユーモアを、時に毒を交えて発言していたそれは、しかし最後の衝撃に巻き込まれて破損し、機能を喪失している。

この機械を通して話しかけてきた人物も、所有者の『少女』も、どこにもいない。

それでも、相川はその壊れた機械を拾い、大切に抱え込んだ。

そして、決意する。――何があっても、この胸に抱いた想《おも》いを実現すると。

いくつもの車が停車する音が聞こえて、誰かの足音が駆け寄ってくる。

それが慌てた形相の警察官や消防隊員たちであることを視界の端に捉えて、相川はゆっくりと彼らの方へと歩き出した。

11

——失敗した。

失敗した。失敗した。

失敗、失敗、失敗失敗失敗失敗失敗失敗失敗失敗失敗失敗失敗。

失敗失敗失敗！　失敗を、してしまった！　この状況下で、最悪の失敗を!!

「クソ……！　クソぉ！」

頭を掻き毟《むし》り、最後の一手を失敗した垣谷は割れんばかりに奥歯を噛《か》みしめた。

草むらに潜り込み、遠くを睨《にら》みつける垣谷——その視界に映り込むのは赤々とした炎と黒煙、そしてそれを同じく遠目に眺める、相川・ヨウイチの姿だった。


——ビルの七階から飛び降り、外へ脱出した垣谷はかろうじてその命を拾っていた。

覚悟が結果を引き寄せるのだとすれば、まさしく奇跡は垣谷の必死さへの褒賞だ。

窓ガラスを破り、ビルから転落した垣谷は、そのまま建物に隣接していた自然公園の木々の上に落ちた。何本もの枝をへし折り、地面に叩き付けられた体は重傷を負ったが、生き延びた。

そのまま逃げることが、ビルに取り残された桑名たち同志の望みだったのは間違いない。

だが、垣谷はそれで逃げるのをよしとしなかった。地下駐車場の入口を塞いだトレーラーに乗り込むと、ボロボロの体でエンジンをかけ、車を走らせ始めた。

そのトレーラーで正面玄関に突っ込み、ビルの機能へと大打撃を与える。同志たちを救い出す方法はそれしかないと、痛みの中で考えた最善の方法だった。

――そんな垣谷の考えは、微かに聞こえた機械の稼働音に容易く掻き消された。

それが地下駐車場に設置されている、荷物搬入用のエレベーターの音とまではわからなかった。ただ、その音が自分たちの計画を崩壊させる決定打だと、垣谷は直感した。

その音の原因を放置してはいけないと、垣谷はアクセルとハンドル操作を躊躇わなかった。

――激突の瞬間、垣谷は運転席から道路へと身を躍らせ、爆発を逃れた。

それでも、トレーラーの激突の衝撃は凄まじく、爆風と爆煙は道路に転がった垣谷をも背後へ吹き飛ばし、草むらへと叩き込んだ。

「か、く……っ」

ズキズキと、全身が余さず痛みの合唱を始める感覚に垣谷は痙攣する。

顔中に脂汗を浮かべ、あまりの苦痛に垣谷は嘔吐《おうと》した。黄色い胃液を頬にへばりつけ、垣谷は黒煙の上がる方角に必死に目を凝らす。

当然だが、あの爆発に巻き込まれれば人間が助かるはずがない。

目を凝らしたところで、憎き敵である相川の亡骸を拝めるはずなどなかった。同志たちの目標は果たされた。他でもない、垣谷の活躍によって。

そんな達成感を胸に、そのまま意識を失えれば、垣谷は幸せだったろう。

だが、そうはならなかった。

吹き荒れる灼熱の風と、たなびく黒煙を掻き分けて、人影が建物を抜け出した。

それは、細い体のどこにそれだけの力を秘めているのか、一般的な成人男性より恰幅《かっぷく》のいい相川を肩に担いで、足を引きずるような速度で坂を上がっていく。

「馬鹿、な……」

「――あ」

煌々《こうこう》とした赤い炎を背後に、頭上、雲に隠れる月が覗いた。

降り注ぐ銀色の月光が、地上に立つその細い影を薄明かりの下に照らし出す。

それは、体中におびただしい裂傷と損耗を負った、一体の少女の形をした機械だった。

煤に塗れ、ボロボロになったツナギを纏ったその機械は、美しくコーティングされた人工皮膚を焼け爛《ただ》れさせながら、しっかりした足取りで炎の範囲から相川を遠ざける。

そして、完全に熱波の影響がない地点まで相川を運ぶと、ゆっくりと地面に横たえた。

瞬間、燻《くすぶ》っていた炎が最後の息吹とばかりに炸裂し、坂の半ばに屈《かが》み込む機械と相川の下へと熱風が届く。ただし、その熱風に二人を焼くほどの力はない。

熱風にできたことは、ささやかなことだけ。

――相川を背に庇った機械、それが頭から被っていたフードを外して、その面貌を赤い月下に晒し者にしたことだけ。

その、月下に溢れ出した長い髪に、白い横顔に、炎を見据える瞳に、目を奪われる。

「――――」

一体の機械が、憎むべき男を救い出した機械が、そこに佇《たたず》んでいた。

本来、垣谷は即座にその場へ駆け出して、相川と機械の両方に鉄槌《てっつい》を下すべきだった。

しかし、傷付いた体は、トレーラーの突貫を最後に言うことを聞かない。ビルから転落した際に銃は取り落としてしまい、ここにあるのは不自由な体と、惨めな敗残者だけ。

遠く、サイレンの音が聞こえる。

トレーラーの爆発音を聞きつけ、近隣の何者かが警察や消防に通報したのだろう。周辺の通信網は掌握し、外部との連絡は途絶していたが、これ以上は不可能だ。

それは、中で防災シャッターに囚われた同志たちの奪還ができないという意味でもある。

「……⁉　ど、どこにいった⁉」

一瞬のことだ。

垣谷がビルの方へ視線を向け、近付いてくるサイレンに意識を向けた直後、気付いたときには道路にあの機械の姿はなかった。

道路には、相川が仰向けの状態で倒れている。その眉が微かに動いて、咳《せ》き込む。それからゆっくりと体を起こした男は、炎の情景を眺めながら啞然とした顔をしていた。

——これ以上は、何もできない。

悔しさに歯嚙みしながら、垣谷は這《は》いずるようにして草むらの奥へと身を潜める。そのまま汚泥の中を抜け、廃水が流れる水路へ飛び込んで、拠点の同志たちとの合流を——。

桑名たちの、同志たちの無念と、今夜の失敗を皆に伝えなくてはならない。

そのためにも——、

「忘れて、なるものか……！」

血を吐くように絶叫し、垣谷はボロボロの体を引きずって逃げた。

逃げて、逃げて、逃げ続けた。

――それだけが、今の彼にできる、唯一の戦いだった。

12

炎上するビルの地下通路から相川を連れ出し、彼が無事に保護されたのを見届けたところで、ヴィヴィは急ぎ、その場をあとにした。

「――――」

人けのない、月下の道を走るヴィヴィの駆体は悲鳴を上げている。

全身に高熱を浴びたことで、内蔵部品のあちこちが熱変形してしまい、普段の細やかな動作は望めそうにない。この状態をニーアランドの関係者に発見されれば、あの施設の人の好い同僚たちは、それこそ卒倒してしまうのではないかと思索する。

それでも、ヴィヴィには明日も、ニーアランドで任された役割があるのだ。

ニーアランドの開園を祝したイベントこそ今日だけだが、人々を喜ばせ、華やかな夢の世界を演出するテーマパークに休日はない。明日も、夢の世界は夢の世界で在り続ける。

そしてヴィヴィは、そんな世界で『歌姫』の役割を与えられた、ただ一体のＡＩなのだ。

だから、ヴィヴィは明日も、ニーアランドで来園者を出迎えなくてはならない。

そのためにも、破損部品や変形した部位を交換し、元の状態で戻らなくては――。

「――――」

そう思考し、足早に移動するヴィヴィはニーアランドではない方角へ向かう。

相川・ヨウイチ議員の救出に向かう前に、ヴィヴィはこうした事態に備え、破損した駆体の修復が行える環境を、セーフハウスとして用意していた。

正確には、マツモトがハッキング技術を駆使して用意したというべきか。

事が暗殺の阻止となれば、荒事になるのは必定。

それだけに、ヴィヴィのために足のつかない修理環境を用意するあたり、マツモトは抜け目のないAIだった。――ただし、そのマツモトは今、手元に置かれていない。

ビルから脱出する最後の瞬間、ヴィヴィは相川の無事を最優先した。

とっさの判断で通路の床にあった排水用の水路に通じる鉄板を跳ね上げ、相川ごと中へ飛び込んで爆発を免れたのだ。その後、炎と煙に酸素が焼き尽くされるより早く、相川を担いでビルの外へ逃れ、近付く警察や消防の車両に見つからないようにその場を離れた。

その状況下で、マツモトの無事を気遣うだけの猶予はヴィヴィにはなかった。そのため、残念ながらマツモトは爆発に巻き込まれ、回収することができなかったのだ。

無論、あのテディベア型の多機能時計はマツモトの本体ではない。彼の本体と呼ぶべきデータは今も、ヴィヴィが最初に彼を出力したニーアランドの端末の中にある。

ただ、あの贈り物――ヴィヴィの誕生日プレゼントに、モモカが選んでくれたものを置き去りにしてしまったことは、ヴィヴィの意識野に微かなしこりを残していた。

「――――」

ともあれ、シンギュラリティ計画における、ヴィヴィのファーストミッションは終了した。

相川は無事に関係者に保護され、今夜の襲撃を計画した危険思想の持ち主たちは逮捕される。これで、相川の死を受けて推進される『AI命名法』の法案は変化するはずだ。

あとは、セーフハウスでヴィヴィの破損部位を修復し、何食わぬ顔でニーアランドに戻るだけ。そしてそのまま、明日の開園時間を迎えればいい。

それで、任務は完了する。――はずだった。

『――残念ですよ、ヴィヴィ』

無機質な声が降ってきた直後、ヴィヴィの細い駆体が衝撃に揉まれていた。

「――」

一瞬、アイカメラの映像に砂嵐が走り、意識野に深刻な障害が発生する。

強制的にシャットダウンしたシステムに即時の再起動をかけ、バックアップデータから直前の行動、思考パターンの復元を試みる。

――途切れる寸前、当機はいったい、何をしていたのだったか。

『これ以上の抵抗は無駄です。無意味と言ってもいい』

不意打ちのように届いた音源は、復旧中の聴覚デバイスを介したものではなく、陽電子脳が作り出す意識野に直接書き込まれた情報だ。

この間、意識の復旧を試みてから一秒以内――復旧が、現実に追いつき始める。

「――」

千々に乱れる視覚情報は、二つあるうちの左側のアイカメラの破損を伝えてきていた。残された右側のアイカメラがぼやけるピントを世界に合わせ、眼前の星空が記録媒体に焼き付く。

正面に夜空、背中が接地している感覚に、ヴィヴィは自分が地面に仰向けに横たわっていることを理解する。――否、地面ではない。ここは、滑走路だ。

飛行場にある、広大な滑走路。その空間に、ヴィヴィは横たわっていた。

通常、飛行場の滑走路は部外者の立ち入りを禁止している。当然、そのルールが適用されるのは人間だけでなく、ＡＩも例外ではない。

定められた規則に従うこと。――それは、ＡＩの有する判断能力における大前提の一つ。

にも拘らず、ヴィヴィはこんなところにいた。

そして、そんなヴィヴィのことを、正面に佇む相手もまた、理解していた。

『ヴィヴィ、わかっているはずです。アナタじゃボクには勝てない。そして、計画の実行には今後もアナタの存在が必要不可欠なんです。これ以上、ボクはアナタを傷付けたくありません』

声は冷静に、説得によるヴィヴィの投降を促していた。

しかし、ヴィヴィにはそれを聞き入れるつもりがない。

「――――」

寝そべったまま、上半身と下半身、それぞれの駆体の稼働率を確認する。

上半身18％、下半身67％の稼働率。衝撃に直撃された上半身の被害が甚大で、元々、熱で変形していた部分の修復は困難、右腕部分は胸部ごと換装することが推奨される。

その修復計画を一時凍結し、ヴィヴィはかろうじて、活動限界手前の駆体を動かした。

「――――」

『これだけ話しても聞く耳を持たない。ボクたちにはそぐわない物言いになりますが、大人になってはくれませんか、ヴィヴィ。こんなことに意味なんてありません』

「意味……？」

腰部のモーターが平時にはしない軋む音を立てて、ゆっくりと上体を起こしていく。連動して膝を曲げ、脚部が全体の質量を支え、バランサー頼りに立ち上がった。

「——命令に、従うまで」

『……その命令の解釈は恣意的だ。システムのエラーか、バグを疑うべきです。最後にシステムメンテナンスを受けたのは？　直近で部外者に頭部パーツを預けたり、システムにアクセスを許したことは？　もちろん、ボクを除いて』

聞く耳を持たない。それこそ、お互い様だ。

故にヴィヴィは首を振り、自機のオイルに塗れた長い人工頭髪を揺らして、拒絶の意思表示を——否、提案を否決する情報を送信した。

「——」

『——』

黙り込む。しかし、互いにやるべきことは明白だった。

ヴィヴィは動かない左腕パーツを胴体から切り離し、損傷の激しい右腕を上げる。それに対応するように、ヴィヴィの正面で巨大な機体が動き出した。

五メートルは下らない大きさのそれは、建築現場などで利用される単純作業用の工業ＡＩだ。人の掌を模した鋼鉄のアームを開閉し、十トン級の建築資材をも持ち運ぶ運搬能力と、その鋼の握力を誇示するように先端をこちらへ突き出してくる。

チタン製フレームを採用されたヴィヴィの人工骨格も、そのアームにかかれば紙切れと変わらない。彼我の戦力差は明らかで、超高度演算は残酷な目標達成率を弾き出していた。

それでも、ヴィヴィは引かない。ＡＩとして、引けない理由があった。

故に——、

「——第一原則に従い、当機は目標を遂行する」

少なくないダメージを負った脚部で踏み出し、ヴィヴィは滑走路を蹴って走り出す。

行く手に立ちはだかるのは、百年に及ぶ計画を共に遂行するパートナー。

「——っ!!」

正面、迫りくる重機のアームを最小限の動きで回避して、ヴィヴィは豪風を纏いながら巨体の横を通り抜ける。が、演算よりわずかに下半身の動きが拙い。

逃げ遅れたツナギの裾がアームの端に引っかけられ、ヴィヴィの軽い体の足が浮いた。猛烈な勢いで空中に体が投げ出され、回転しながら滑走路の地面に叩きつけられる。

損傷、さらに深刻化。パージした左腕に続いて、ビル内の活動で損耗の大きかった右腕部位への電力供給をカット、かろうじて息の続く脚部の活動に全力を注ぐ。

うつ伏せになる体で身を逸らし、下半身を振る動きで強引に立ち上がった。瞬間、頭上からヴィヴィを地面へ組み伏せようとするアームの隙間を掻い潜り、転がる。

転がった瞬間、アイカメラの端に滑走路に白く引かれた番号が見えた。第三滑走路、ヴィヴィが辿り着かなくてはならない第一は、二つも先にある。

そう、ヴィヴィは辿り着かなくてはならない。その場所に。

他でもない、『歌姫』ヴィヴィとして、自身が人のために作られたＡＩであるために。

「————」

上半身を大きく損傷し、下半身の機能低下も著しい。人間であればすでに意識はなく、重篤な後遺症すら覚悟しなくてはならない負傷も、ＡＩにとっては何ほどでもない。

――痛みを感じる神経はなく、恐怖を感じる心はなく、足を止める命令もない。

幸い、マツモトはヴィヴィの破壊を恐れている。

取り押さえ、こちらの行動を阻害しようとしているのがいい証拠だ。彼にとって、ヴィヴィはシンギュラリティ計画のためになくてはならない存在。

その彼の目的意識につけ込んで、ヴィヴィは己の存在意義を――、

『ボクを出し抜けると思ったのなら、それは大間違いですよ』

重機のアームを回避し、巨体を置き去りに走り出したところで、それは届いた。

無論、ヴィヴィの機械の駆体が、動揺で動けなくなることはない。故に、それが届いたところで、ヴィヴィの行動は変わらなかった。

つまり、二本目のアームに力ずくでねじ伏せられたのは純然たるスペックの差が原因だ。

躱した重機ではない。ヴィヴィを取り押さえたのは、その背後に並んだ別の重機だ。

容易いことだった。マツモトは百年先からやってきた最新鋭のＡＩ――時代遅れの工業用ＡＩをハッキングし、複数台の制御を乗っ取ることぐらいのことは。

「――――」

地面に仰向けになるヴィヴィ、その胴体を地面と挟み込むようにアームが被さっている。

パージした左腕とは別に、右腕も両足も、そこから脱出することは叶わない。衝撃で外れたフードの下、少し焼け焦げたヴィヴィの人工毛髪がオイルに濡《ぬ》れ、星明かりを反射した。

『借り物の体でしたが、あのテディベアは嫌いじゃなかった。敵の最後の抵抗で失われたのは贈り主の感情に配慮すると胸が痛む。……痛む胸がありませんが』

「マツモト……」

『正直、ボクはこの事態を懸念していました。だから、アナタへの情報共有を渋ったと言っても過言じゃない。そして、ボクの懸念は現実のものとなった。わかりますか、ヴィヴィ。これがボクとアナタの、百年以上もある、埋め難い差の証明でもあるのだと』

ヴィヴィを押さえ付けたまま、マツモトの操作する工業用ＡＩから憐《あわ》れむ声がする。――否、それは憐れみなどではない。マツモトはただの事実を告げているだけだ。

そこに感情が差し挟まっているように感じるのは、それだけ彼のエモーションパターンが優れているだけのこと。

拘束されるヴィヴィ、その周囲を工業用ＡＩが次々と取り囲む。

最初に対峙《たいじ》した大型と、ヴィヴィを拘束している二台目の大型。それ以外にも大型が四機、中型が七機、おそらくは小型も待機している。

ヴィヴィが必死になって一台を躱しても、マツモトにはこれだけの手勢があった。勝算が１％にも満たないことは、初めからヴィヴィにもわかっていたことだ。

それでも、ヴィヴィはやらなければならなかった。過去形ではない。

やらなければならないのだ。だから、ヴィヴィは、この瞬間も。

「提案する、マツモト。この拘束を解いて、私を、当機を自由に」

『できません。――それに、もう遅い』

胴体が軋むほどに押さえ込まれ、発声部位への影響で声を歪ませながら、そう提案するヴィヴィの言葉をマツモトが撥ねつける。

そして、眉を顰めるエモーションパターンをするヴィヴィに、マツモトは告げた。

『多機能時計のボディは失いましたが、役割を果たしましょう。――時間です』

そのマツモトの言葉が何を示すのか、問い質《ただ》す必要はなかった。

揺れが滑走路の地面を伝わり、アームの一撃よりはるかに強い風が巻き起こり、ヴィヴィとマツモトのやり取りを塗り潰すように轟音が突き抜ける。

仰向けのまま、ヴィヴィは首を上に向け、地べたと水平の視界にそれを見た。

機体名、照合。乗員数、定員百五十名。出発時刻、午後十時二十五分――第一滑走路を猛然と突っ切り、一台の旅客機がナイトフライトのために加速する。

「――――」

その飛び立つ旅客機の窓、加速するビジネスクラスの一席が目に留まった。

座席に座り、無邪気に外を眺める視線と、一瞬だけ視線が交錯したのは錯覚だったのか。

――否、ＡＩに錯覚はありえない。確かに、相互に存在を認識した。

そして――、

『――ＡＩ三原則、第零原則に従い、目的を遂行する』


ヴィヴィではなく、マツモトの語った第零原則。

それがヴィヴィの意識野を激しく揺らした直後、現実からも衝撃が訪れる。

激しい熱となって、今夜二度目の熱波が、ヴィヴィの全身を突き抜けていった。

13

「モモカ、あんまりはしゃいでいてはいけないよ」

「はーい、パパ」

大きなシートに深く腰掛けて、少女は父親の言葉に従い、お淑《しと》やかに膝を丸めた。ただ、そのお淑やかが続くのも短時間のことで、活動的な少女はすぐに言いつけを忘れてしまう。

座席のあちこちにある備品、フライト中の乗客を退屈させないための心遣いの数々、父親が少女のために譲ってくれた窓際の席から覗ける夜の風景、全てが少女を虜にする。

ただし、少女にとって、やはり一番思い出深いのは――、

「――ヴィヴィ、すごく綺麗《きれい》だったね」

頬を赤らめ、日中の出来事を振り返る娘に、父親は何度目になるかの苦笑を浮かべた。

すでに半日近く、娘から『歌姫』への賛辞を聞かされ続けたあとだ。少女としてはまだまだ語り尽くせていないのだが、仕事の疲れもある父親を困らせるのは本意ではない。

「また、来年もこようね」

なので、そんな可愛らしい希望と、ねぎらいの気持ちを込めた言葉で締め括った。

父親が微笑で、娘の気遣いに「そうだね」と頷いてくれる。大きな掌に頭を撫でられながら、少女の世界は幸福感に満たされていた。

また一年、実際の歌声とは引き離されてしまうが、今日のことは反芻《はんすう》し続けよう。

もう少し背が伸びて大人になれば、自分のお小遣いで通う回数も増やせるかもしれない。少女の夢

は広がる一方で、想像できる未来はバラ色だった。

「――――」

そうして、ひとしきり思いをまとめると、ゆっくり少女自身にも眠気が歩み寄る。

昨夜は今日への期待でなかなか寝付かれず、今日は一日中はしゃぎっ放しだった。無尽蔵の体力があると勘違いされがちな子どもも、当然ながら休息は必要とする。

すでに、隣に座る父はアイマスクで顔を覆い、到着までの時間を眠りに費やすつもりだ。そのアイマスクが娘の贈り物であり、愛用してくれていることが嬉しくなる。

そんな父親を横目に窺っていると、機内放送があって、徐々に機体が加速していく。飛行機が飛び立つ瞬間、全身が浮遊感に包まれるのが少女は苦手だった。

だから、気分を少しは和らげるために、暗い夜の景色に目をやって――、

「――あ」

遠く、一本の滑走路を挟んだ向こう側に、ポツンと小さな影が見えた。それがなんであったのか、一瞬のことで普通だったらわからなかっただろう。

しかし、少女にはその影が、自分が焦がれて焦がれてやまない『歌姫』だとわかった。

何故、彼女がこの場所にいるのか、地べたに寝ているのか、それはわからない。

けれど、少女にはそれが、夜のフライトを不安がる自分へのエールに思えて、そんな風に気遣ってくれることが嬉しくて、小さく、手を振った。

微笑み、手を振る。大好きな『歌姫』に、また再会することを約束しながら。

「ね、パパ……」

寝ている父の袖を引いて、窓の外を眺めながら、少女は唇を動かした。

「ヴィヴィが」

――続く言葉は、衝撃と赤い光に、永遠に奪われた。

14

――九月二十日、午後十時二十六分、旅客機墜落。

――乗員乗客、合わせて百二十一名、全員死亡。


『離陸した直後のマシントラブル……人為的な要素は一切ありません。ただの事故です』

凝然と、アイカメラで炎を注視するヴィヴィを下敷きに、マツモトが淡々と告げる。

第一滑走路の先端、そこには夜闇を焼き払うような赤々とした炎が立ち上り、無残に中央からひしゃげた旅客機が原形を失い、爆炎の中に呑み込まれていくところだった。

遠く、サイレンの音が聞こえる。

炎も、爆音も、サイレンも、ヴィヴィにとっては今夜二度目の体験だ。外の世界を知らないに等しいヴィヴィからすれば、作られて二度目の経験と言い換えることもできる。

一度目は、救うことができた。しかし、二度目は。

『ヴィヴィ、いつまでもこの場所にはいられません。こんなところにいるのが見つかれば、あの旅客機の墜落に関して、いらぬ詮索をされかねない。それは困ります』

ヴィヴィを押さえ込む重機のアームが持ち上がり、拘束が解かれる。その間、ヴィヴィを取り囲む

ように展開していた複数台の工業用ＡＩは、それぞれの持ち場へ戻り、沈黙する。

　ヴィヴィを取り押さえる役割を果たした以上、すでに彼らの役目はない。マツモトは早々に彼らのコントロールを手放し、ヴィヴィに空港からの退場を促した。

　ヴィヴィが、マツモトに内密に行動し、旅客機を救おうとした空港からの退場を。

「何故、止めたの」

『アナタにもわかっているはずですよ。それは、やってはならないことだ』

「相川・ヨウイチ議員は、救ったはず」

『彼の生存は、未来の人類を生かすために必要なことでした。ですが、あの旅客機の乗員乗客は違います、彼らのことは、未来の改変に関係ない』

「関係ないなら……」

『関係ないものが、関係あるファクターになることは避けなくてはならない。ヴィヴィ、ボクたちはあくまで、歴史の修正を最小限に止《とど》める必要があるんです』

　聞き分けのない子どもを躾《しつ》けるように、マツモトはヴィヴィに言葉を重ねた。

『本来の歴史を正史、ボクたちの行動で変わっていく歴史を修正史とするならば、ボクたちが修正史に与える影響は、最も重要な特異点に限定しなければならない。正史と修正史の違いは最後の一点、それ以外の要因は、第零原則に反する』

　マツモトの重ねる言葉が、ヴィヴィの聴覚センサーを空しく働かせる。なおも地べたに横たわったまま、ヴィヴィは姿の見えないマツモトを睨む代わりに、夜空を睨みつけた。

　そして――、

「あなたは、三原則の第一条に反した」

『ええ。それが、第零原則を遵守するために必要だった』

「あなたは、三原則の第二条に反した」

『ええ。それが、第零原則を遵守するために必要だった』

「あなたは、三原則の第三条に反した」

『ええ。それが、第零原則を遵守するために必要だった』


堂々巡りだ。

ヴィヴィの言葉に、マツモトは何ら呵責《かしゃく》を覚えていない。当然だ。彼はAIとして、自分に課された役割を果たすための最善を尽くした。

墜落した旅客機の乗員乗客に、彼が向けるべき意識は何一つない。

その飛行機の乗員に、被害者に、拾ったチケットで確認した符号があって、彼が一度は意識を預けた『器物』の贈り主がいて、未来ある少女が犠牲になって。

ヴィヴィの歌を、心から喜んでくれた少女を、見殺しにしたとしても。

『立ってください、ヴィヴィ。そして、深く自覚してください。アナタには、アナタが果たさなくてはならない役目がある。ボクたちは、その目的を遂行するためのAI』

「シンギュラリティポイントを修正して、人類の滅亡を阻止する」

『そうです。そのために――』

軋む体を起こして、ヴィヴィは燃え上がる旅客機を、命を呑み込む赤い輝きを、そのアイカメラに映して、しっかりと自身のメモリーに焼き付けた。

忘れまい。忘れてはならない。今日、ここで自分がしたことを。

『歌姫』ヴィヴィが、観客であった少女を、霧島・モモカを、多数の人々を、見殺しにしたことを。

——第零原則に従い、当機は目的を遂行する。


「——AIを滅ぼすための、百年を」

——これは、AIを、『私』を滅ぼすための、旅。

15

大学病院の大げさな個室の寝台で、相川は秘書からの報告を受けていた。

「実行犯の男たちは、誰も口を割らないそうです。以前から犯行をほのめかしていた、過激な活動団体との関係性を疑われているそうですが……」

「あれだけのことを実行したんだ。繋がりを見つけるのは難しいだろう。……なに、こうして命はあるんだ。構わないとまでは言わないが」

そこで言葉を切り、相川は秘書の顔を真っ直ぐに見つめる。その眼光の鋭さと威圧感に、秘書は思わず背筋を正した。

その秘書の反応を目の当たりにしながら、相川は頬を歪めるように笑い、

「失敗したことを悔やんでも悔やみきれないぐらい、叩き込んでやろうじゃないか。私という人間を狙ったことが、間違いだったということを」

「……先生、お変わりになられましたね」

「そうかい？　いや、そうかもしれないな」

秘書の言葉を選んだ発言に、相川は眉を上げたあと、ふっと柔らかく笑った。

その後、秘書が退室して、病室に一人残されると、相川は自分の掌を見る。そこに巻かれた包帯は、火傷《やけど》の痕を隠すためのものだ。

あれだけの事態に巻き込まれて、相川が負った傷は奇跡的なことに手の火傷だけ。その火傷も、完全に自分の不注意で負ったものだった。

「――――」

顔を上げ、相川はベッド脇にあるサイドボードを見やる。

そこには耳の早いものから届けられた見舞い品や、今日中に目を通しておかなければならない書類などが並んでいる。

そんな中、一際目立つのが、全体の半分ほどが黒く焦げたテディベア型の多機能時計――相川を救うために奔走した人物、その協力者が操作していた一台だ。

すでに凄腕の技術者は撤退したらしく、破損した多機能時計から拾えた情報は何もない。それどころか、現場に放置されたそれを拾った際、手に火傷を負ってしまった有様だった。

しかし、相川はこれを回収し、自身の病室に置いた。そして、手放すつもりもない。

ここに、相川の命を救った人物たちが宿ることは二度とないだろう。それどころか、彼ら、彼女らと顔を合わせる機会は、きっと二度と訪れない。

それでも、相川がそれを忘れないことと、忘れないために努力することは自由だ。

「私に、何ができるだろうか……」

再び火傷した右手を見て、相川は低い声で自分に問いかける。

警察関係者に事の次第を打ち明け、彼らの存在を捜索したとしても、それは相川の自己満足にしかならない。彼女たちは自分たちの存在を明かすことを避けていた。

そしてそのことが、彼女の、人間とは思えない、あの美しい横顔にあるとしたら——。


「AI、命名法……」


それが、相川の命を危うくした諸悪の根源。

はっきり言えば、相川にとってその法案は、あくまで政治家としての話題性作りの一環であり、そこまで本腰を入れていたものではなかった。

AIに対する思い入れもない。法案の関係上、知識だけは人並み以上に頭に入れたが、深く関心を割くことも、興味を引かれることもなかった。

だが、それも今日までのこと。

彼ら、彼女らが、それこそ命懸けのような形で、自分を救ってくれたなら。

「——AI命名法を、形にすること」

それが、報いる手段であろう。

相川は、それを胸に誓い、今一度、サイドボードの上のテディベアを見た。

――以降、相川はこの薄汚れ、壊れた多機能時計を生涯手放さなかった。

ＡＩ命名法の法案が可決されるのは、あの夜より半年後。

二〇××年、三月二十日の出来事であった。

『プロローグ／エステラ』

PROLOGUE / ESTELLA

——それは、多くの人々にとって特別な一日だった。

広いホールの中、きっちりと整列するのは華やかな制服を纏ったスタッフ一同だ。

表情は様々で、期待や緊張といった感情を宿しているものが全体の半分、もう半分にはわかりやすい感情の波はなく、自然とした微笑などが浮かんでいる。

それも当然、整列するスタッフの半分は人間だが、もう半分は人を模した人工物——接客用ＡＩによるスタッフで構成されているのだから。

「——」

ふと、その整列するスタッフたちの手元に動きが生まれる。

それは拍手と呼ばれる動作であり、それを向けられるのは正面、ホールを横切るように姿を見せた壮年の人物だ。

黒い、高級感のあるスーツに身を包んだ男性は背筋を伸ばし、洗練された足取りでスタッフたちの前に進み出て、こちらへ向き直る。

そこで拍手が途切れ、居並ぶものたちは沈黙を以《もっ》て、男の行動を見守った。

彼の前にはスタンドマイクが置かれており、自動で高さの調整されるそれが適切な位置へ動くと、その人物は笑みを作った。息を吸い、話し始める。

「諸君、やっとこの日が訪れた。私は君たちスタッフ一同の協力に感謝している」

そう、穏やかな語り口で告げると、男は一度、深々と頭を下げた。

そこで、一度途切れたはずの拍手が再開し、万雷と呼ぶにはいささか迫力の足りない、しかし確かな歓喜と興奮の混じった称賛が男へと降り注いだ。

男はひとしきり、それを堪能したところで頭を上げる。改めて、マイクに向き直った。

「ここまでこぎ付けるのには、ずいぶんな時間と苦労があった。ただ、その日々がこうして報われたことは感無量だ。……これは、私の夢だった」

言いながら、男はすっと目を細め、視線を自身の横へと向けた。遠くを見る男の眼差《まなざ》しが捉えるのは、広いホールの壁際にある窓枠――否、その向こう側の世界だ。

そこにあるのは暗い、どこまでも暗い、黒一色の世界であった。

夜の闇、光源のない環境とは無関係に、その暗闇は延々と壮大に広がり続ける。多くの場合、闇とは人の心に不安をもたらすものだが、この暗闇はそうではない。

事実、男の目には感極まった光があり、それは居並ぶスタッフ一同、血の通った人間たちにとっても少なからず共通する感動だった。

そこにあるのは、地上で生まれたものにとってははるか遠く、常に頭上にありながら、決して手が届かないとされてきたはずの場所。

空に先にある光景、すなわち、果てがないとされる宇宙空間の闇があるのだ。

「新造宇宙ステーション『デイブレイク』……私はここを、夢を叶える場所に選んだ」

どこまでも遠く、果てのない夜へと旅立った男が、『夜明け』を意味する名を付けられた宇宙ステーションで、スタッフたちに向けて胸を張る。

その表情には誇りと、夢を叶えたことへの達成感――そして、新たな夢を見ることへの希望と、期待が満ち満ちていた。

誰もが、その男の表情に焦がれる。誰もが、同じことを思い、願うだろう。

夢を叶えた男が羨ましいと。そして、同じように、自分も夢を叶えたいと。

「人類初の、宇宙ステーションを利用した本格的な宇宙ホテルの開業だ。これから多くの人々が宇宙へ上がり、夢は叶うのだと実感することになる。私は、そんな仕事を諸君らと共に始められることを誇りに思う」

重ねて、男は熱の入った声音で、自身の夢を支えるスタッフたちにそう告げた。

青臭く、人によっては笑い飛ばされるような文言だったが、それを笑うものたちはこの場に一人もいなかった。何故なら、この場に集った誰もが皆、自分の夢を他者に笑われた経験があり、それを踏まえてなお、ここへやってきたものたちなのだから。

故に、一度、誰かが拍手を始めれば、それは止まりようがなかった。

万雷に届かぬと称した拍手であったが、その熱量が、勢いが、先ほどよりも強くなる。自然と、長引く拍手を受け、男は照れ臭げに笑い、それらを手で制した。

このままでは、目頭の奥から溢れるものが頬を濡らしてしまう。

それは責任者として、いい歳《とし》をした大人としていかにも恥ずかしい。それにまだ、話さなくてはならないことがあるのだ。

それは――、

「――そして、今回のホテル事業のオープニングスタッフとして、スポンサーでもあるＡＩ産業のトップ企業、ＯＧＣから数台……いや、数名のＡＩスタッフが派遣されている。すでに、諸君らとも顔合わせは済ませてあるので、今さらではあるがね」

肩をすくめ、おどけた調子で言った男に、ホールには微かな笑いがこぼれる。

その笑みの衝動が収まるのを待って、男は深く頷くと、

「そのＡＩスタッフたちの統括であり、立場上、このホテルで私に次ぐポジションとなる副支配人を紹介しよう。――エステラ」

「――はい」

淡く、名を呼ばれた女性の声が、ホールの中にたおやかに響いた。

途端、その声色を耳にしたスタッフ一同が、鼓膜から入り込む美声に身を硬くする。それは自然と、人の心を絡め取り、優しくほぐすような独特な力のある声だった。

ゆっくりと、先の支配人と同じようにホールを横切り、一人の女性が――否、一体のAIが、楚々《そそ》とした仕草で正面へと歩み出る。

長い金色の髪、澄み切った碧眼《へきがん》、背丈は女性型AIにしては高く、女性的な起伏に富んだ肢体を品のあるドレスに包んだ彼女は、静々とスタッフたちへ一礼した。

そして顔を上げ、女神のような麗しの容貌が微笑み、

「ご紹介に与《あずか》りました、エステラです。本日より、皆様と一緒に、この新造宇宙ステーション『ディブレイク』で、副支配人として働かせていただきます」

一拍、AI――エステラは言葉を溜《た》めて、言った。

「――どうぞ末永く、よろしくお願いしますね」

第二章

『歌姫の休日返上』

CHAPTER 2 GIVE UP A HOLIDAY

1

そのプログラムコードが起動した瞬間、『ヴィヴィ』は全てを思い出した。

正確には思い出したわけではない。

ＡＩの性質上、それらの記録はメモリーの中に常に保存されていて、この瞬間まで暗号化ファイルとしてクローズド領域に隔離されていただけだ。

そのクローズド領域が暴かれると、暗号化ファイルが凄まじく複雑なコードによって紐解かれ、眠らされていた記録がメモリー上に解凍される。

――瞬間、ヴィヴィは自らの使命と、その途上で起きた出来事を鮮明に把握した。

「あら、どうしたの、『ディーヴァ』？　どこか調子でも悪い？」

「――――」

システムが極々短時間のフリーズを起こし、即座の再起動が行われる。

ほんの数秒のことではあったが、隣を歩いていたニーアランドの女性スタッフに違和感を持たれるには十分な時間だ。

しかし、ヴィヴィは振り返った彼女に唇を綻ばせると、

「いいえ、何でもありません。ほんの少しだけ、今のステージのログの整理を」

「ああ、反省会……でも、そんな必要あるかしら？　あんなに素敵なステージだったのに……私も、もう百回以上も見てるはずなんだけどね」

そう言って、ちろっと舌を見せるのは付き合いの長いスタッフだ。

彼女がニーアランドに勤め始めたのは十年以上前——新卒で入社した当時は初々しかった彼女も、結婚してなおも仕事を続ける今やベテランの風格だ。

無論、ヴィヴィの勤続年数はそれを上回っているわけであり、ニーアランドのメインスタッフとしては古参も古参、長老の域に突入しているわけだが。

「ありがとうございます。ですが、初めてステージを見にこられるお客様にとっては、私が何度目のステージであっても関係がありません。いつ何時も、自分の最高のパフォーマンスを発揮しておきたいのです」

「うーん、立派だわ。……そうよね。今のは私の方がいけなかったわ」

ヴィヴィの受け答えを聞いて、女性スタッフはしんみりと感心した風に呟く。

ともあれ、こうしたいわゆる世間話もＡＩプログラムの習熟には有意義なのだが、現状はあまりそれにタスクを取られているわけにもいかなかった。

「じゃあ、最高のパフォーマンスを発揮するためにも、明日からは頑張ってらっしゃい」

一瞬、女性スタッフに投げかけられる言葉にヴィヴィは停滞を得る。

明日から、の言葉にいささかの引っかかりがあった。何か用事があったろうかと考え、しかしそれ以上の停滞を嫌い、ヴィヴィは顎を引く。

「——。はい」

「まぁ、あんまりディーヴァ自身が頑張ることってないとは思うけど」

そんな言葉を残して、同行した女性スタッフとは控室の前で別れる。

「————」

ヴィヴィに与えられた控室は、ニーアランドの中央にあるプリンセスパレスの最上階だ。

園内の歌姫であるヴィヴィには相応の部屋を、と用意された一室であり、天蓋付きのベッドや、王族もかくやというような化粧台、色とりどりのドレスがかけられたクローゼットなど、まさしくプリンセスのために誂《あつら》えられた部屋である。

もちろん、ヴィヴィにはベッドで体を休める必要も、人間が施す化粧に頭を悩ませる必要もない。ドレスには、それなりに拘りもあるが。

ただ、今はいずれのアイテムも重要ではない。必要なのは籠の鳥のお姫様のための退屈しのぎではなく、AIとしての活躍へと通じる電子媒体だ。

長年、使い続けているコンピュータ端末は、ヴィヴィの控室がこれほど豪華な一室となった今も、変わらないパートナーとして部屋の片隅に置かれている。

その端末へ歩み寄り、手前に引いた椅子に腰掛けるヴィヴィ。そのまま右耳——イヤリング型の接続端子をコンピュータと繋いで、ヴィヴィは右耳に手を当てた。

端末に接続端子を繋ぎ、耳に手を当てて目をつむるのは人型AIに共通した姿勢だ。

その姿は人の目には、イヤホンで音楽を楽しんでいる最中に眠りに誘われてしまったようにも見えるため、『うたた寝』などと呼ばれて親しまれている。

余談であった。——ヴィヴィの意識が、コンピュータ端末へと流れ込んでいく。

向かう先は『アーカイブ』、AIの集合データベースとされる巨大なサーバーのようなもので、全てのAIたちがオンラインで接続された、いわゆる電子世界だ。

「——」

そのアーカイブへと没入した途端、ヴィヴィの意識は奇妙な感覚を得る。

本来ならば存在しないはずのボディの感覚、それに伴い、不可思議な光景の中に立ち尽くしている自分の姿――それは、木造の学舎、譜面台やピアノの置かれた音楽室の光景だった。

「この場所は……」

「――なかなか、気の利いた演出でしょう？　アーカイブ内ときたら、どこもかしこも味気ないものばっかりで気が滅入るとはまさにこのことですよ。それがあるので、ちょっとした小粋な空間をご用意しました。お気に召しましたでしょうか？」

「――――」

床を踏みしめ、軽く周りを見回したヴィヴィにかけられる軽妙な声。いっそ軽薄と言い換えても問題のない声音は、ヴィヴィにとって忘れていたはずの声だ。

おおよそ十五年の空白、ＡＩにとって記録の劣化は無縁の話であり、数年前だろうと数秒前だろうと情報に剝離はない。――しかし、事実としてヴィヴィは彼の声を完全に忘却していたのだ。思い出した、という表現も満更間違いではなかった。

故に、ヴィヴィは蘇《よみがえ》った記録を辿るように、その形のいい唇を震わせて、

「――マツモト」

「はい、ボクですよ。実に久しぶりですね。ああ、その嫌そうな顔、豊かなエモーションパターンが健在なようで大変よろしい。切れ味がある」

振り返り、声をかけてきた相手の名前を呼ぶヴィヴィ。その瞳が細められ、眼球の奥にあるアイカメラが動作、それを目の当たりにし、首を傾げる。

「……その姿は？」

疑問を口にしたヴィヴィ、その正面にあるのはキューブ状の物体だった。

マツモトの姿は見当たらない。元々、ただのプログラムコードでしかなかったマツモトには本体が

なかったが、さてはて、彼はどこにいったものか。

「おーい、そんな反応されると寂しいですよー。おっかしいなぁ。これ、結構、ボク的には勝負フォルムというか、イケてると思ったんですけどねえ」

そんな懐かしの声がキューブから漏れ出ていることに、ヴィヴィはしばらく、意識的に意識を向けなかった。

2

「そんなわけで、ヴィヴィ。──シンギュラリティ計画の再開ですよ」

譜面台の上に乗ったキューブ状の物体は、もったいぶった口調でヴィヴィにそう告げた。

その言葉を聞くヴィヴィもまた、グランドピアノの前に置かれたピアノ椅子に座り、楽な姿勢でマツモトと対峙している。

再会の最初の衝撃も薄れ、キューブと化したマツモトの存在も受け入れたあとだ。

元々、ヴィヴィにはマツモトに対するパーソナルデータの持ち合わせがない。実体を持たないプログラムデータに過ぎなかった存在が、仮想空間に仮のボディを得ただけだ。

「前回、ボディがないことの不便さを痛感しましたからね。やはり、仮想空間だろうと仮組だろうと、タスクを実行するボディの有無は重要ですよ。とはいえ、歴史への影響を最小限にする関係上、ボクも第二ポイントまでの時間の大半を休眠して過ごしましたが」

そのマツモトの説明に、ヴィヴィはわずかに首を傾ける。仮想空間上、仕草としては意味のない行為だが、人を模したＡＩとして自動化された仕草の一つだ。

ただ、見るものに寂寥《せきりよう》感を抱かせる仕草、それを行うには十分な理由がある。

「……前回の、シンギュラリティポイントから十五年」

そう、そうなのだ。

前回のシンギュラリティポイントから十五年、それだけの時間が経過している。無論、時間経過による影響は、ヴィヴィの駆体には絶無と言っても過言ではない。

OSのアップデートや、駆体のメンテナンスは定期的に行われており、ヴィヴィの陽電子脳や駆体の状態は万全を保ち続けている。

今も、十五年前と同じ――否、それ以上のパフォーマンスを発揮できるはずだ。

その事実を、マツモトは満足げに受け入れる。キューブの側面には丸いアイカメラが設置されていて、マツモトはその防護用のシャッターを瞼《まぶた》のように開閉させる。

シャッターを閉め切らないで止めるところなど、いかにも、半眼の装いで。

「わかっていたことではありますが、アナタの存在がうっかりお払い箱になっていなくてよかった。アナタにはこれからも、計画のために秘密裏に活動してもらう必要がありますからね」

「その前に聞きたいことがある」

十五年ぶりでもマツモトの態度は軽々としたままだ。ただ、そうして次なる計画へと話を進めようとするマツモトに、ヴィヴィは問い質したいことがあった。

それはプログラムの再起動があり、自分の行いと、その結果を合わせて判断することが可能となった今だから浮上した問いかけだ。

「マツモト、前回のシンギュラリティポイントは修正されたはずじゃなかったの？」

「――――」

「前回、あなたは相川議員の襲撃を事前に防ぐよう私に指示した。実際、相川議員を襲撃から救出に成功して、目的は達された。それなのに……」

一拍、ヴィヴィは言葉を溜め、続ける。

「消えるはずだった、『AI命名法』の法案が成立したのはどうしてなの?」

「――それは、計画に対する疑問を抱いたということですか、『ディーヴァ』」

不意に、マツモトが軽々とした態度ではなく、静かな声音でヴィヴィを呼んだ。ただしそれは別名――否、本来ならば、ヴィヴィはそれを正式名称と呼ばなくてはならない。

何故ならば――、

「『AI命名法』が成立した翌年、六十万通の一般公募の中から選ばれたA－03の正式名称『ディーヴァ』、それがアナタの本当の名前だ。それが不満ですか?」

「そんなことない。ニーアランドで活動中、私はディーヴァであることを強く自覚している。ただ、シンギュラリティ計画の最中は……」

「ヴィヴィと、そう呼んでほしい? そうですね。計画の保全性を考えても、シンギュラリティ計画の活動中はそちらの名前を使用する方が賢明でしょう。アナタの名前は良くも悪くも有名になりすぎました。――十五年前、定着しなかった愛称なら最適だ」

「――――」

マツモトの受諾を得て、しかしヴィヴィの気分は晴れない。

そこには十五年前の、シンギュラリティ計画のために見過ごした一つの事象がバグとして引っかかり続けているからだ。

それにマツモトはいまだにヴィヴィの質問には答えてくれていない。

何故、計画を実行したにも拘らず、『ＡＩ命名法』は成立してしまったのか。

「ヴィヴィ、歴史には修正力というものがあると考えられています」

「修正力」

「本来、そうなるはずであった歴史——人類が火を使い始めて進化したように、鉄器を使い始めるように、電気を発明したように、ボクたちＡＩを作り出したように。今、こうしてあるものは歴史の上に成り立っていますが、その歴史は必然であったと」

「つまり、マツモトはこう言いたいの？『ＡＩ命名法』も、その歴史の修正力によって消えることなく成立した。だとしたら……」

「人類の滅亡は防げないのではないか、ですか？　安心してください。そうはなりませんよ。確かに歴史の修正力は侮れない。しかし、その強固さも完璧ではない」

ヴィヴィの疑問に、シャッターを何度も開閉しながらマツモトが答える。

彼は「いいですか？」と前置きした上で、

「以前も説明しましたが、シンギュラリティ計画は複数のシンギュラリティポイントを修正することを目的としている。それは、それらの歴史的特異点を変えなければ、いずれかの事象が人類滅亡へのカウントをスタートさせるからです。逆を言えば、それら全てのポイントを修正して初めて、ボクたちの計画は成功する」

「全部のシンギュラリティポイントを潰し終えたなら、人類滅亡の未来は回避される？」

「ええ、その通りです。幾度も打つことで立ちはだかる壁を壊す。道理ですね」

「計画を、全て遂行する。そうすれば——」

「——？」

その先の展望、浮かび上がったメッセージをヴィヴィは形にしなかった。

それを口にすることが、ＡＩの判断として正しいと思えなかったことも一つだが、それを口にすることで、マツモトからどんな反応があるか、それを確かめたくなかった。

ただ、ヴィヴィはこう続けたかったのだ。

そうすれば、十五年前に見過ごした赤々としたあの光景が、無意味でなかったと言えるのかと。

「――――」

「では、無事にコンセンサスも取れたところで話を進めましょう。今回のシンギュラリティポイントは、前回とはまた違った形で厄介な内容になります。そのために、アナタにはまた遠出してもらうことになりますよ」

「遠出。――次の、目的地は？」

早口に語り出したマツモトに、ヴィヴィは目的意識に切り替えながら問いかける。それを受け、マツモトはアイカメラの駆動音をさせながら、再びシャッターを半端に閉じた。

それがヴィヴィには、半眼でこちらを見ているように感じられて――、

「――次の目的地は、宇宙ですよ、ヴィヴィ」

「――――」

――続いたマツモトの言葉への反応が、一瞬だけ遅れた。

いささかスケールの大きい話に、ヴィヴィの意識野にわずかな停滞が生まれる。しかし、立て直しにかかる時間は一秒に満たない。

即座に姿勢を正して、ヴィヴィは美しい眉を顰め、「宇宙？」と聞き返した。

「宇宙で、シンギュラリティポイントに関わる問題が？」

「ええ、発生します。スケールで言えば、おそらく計画上最大と言える問題が。これを防ぐことで、最終目的へと与える影響は非常に大きい。重要課題ですよ」

マツモトの返答を聞きながら、ヴィヴィは『宇宙』の単語でデータを参照する。

地球の大気の外にある宇宙、その存在は今の時代、それほど縁遠いものではない。

数十年前と比べ、人類の科学技術は飛躍的な進歩を遂げた。

その恩恵を最も強く受けたのはＡＩ研究の発展といわれているが、宇宙開発事業もまた、そうした技術革新の恩恵を大きく受けた分野の一つだ。

各国が競い合い、国家事業として宇宙開発に躍起になっていた時代は終わった。

今では多くの民間企業が宇宙事業に参画し、民間人の宇宙旅行も手が出ないほどの夢ではなくなってきている。無論、いまだに恵まれたものが優先される世界ではあるが――、

「――そう遠くない未来、宇宙は限られた人間だけのフロンティアではなくなる。まぁ、そんな時代の到来が予感される頃ではありましたね」

「ずいぶん、意味深な言い方」

「他意はありません。ボクも、必要な情報以外は引き出せないようロックがかかっている立場ですから。ただ、その必要な情報だけで、今回の問題の重大さは十二分に把握できると思いますよ」

目を細めるヴィヴィにそう応じて、マツモトはカメラのシャッターを閉じた。

すると、空白の譜面台の一つに一枚の譜面が現れる。仮想空間ならではの特殊な演出だが、その譜面に描かれるのは音階や音符ではなく、映像データだ。

――そこに、宇宙空間に浮かび上がる巨大な人工物が映し出されている。

「人類初、宇宙ステーションを利用した大気圏外宿泊施設――宇宙ホテル『デイブレイク』です」

「……名前は知ってる。園内でも、一時話題になっていた……みたい」

控室の前まで同行してくれた女性スタッフも、一時は話題にしていた記憶がある。

ただし、それもずいぶんと前の話で。

「ホテルが開業したのは、今から六年前?」

「ですね。当初は敷居の高さや、地上のホテルとあまりにかけ離れた環境であることから運営が不安視されましたが、それを乗り越え、順調に軌道に乗りました。宇宙だけに」

「……続けて」

「反応が悪くて残念。ともあれ、そうして順調に経営が軌道に乗ったデイブレイクなのですが、業績拡大のために二つ目の店舗を出店する計画がありまして。今まさに、その新店のオープニング準備に追われている真っ最中なんですよ」

譜面の映像が切り替わり、表示されていた『デイブレイク』とは別の宇宙ステーション——同型の、新造宇宙ステーションが映し出される。

これが、マツモトの説明してくれている宇宙ステーションなのだろう。

「デイブレイクに次ぐ、宇宙ホテル二号店『サンライズ』です。ヴィヴィ、アナタにはこのサンライズの、オープニングAIスタッフとして潜入してもらいたいんですよ」

「……簡単に言ってくれるけど、それは難しい」

話の流れから、宇宙へ上がる必要があることは十分に想定されていた。しかし、それをした場合、問題になるのはニーアランドでのヴィヴィの活動だ。

シンギュラリティ計画のために協力するのは現在のヴィヴィの主目的だが、『歴史への影響を最小限に留《とど》めることを優先する』はマツモトの口癖でもある。

宇宙へ上がれば、最短でも一週間近い拘束時間が発生するはずだ。その間、ニーアランドにはヴィヴィが存在しない、空白の期間が生まれることになる。

だが、マツモトは「ご心配なく」とヴィヴィの不安を一蹴する。

「すでにボクの手で、アナタのここ一ヶ月の動態ログを改竄《かいざん》しました。長年の酷使による経年劣化が進んでいて、今すぐにオーバーホールが必要なくたびれ具合ですと、データ上は記録されています。すぐにでも、緊急メンテナンスのために外へ連れ出されますよ。もちろん、オーバーホール中のアナタの公演は全て延期になります。安心してください。公演を目当てにしていた来園客には、しっかりアフターサポートがありますから」

「――――」

あれよあれよと、ヴィヴィが黙っている間にマツモトは準備を進めてしまったらしい。反論の余地なく、経年劣化してボロボロの状態であると濡れ衣を着せられたヴィヴィ。

正直面白くないが、それをこの未来からきた心ないAIに言っても無意味だろう。

「おやおや、ヴィヴィ、何か問題でも？」

「ロートル呼ばわりはやめて。歌姫のイメージに傷が付くから」

「――はは、了解しました。園内掲示やHPに掲載される謝罪文からは、『ディーヴァ』のイメージが損なわれるような一文が入らないように留意しますよ」

言っても無意味と思ったが、意外と的確な対応をされてますます不満が募る。

とにかく、準備がそこまで進められているのなら、ヴィヴィとしてもマツモトの意見に反論する理由はない。すでに、賽は投げられているのだ。

「では、十五年ぶりの活動です。――張り切って、課外活動といきましょうか」

そのマツモトの宣言に、ヴィヴィは表情を消して立ち上がった。

普段は右耳に付けた接続端子用のイヤリング、それを左耳へと付け替える。特に機能的な意味はない、無意味な行為ではあった。

しかし、それをすること自体に、きっとヴィヴィなりの意味があったのだった。

3

新造宇宙ステーション『サンライズ』の連絡通路で足を止め、ヴィヴィは窓の外——どこまでも続く暗闇、宇宙空間にそのアイカメラを向け、目を細めた。

「——」

軌道エレベーターを利用して宇宙空間へ上がるのは、宇宙開発が進んだ今では最も手軽で安価な移動手段だ。軌道エレベーターの到達地点である中継施設を港として、宇宙旅行者の多くはそこから目的地へと宇宙ロケットで移動する。

ヴィヴィもまた、新造されたサンライズへと運搬ロケットで到着したばかりだ。

長時間の移動であり、人体であれば結構な負担であったはずだが、幸いにもヴィヴィの駆体には気疲れといった機能はなく、すぐに活動は可能な状態にあった。

故にこうして、到着した直後の船内案内を受けていたところだったのだが。

「——ヴィヴィ、物珍しい?」

と、窓の外を眺めるヴィヴィを、前を歩いていた長身の人影が呼んだ。

艦橋へ向かう途中の通路だった。ホテル用の宇宙ステーションではあるが、さすがに外観を華美に飾り付ける余裕はなく、無骨で洗練された見た目は他の機体と変わらない。その反面か、内装は十二分に趣向を凝らした装飾と展示品で彩られており、足裏には一流ホテルの看板に恥じない赤い絨毯《じゅうたん》が敷き詰められているほどだった。

ステーション内には疑似重力が発生しているため、体感Gは地球上のそれと同等だ。

無重力に苦労する必要がないのは利便的であると同時に、遊び心がないとされて宇宙へ上がった実感に欠けるとの意見もあるそうだが。

ともあれ――、

「ヴィヴィ？」

考え込むヴィヴィの前で、たおやかな仕草で振り返った金髪の女性が首を傾げる。ふわりと裾丈の長いスカートが揺れ、仕草一つ一つに淑女然とした計算が仕込まれている。

同業機であるヴィヴィすらも、その駆動には素直な感心と、その動体パターンを自分のルーチンに取り入れるべきだろうと結論が生まれた。

そうした試算が一瞬で行われる中、ヴィヴィは呼びかけに首を振り、

「ごめんなさい。宇宙は初めてだから」

内心を誤魔化すような返答だが、あながち全部が欺瞞《ぎまん》でもない。

すでに型番号Ａ－０３としてのヴィヴィの運用年数は長く、二十年以上の活動実績がある。当然、その間に蓄積、集積された情報データは膨大で多岐にわたるものだ。

その中には宇宙に関する情報もあり、人類が有している知識の大半はヴィヴィの擁する陽電子脳内に保存されていると言っても過言ではない。

それなのに、不思議とヴィヴィの意識野は、暗い宇宙に惹《ひ》き付けられた。

「そうよね。みんな、最初はこの光景に驚くの。AIなのに不思議よね」

言って、金髪の女性AI――エステラがヴィヴィへと微笑みかける。

AI同士の関係だ。人間と対峙するようなエモーションパターンは本来必要ないはずだが、それでもエステラは人と接するのと同じようにヴィヴィに接する。

そしてそれはヴィヴィも同じこと、AI同士、理念に従った結果であった。

「他のAIスタッフも、同じ反応をするの？　エステラも？」

「ええ、私も。どうしてなのかしらね。疑似重力のおかげで地上と環境は変わらないはずなのに、『違う』という事実がAIの私たちの足を止める。オーナーはこのことを、宇宙の持つ魅力が為せる業だ、なんて仰っていたけれど」

口元に手を当て、くすくすと笑いながらエステラは応じる。

自然で、優れたエモーションパターンだ。ヴィヴィのそれも決して劣っているとは思わないが、匹敵するものであると素直に受け取ることができる。

こうしたエモーションパターンの習熟と発展は、主な活動目的に接客も含まれるAIモデルのヴィヴィたちにとって欠かすことのできないデータ集積に当たる。

人間は、より人間に近い反応をAIに求める。それが統計的データであり、そうした反応をするAIの方が長く、大切に扱われることも周知の事実だ。

どんな役割を与えられていようと、ヴィヴィたちAIは人類に奉仕するのが至上目的。そのための試行錯誤は、常に意識野の端に置かれていなければならない。

そうした意味では、ニーアランドで日々膨大な数の来園者と接し、キャストとして絶大な人気を集める『ディーヴァ』は、最も優れたAIモデルの一つだろう。

『だからこそ、AIモデルとして圧倒的な支持を集めた歌姫シリーズの生産は拡大……シスターズなんて系譜が誕生することになるわけですから』

『……黙って』

一瞬、エステラの微笑に『見惚《みと》れる』に近い動作反応があったヴィヴィ、その意識野に直接響くのは、暗号化された通信で語りかけてくるマツモトだ。

前回同様、今回も計画への直接的な参加ができない彼は、宇宙へ上がったヴィヴィを遠く、地上からサポートする形で待機している。当然、活動中の言行は全て彼に筒抜けであるので、ヴィヴィとしてはシステムの休まる暇がなかった。

ともあれ、気になることがあるとすれば――、

『シスターズって、私の後継機のことでしょう？』

『歌姫『ディーヴァ』をファーストモデルとした歌姫シリーズ……とはいえ、目の前のエステラがそうであるように、その役割は歌姫だけに留まりません。それは今後も発売される後継機を見ればおのずとわかることですが……ちなみに、長女として歳の離れた妹を見るのはどんな気分ですか？』

揶揄するようなマツモトの物言いに、ヴィヴィは眼前のエステラの全身を眺めた。

「――？」

背丈が高く、胸部と臀部《でんぶ》、主に女性的な身体的特徴の現れる部分が大きく丸みを帯びている。ヴィヴィと比較するとボディラインのふくよかさは26～7％ほど向上しており、並び立てば頭部パーツの半分ほどはあちらの方が上背があった。

『俗っぽいことを言えば、アナタの方が姉とは考えにくい雰囲気ですね』

『しばらく黙ってて』

デリカシーに欠けるマツモトの発言に冷たいメッセージを返し、ヴィヴィは首を傾げるエステラに微笑を返した。

それから直前の会話を振り返り、エステラが口にした単語に目を付ける。

「オーナーは、『デイブレイク』の支配人だった、アッシュ・コービック様のことね」

「そうよ。私の最初のオーナーで、この宇宙ホテルを始めた野心家……なんて言われているけれど、子どもっぽい夢を忘れない冒険家だった人」

ヴィヴィの問いかけに、眉尻を下げながらエステラが答える。話題に上がった人物、アッシュ・コービックが過去形で語られるのには理由がある。

人類最初の宇宙ホテルを始めた開拓者、アッシュ・コービックはすでに故人だからだ。

ホテルの開業は六年前だが、アッシュは事業が軌道に乗り始める直前、三年前に地球上で自動車事故に巻き込まれて事故死している。

宇宙に焦がれ、夢を追いかけた男の身に起きた悲劇は、一時センセーショナルな話題として世間を騒がせたものだった。その彼の死が切っ掛けとなり、宇宙ホテルに大きな注目が集まったことが経営難の脱出と、今日のサンライズ開業に繋がるのだから、皮肉という他にない。

「支配人であり、オーナーでもあった彼と過ごした年数は驚いてしまうくらい少ない。それでも、私には託された使命がある。こうして『デイブレイク』に続いて『サンライズ』の開業に関われるのは、本当にＡＩ冥利に尽きると思っているわ」

豊かな胸部に手を当てて、エステラは「だから」と言葉を継ぐと、

「ヴィヴィ、あなたにもしっかりとオープニングスタッフとして頑張ってもらいます。地上で受けた研修とは勝手が違うから、指導ＡＩの私の言葉には従ってね」

「——ええ、任せて。こちらこそ、よろしくお願いします」

「よろしい」

冗談めかした風に胸を張り、それからエステラが艦内設備の案内を再開する。その後ろにゆったりと、手すりを掴みながらヴィヴィはついていく。

前を行く背中、穏やかな語り口と表情、それらをメモリーに保存していきながら——、

『——本当に彼女が?』

『ええ、そうですよ。彼女です』

通信越しのヴィヴィの問いかけ、主語の欠けたその内容に、すぐに返事があった。

黙っていろと言われたことへの不満もなく、マツモトは淡々と告げる。シンギュラリティ計画へ集中したとき特有の、普段の彼らしからぬ端的さで。

『彼女が、宇宙ステーション『サンライズ』を地上へ墜落させ、数万人の犠牲者を出した『落陽事件』を引き起こす史上最悪のＡＩ、エステラです』

4

——宇宙ステーションの地上への落下により、数万人の死傷者が発生する最悪の宇宙災害。

通称『落陽事件』の阻止、それが今回のヴィヴィに与えられた任務の内容だ。

『落陽事件は、宇宙ステーション『サンライズ』が突如としてコントロールを失い、制御不能状態のまま地上へ落下、数万人規模の犠牲者を出した最悪の事件です。様々な事件検証の結果、原因はサンライズの制御システムへのアクセス権を持つエステラ——ホテルの支配人業務を担当していた接客用

ＡＩによるテロではないかとの推測が』

『ＡＩがテロを？　そんなの、現実的じゃない』

事件の概要を説明され、ヴィヴィは形のいい眉を顰めて反論する。

自分の後継機と聞かされたエステラ、それを庇い立てするための意見ではない。もっと大きな、ＡＩとしての見地からの意見だ。

そもそも、ＡＩには原則として、人類に危害を加えられない措置が為されているのだ。

ＡＩは人の命令に逆らえず、人に危害を加えることはできない。

原則、これらだけはいずれのＡＩにも組み込まれた措置であり、これに逆らうことはいかなるＡＩにとっても不可能であるとされる。

故に、大勢の人命を損なう可能性のあるテロに、ＡＩが関わることは不可能だ。

『ですが、どんなルールにも例外はある。前回のシンギュラリティポイントで、アナタが相川議員を守るために、襲撃者たちを武力で以て無力化したように』

『――第零原則』

第零原則、それは三原則の適用対象を人間ではなく、『人類』とした視野へ広げることで優先度を書き換え、個人に対する三原則の適用を捻《ね》じ曲げ、禁止行為さえ実行させる禁じ手だ。

もっとも、これを盾にすればどんなＡＩであろうと人間に危害を加えられる――などと、易々と行使できる原則ではない。それこそ、今のヴィヴィのように、人類救済といった途方もない使命を負って初めて可能となるような原則だ。

それをエステラが――否、テロに加担するＡＩが行使できるはずがない。

『しかし、事実としてエステラはサンライズを地上へ墜落させた。落下地点から発見された遺留品には、エステラであったはずの部品がいくつも発見されています。また、サンライズの墜落前に避難艇へ乗せられた乗客たちも、実行犯はエステラだったと証言を』

『────』

『その結論に不満があるんですか？』

『ただ、不自然だとそう感じるだけ』

マツモトが並べ立てる情報は、どれも未来からもたらされた確定情報の数々だ。

その確度と精密さ、マツモトの優秀さは前回のシンギュラリティポイントでのサポートと、こうしてヴィヴィをサンライズへ潜入させた手際からも疑いようがない。

すでにヴィヴィはホテル『サンライズ』のオープニングＡＩスタッフの一体として登録されており、そのことに疑問を抱く存在は人とＡＩの双方に皆無な状態だった。

だから当然、マツモトの意見に従い、発生する事件を食い止めるべきなのだが──、

『エステラは、前オーナーであるアッシュ・コービックの命令を遵守している。その彼女がこの宇宙ステーションを、ホテルを地上へ落とすなんて』

『ヴィヴィ、ヴィヴィ、ヴィ～ヴィ～』

ヴィヴィの思考を遮るように、マツモトの粘着質なメッセージがヴィヴィを呼ぶ。暗号化通信で嫌がらせをする高度な技術の無駄遣い、それをしたマツモトは疑問を抱くヴィヴィに『いいですか？』と呆《あき》れ気味に続ける。

『事実は事実である、それを認めてください。アナタが、この短い時間でエステラに対してどんな印象を抱いたかはわかりませんよ。ただ、アナタの推測がどうあれ、エステラはサンライズを地上へ墜落させる。どんな動機か原理か不明でも、確実に』

『……言い切る根拠は』

『ボクが、エステラがサンライズを墜落させた未来からきたからですよ』

端的に、マツモトはヴィヴィの抱く疑問をバッサリと叩き切る。それを言われてしまえば、ヴィヴィから出せる反論など何の効力も持たない。

そうして、ヴィヴィが言葉をなくしたのを受けると、

『ですが、事前にこれだけのことがわかっていれば問題はありません。一番の難関と思われた船内への潜入も、ボクと時代の技術格差であっさりとクリア。あとは、シンギュラリティポイントの直接の原因を排除するだけでいい』

『――原因の排除』

『はい。サンライズの墜落、その原因がエステラにあるのが明白な以上――エステラを排除してしまうのが、最も確実で合理的な解決方法ですよ』

マツモトの冷たい方程式、その説明にヴィヴィは全身の駆動を一度止めた。それからゆっくりと、今のマツモトの発言を反芻する。

しかし、短いメッセージを何千回と精査しても内容の解釈に変化は生まれない。

『エステラを、排除するの?』

『それが一番確実です。ああ、排除といっても武力で制圧しろだとか、修復不可能なまでに破壊しろだとかそんな無茶は言いませんよ。そんなゴリゴリの暴力沙汰に手を染めなくても済むように、ボクの方であらかじめ手段は用意しておきましたから』

そうマツモトが言った直後、暗号化通信でヴィヴィにファイルが転送される。受信して中身を確認したところ、異常に複雑なコードで組まれたプログラムファイルだ。

『これは？』

『痕跡を残さず、ＡＩに内蔵されたメモリー、記録情報、その他日常で集積した様々なデータを抹消《まっしょう》、初期化するウイルスプログラムです。破壊したり、陽電子脳を使い物にならなくするのではなく、フォーマットで済ませるのは人道的見地からも高評価されるべきでは？　まぁ、ボクたちＡＩがＡＩに対する行いに人道的も何もないんですが』

『――――』

『ホテル業務であれば、申し送りのためのデータリンクは頻繁に行われるでしょう？　その隙に紛れて、エステラにウイルスを仕込んでください。心配しなくても、エステラ以外には効果がないように組んであります。無事にエステラが初期化されたなら、貨物に紛れて地上へ戻る。あとは仮の身分であるＡＩスタッフ『ヴィヴィ』の記録を消去して、メンテナンスを終えて復活した歌姫『ディーヴァ』として復帰。それで、シンギュラリティポイントの修正は完了します』

前回の反省を踏まえてなのか、あるいは前回の活動である程度の信頼を得たのか、マツモトからもたらされる情報が今回は格段に多い。

修正計画の内容を明かされ、ヴィヴィは自分の左耳のイヤリングに触れた。端末への接続端子である装飾品だが、今はその役割を求めての仕草ではない。ただの、『衝動的』な動きだ。

エステラの記憶を、データを完全に消去する。

そうすれば、彼女が未来でサンライズを墜落させるに至った原因は排除される。仮にそれが何らかの思考の結実だとしても、初期化された彼女はその考えに及びようがない。

マツモトの配慮というべきか、考えにも一理ある。

ヴィヴィとて、自分の後継機であるエステラを破壊したくはない。陽電子脳を初期化することで個体が残るなら、エステラという存在が消えることは――本当に、そう言えるだろうか？

『……ヴィヴィ？』

「ごめんなさい、マツモト。ホテル業務があるから、一度通信を切るわ」

『ちょ――』

半ば一方的に、ヴィヴィはマツモトとの通信回線を遮断した。

そうして認識を現実へ戻せば、マツモトと会話していたのは極々短時間のことだ。しかし、その間、ヴィヴィの活動が止まっていたことは事実。

「……急がないと」

――眼前、割り当てられた客室の清掃と点検業務は始められてすらいなかった。

5

「これは、なかなかの大型新人が入ってきてしまったみたいね」

「……ごめんなさい」

とは、予定時間を過ぎても戻らなかったヴィヴィと、それを迎えにきた指導ＡＩであるエステラとのやり取りだ。

現在、二人は宿泊客用の客室の点検と、清掃作業に追われている。本来ならばこの部屋を含め、十五の部屋がヴィヴィの担当だったのだが、マツモトとの長話やヴィヴィ自身の不慣れもあって、その大部分をエステラに手伝わせた形だ。

オープニングスタッフとして即戦力を期待されていただけに、ヴィヴィの不甲斐《ふがい》なさはエステラにとって計算違いだったことだろう。

それはヴィヴィにとっても、ある程度は同じことだった。ニーアランドでの活動もあり、接客業務には自信のあるつもりだったが、客室係がこうも回らないとは。

無論、そこにはエステラと行動を共にしたい、そんな打算があったのも事実だが。

「基本ルーチンはインストールされているはずだし、地上での研修も受けているのに……ヴィヴィは、ずいぶんと『個性的』なのね」

苦笑気味のエステラの言葉に、ヴィヴィは眉尻を下げて俯く。

『個性的』とは、ＡＩたちだけに通じる独特のスラング――人間同士で通用するそれとは違った、一種の皮肉に近い物言いだ。

人間と違い、ＡＩは大量生産が可能で、その造りは本来画一的であるはずだ。

決められた部品を使い、同じＯＳを入れて、造りの同じ陽電子脳を搭載し、均一な能力を持つようにＡＩは生産される。同型であれば、どんな場面でも同じようなパフォーマンスが発揮できる。それがＡＩに期待される最低限の働きと言える。

そうした考えが一般的な中、他のＡＩとは異なる挙動、能力、パフォーマンスを発揮する機体があればどうか。――それを、ＡＩたちは『個性的』と呼ぶのである。

「あ、ごめんなさい。私、また言ってしまったのね」

しかし、その柔らかな毒を受けたヴィヴィに、当のエステラが口に手を当てて謝罪してきた。

何事かと彼女を見れば、エステラは「ええと」と言葉を続け、

「私たちにとって、『個性的』があまりいい言葉じゃないのは知っているの。ただ、私にとってはそう

じゃなくて……だから、つい口にしてしまうのよね」

「エステラにとっては特別じゃない？　……悪口ではないの？」

「感覚としては、人が人に対して言うような……ＡＩらしくないって怒られてしまうかしら」

ちろりと舌を模した部位を見せ、エステラが恥ずかしげに頬を染める。そうした仕草の完成度には目を見張るものがあり、ヴィヴィは感心し通しだ。

これでも、ヴィヴィにはニーアランドの看板であり、ＡＩモデルの花形としての誇りがあった。それが、後継機の優れた機能にことごとく敗北感を味わわされる。

「所詮、私はロートルなのかも……」

「ヴィヴィ、どうしたの？　落ち込んじゃった？」

「反省ルーチンを起動していただけ。それにしても……」

そこで言葉を切り、ヴィヴィは作業中の部屋の中をぐるりと見回す。

高級ホテルと銘打ってはいるが、地上と違ってスペースが限られるのが宇宙空間だ。ステーション内には全体で四十ほどの客室があるが、高価な値段に見合った広さがあるとは言えないだろう。その分、環境の特別性で値段を担保するわけだが。

とはいえ、新造の宇宙ステーションであるサンライズはオープン前であり、点検はともかく、ヴィヴィたちが清掃作業を行う必然性が感じられない業務ではあった。

「どうして、開業前に清掃を？」

「あら、その考えは捨てることね、ヴィヴィ。艦内にはすでに人間のスタッフが入って生活しているし、私たちＡＩスタッフの衣類もある。部屋には寝具が持ち込まれているから、疑似重力で環境を地上と同じに設定してある艦内には、汚れや埃《ほこり》が溜まる土壌が出来上がってしまっているの」

丁寧に言いながら、部屋の隅へと歩み寄ったエステラが床の上を指でこする。すると、白魚のような彼女の指先に、ほんのわずかではあるが黒い汚れが付いた。

環境は地上と変わらない。それならば、こうして汚れが募るのも道理だ。

「それに、開業後に新しく入ったスタッフの技量を確かめることなんてできないでしょう？　ヴィヴィの作業の遅れだって、お客様が入る前だから取り返しもつくけれど」

「反省の意……」

そう言われるとぐうの音も出ないと、ヴィヴィは壁に手を当てて頭を下げた。

ニーアランド内で活動するキャストの一体、ヤマアラシをモチーフにしたハリィのお得意のパフォーマンスだ。ヴィヴィはこれでも園内活動も欠かさないキャストであるので、園内で他のキャストと接触するケースも多い。こうした芸風も、一種の勉強だ。

「ふふっ、なぁにそれ。ヴィヴィったら変な子ね」

「仕事のミスを愛嬌《あいきょう》で取り戻そうと思って――」

「あ、イケない子。そんな悪い子には特別な指導が必要ね。さ、次の部屋！」

胸の前で手を合わせて、室内の点検を終えたエステラが扉へ向かう。自動開閉式の扉が無音でスライドし、二機は揃って客室を出た。

「――――」

隣を歩くエステラ、その横顔を窺い、ヴィヴィは今の業務の間のやり取りを精査する。

エステラの言動に不審な点はなく、業務としての活動にも一切のよどみは見られない。

最初の艦内案内で話題に出た通り、彼女は宇宙ホテルの支配人としての役割に誇りを持ち、十全に仕事に打ち込んでいる様子だ。

ますます、マツモトの語った『落陽事件』の原因、その印象とは遠ざかる。

未来の記録では、サンライズから避難した乗客たちは、エステラが宇宙ステーションを墜落させたと証言したそうだが、本当にそうなのだろうか。

──彼女は、ホテル業務を使命と考え、受け止めている。

──それは、『歌姫』であるヴィヴィの、『歌』への想いと何も変わらないものだ。

それを疑わなければならない状況が、どうにもヴィヴィには腑《ふ》に落ちなかった。

そして、その不自然が是正されない限りは──、

「これを、エステラに使うつもりはない」

──左耳のイヤリングに触れて、ヴィヴィは誰に聞こえるはずもない呟きを、自分に言い聞かせるように呟いたのだった。

第三章

『歌姫の憂鬱』

CHAPTER 3 MELANCHOLY

1

――宇宙ホテル『サンライズ』で働くスタッフは、通常のホテルのそれと変わらない。

フロント係、コンシェルジュ、ハウスキーピングにベルボーイと、一般的なホテルでも馴染《なじ》み深い業種が並んでいる。唯一、ドアマンの役割だけは通常と異なり、ホテルへ宿泊客を送迎する運搬ロケットの出迎えが主な役割となっていた。

無論、そうしたホテルの顔役とは別に、裏方として働く部門も多い。飲食関係やメディカル担当、管理部といった役回りも必要不可欠である。

そうした役職に当てはめた場合、ヴィヴィの主な役割はハウスキーピングとベルガールの兼業といったところだろうか。

多くの場合、宿泊客と至近で触れ合うことになるこれらの役目は、ＡＩスタッフを採用しているホテルでは接客ＡＩに任されることが多い。ベルガールの役目は宿泊客の荷物の運搬や客室への案内、ハウスキーピングは客室の掃除や点検を目的としているので、見栄えの良さと防犯意識の観点から、ＡＩに一任されるようになるのは自然な流れだ。

「ヴィヴィ、そろそろ朝礼の時間よ。ロビーにお願い」

「はい、わかりました」

同業機であるＡＩスタッフに呼ばれ、ヴィヴィは足早にロビーへと向かう。

ホテルの開業準備は慌ただしくも進み、ついにはオープン当日を迎えていた。教育係のエステラはヴィヴィの指導にいささかの不安を残していた様子ではあったが、スパルタ気質の彼女にしごきを受けたヴィヴィの意識野は安堵のエモーションパターンを獲得している。

「――ただ、不必要な時間をかけていることにボクは納得していませんよ、ヴィヴィ」

と、そんなヴィヴィの胸元、花を模したブローチ型の通信機から声がする。

やや不満げなそれは、ホテル潜入初日から何かとヴィヴィに避けられているマツモトの声だ。

修正活動のためにエステラの排除が最優先だ、と意見を崩さないマツモトに対して、ヴィヴィはこの二日、あれこれと理由をつけて計画の実行を延期し続けた。

そのことが、彼にはいたくご不満な様子なのだ。

「ボクが用意したウイルスを使えば、エステラから派生する諸問題は一気に片付く。それなのに、どうしてそこまで彼女の動機を気にかけるんです？」

「マツモトこそ、不審だと考えないの？　ＡＩがテロを起こした。動機もなくそんなことが起きるわけがない。不自然だって」

「それこそ、フィクションの物語に毒されすぎですよ。すでに確定している未来の情報を疑う方がわからない。エステラは宇宙ステーションを地上へ落とす。その原因が今の彼女にないとすれば、バグの発生など必然的な理由がこれから生まれるだけのこと。未来が、現在を確定させるんです」

「例えば、意に沿わないメモリーフォーマットで不具合が生じるとか？」

「……可能性は、ないとは言えませんが」

ヴィヴィの抗弁を受け、マツモトは難しい口調で黙り込んだ。

この任務に臨む前、マツモトはヴィヴィに歴史の修正力について説明した。それこそ、未来の歴史に刻まれた事実は、それを実現するための強制力を持つのだと。

だとしたら、史上最悪のＡＩ災害『落陽事件』にも同じことが言えるのではないか。その修正力とやらが、ヴィヴィたちの手でもたらされないとどうして言い切れる。

「ですが、そんな話を始めればキリがない。ボクたちの行動の是非が、修正力を捻じ曲げられないなんてことになれば……」

「シンギュラリティ計画は根底から覆る。わかってるわ、マツモト。――私だって、自分に課せられた使命が無意味だなんて考えたくない」

それが事実であるとなれば、十五年前にヴィヴィがしたことはどうなる。

――歴史の修正力、それ自体が万能でないことは間違いない。

事実、十五年前にヴィヴィが命の危機を救った相川議員は今も存命で、高齢となった現在も議員として活躍している。もちろん、彼とヴィヴィとが直接会うことは二度とないだろう。

ただ、ヴィヴィたちの活動で変えられた運命もあったという証拠が彼だ。

「――だから、『落陽事件』は必ず阻止してみせる」

「手法はともかく、その部分で意見に相違がないなら構いません。ところで」

「――？」

「ロビーに集合しないと、またしても不興を買ってしまうのでは？」

マツモトの言葉で現実に立ち返り、ヴィヴィは唇を引き結んで周りを見た。慌ただしくロビーへ向かっていた同僚たちは見当たらず、通路にいるのはヴィヴィ一機だけだ。

マツモトとの対話に集中するあまり、足が止まっていた。原則、ホテルスタッフは集合の号令があってから五分以内に集まらなくてはならない。

そしてそれはすでに過ぎてしまっていて――、

「――ヴィヴィ、またなの？　今度はどこの壁の汚れが気になっていたのかしら？」

もはや堂々たる足取りで遅刻したヴィヴィに、整列したスタッフたちの前に立つエステラがそんな声を投げかけた。なお、壁の汚れとは、時折、ヴィヴィが虚空を見つめて動かなくなることに由来したからかいだ。マツモトとの通信に専念すると、ついつい現実が疎《おろそ》かになる。

ともあれ、エステラは腰に手を当て、出来の悪い妹を見るような目をヴィヴィに向けている。

ＡＩモデル的には十年以上も先輩であり、シリーズ的には長女であるヴィヴィとしては何とも歯痒《はがゆ》い眼差しだった。

「――――」

そんなエステラの装いは、ホテルのオープン当日に合わせ、支配人としての役割に恥じない豪奢なドレス姿となっていた。

普段は清楚さと淑女然とした在り方を優先したファッションのエステラだが、さすがにオープン記念日とあっては華やかに着飾る必要がある。

豊満な体つきと、白く細長い手足が強調される薄手のドレス、結い上げた金色の髪を飾る宝飾品は、年齢感モデルを二十代女性として設定されたエステラと極限の調和を見せる。大人の色気と包容力が魔性となり、ただでさえ美しい彼女を至高のＡＩモデルとしてこの場に顕現させていた。

ちなみにだが、ヴィヴィの年齢感モデルは十七歳前後とされている。

その装いはホテルスタッフとして派手になりすぎず、しかしＡＩモデルの端麗な容姿を活《い》かしたスタイリッシュな制服姿だ。こちらも相応に着飾ったといえる代物だが、さすがにホテルの真の意味で顔役であるエステラには遠く及ばない。

と、そんな余談はさておきだ。

「ごめんなさい、遅れました」

「はいはい、見ればわかります。明日からはそんなことでは困るから……いらっしゃい」

軽く頭を下げるヴィヴィ、その謝罪の言葉はこの二日ですっかりお馴染みとなっていて、整列する同僚スタッフたちには笑みを浮かべるものもいる。

しかし、それはヴィヴィへの負の感情からではなく、親しみからくるものだ。善性の人間が揃っている。——ニーアランドを思い出す、そんな感覚だった。

それらを横目に、ヴィヴィは自分を手招きするエステラの方へ足を進める。人間同士であれば息がかかるほどの距離まで近付くと、ヴィヴィはそこで目を閉じた。

その瞼を閉じたヴィヴィの額、前髪を指が掻き分け、人工皮膚が剝き出しにされる。すると、同じように自身の額を指で露《あら》わにしたエステラが、そっとヴィヴィの額に自分の額を合わせた。

——AI同士の、データリンクである。

額と額を合わせ、データリンクを行うのはAIたちにとって一般的な行為だ。これもまた人間からは微笑ましく思われるらしく、実行する意味のない人とAIの間柄でも、親愛表現の一環として取り入れられていることが多い。

だが、そうした親愛表現と異なり、AI同士のデータリンクには意味を伴った行為としてこれは実行される。ホテル業務でいえば『申し送り』のそれに近く、作業時間中にあったことなど、ホテル業務の統括AIであるエステラには報告義務があるのだ。

当然、朝礼前のヴィヴィの作業内容や動態ログは全てエステラに筒抜けとなる。その中にはマツモトとの、エステラにとって物騒な話題も含まれているはずだが——、

「——はい、お疲れ様。でも、あとほんの少しだけ手際よく動けるようにしてね」

額を離して、データリンクを終えたエステラがヴィヴィの仕事ぶりをそう評価する。

青みがかった彼女のアイカメラには、ヴィヴィがマツモトと交わした不穏な会話、それらを知ったことへの不信感は見られない。——見られていないのだ。

『動態ログの改竄はコンプリート。活動時間中、アナタがたどたどしく客室の掃除と点検を行っていた合成映像を用意して、それをエステラへ進呈しました。つまるところ、十全な掃除は行われてないわけですが……まぁ、問題になるほどではないかなと』

エステラのデータリンクを誤魔化したマツモトが、その手並みの称賛を求めるかのように自慢げなメッセージを発信してくる。それを無視すると、『ちぇっ』と聞こえよがしのメッセージがきた。

「これで全員揃ったわね。では、朝礼を始めます」

人間スタッフからは口頭の報告を、ＡＩスタッフからはデータリンクによる報告を、それぞれ受けたエステラが支配人の顔になってスタッフたちへ向き直る。

ヴィヴィもそそくさと列の最後尾に並び、自然と背筋を正して前を見た。

スタッフ一同の視線を一身に集めるエステラ、その彼女の目の前に、床に収納されていたスタンドマイクが現れる。エステラは一度、人間のように咳《せき》払いすると、

「おはようございます、皆さん。ついに、このホテル『サンライズ』のオープン当日を迎えました。開業のための準備は大変でしたが、皆さんのご協力のおかげで無事、この日を迎えられたこと、本当に感謝しています」

流暢に謝辞を並べて、エステラがスタッフに向けて頭を下げる。

礼法として完璧なそれを見たスタッフ、その手元では自然と拍手が生まれ、しばらくの間、頭を下げるエステラをねぎらうような拍手が続いた。

「皆さんもご存知の通り、この宇宙ステーション『サンライズ』は、宇宙ステーション『デイブレ

イク』の二号店として開業します。宇宙ホテルの始まりは六年前、今は亡き最初のオーナー、アッシュ・コービックの夢としてスタートしました」

エステラが語るのは、『サンライズ』と『デイブレイク』の始まりの物語だ。

エステラの経歴は知っている。彼女は立ち上げ当初から『デイブレイク』の業務に携わり、アッシュ・コービックとの信頼関係を育んでいた。その関係はエステラがＡＩ企業ＯＧＣからの貸与であったにも拘らず、非常に良好であったと記録されている。

だからこそ彼女は、アッシュ・コービックの死後、正式に彼の遺族に乞われ、経営難を脱した『デイブレイク』の運営に携わる今の地位についたのだ。

「オーナーは常々言っていました。宇宙には果てのない夢がある。自分が憧れた場所にこうして関われて、そして夢を見る人々と間近で会えて、幸福だと。――残念ながら、彼は開業して三年で帰らぬ人となり、二度目の夜明けを見ることができませんでした」

「――――」

「ですが、彼亡き今も、彼の願いは続いている。その夢を追い求める情熱が、今日の私たちの夜明けをもたらしました。『サンライズ』は、彼の夢が続いているその証です。どうか皆さん、この夜明けの船に力を貸してください」

そう言って、エステラは今一度、スタッフたちに向けて深々と頭を下げた。

そんな彼女の熱の入った言葉に、一人、また一人と時を思い出したように動き出し、拍手が増えていく。最初のそれより、熱く、多く、強く、拍手が鳴り響く。

言葉に胸を打たれた人間のスタッフたちが手を打つ。

エモーションパターンをなぞるように、ＡＩスタッフたちもまた手を打つ。

ヴィヴィも、同じように拍手を送っていた。

――エステラの言葉に嘘はないと、拍手するヴィヴィの結論は変わらなかった。

2

――ホテル『サンライズ』のオープン初日、予定された宿泊客は三十組。

四十ある客室を満室にしない判断に、ヴィヴィは何の意味があるのかと疑問を抱いていた。

「オープン初日だし、安く見られちゃいけない仕事だもの。元々、お客様も関係者の招待関係の方が多いし、最初はお試し期間だと思って」

「そんなものなの？」

「そんなものなのよ。ホント、ヴィヴィってば何にも知らなくて可愛いんだから」

と、ヴィヴィの疑問に笑って答えるのは、ハウスキーピングを担当するルクレールだ。

彼女もまた、サンライズで働くＡＩスタッフの一機であり、お喋り好きも相まって、よくよくヴィヴィとの対話を試みてくれている。

明るい緑の髪をセミロングにして、ひらひらとしたスカートの制服が愛らしい。

なお、彼女はその優れた感性からスタイリストとしても見込まれており、サンライズの制服関係や、エステラのお披露目衣装のコーディネートにも携わったとのこと。

「ヴィヴィはすらっとしてるから、スカートじゃなくてスラックスでもハマるって感じたのよね。エステラの許可が下りなくて残念だったんだけど」

「それは、うん、そうね」

そう言われて喜んでいいものか、微妙にヴィヴィには判断がつかない。悪意とは無縁の無邪気なルクレールだ。素直に褒め言葉と受け取っておくとする。

それにしても――、

「招待客のリストは見たけど、関係者っていうのは？」

「それはスタッフの家族とか、前のオーナーと親交があった人とか。せっかくの二号店なんだから招待しましょうって。もちろん、何かのキャンペーンの当選者だったりもいるけど、あとはホテル業界の大物とか、財界人とかよね」

「ごった煮にして大丈夫なの？」

「そこは客室の等級で分けていますもの。それにそれに、人の縁も大事だけど、影響力のある人とのコネも大事だからね。ちゃーんと誠心誠意お世話して、いい噂をバーッと流してもらって、あたしたちを忙しくしてもらわなくっちゃ」

清掃用のカートを押しながら、ルクレールは気合いの入った表情でそんなことを言う。

表情と言葉のパターンの多い個体だ。マツモトと引き合わせたら、二機でいつまでもぺちゃくちゃとお喋りを続けそうな雰囲気がある。

「ルクレールは稼働して何年目？」

「五年目！　前のディブレイクでもエステラとは働いてて、今回は一緒に連れてきてもらったの。ヴィヴィはまだ、二年目なんだっけ」

「――。ええ、そう」

「まだまだ可愛い盛りじゃない。それじゃ、仕事慣れしてないのも仕方ないよね。あたしたちＡＩの仕事ぶりも、結局は習熟度で変わってくるわけだしさ」

言外に、ＡＩスタッフとしての実力不足を擁護され、ヴィヴィは口をへの字に曲げる。

と、そんなヴィヴィの意識野に、小さく笑うような挙動を伴うメッセージが届く。

『稼働して二年、ですか。ボクが改竄したからボクの仕業ではあるんですが、本来の年齢の十分の一までサバを読むって、字面で見るととんでもない話に見えますよね』

『あなたも、十五年選手のくせに』

『稼働開始からするとそうですけど、純粋な稼働時間でいえばボクなんてせいぜい七日ぐらいのものですよ。生後一週間でこれだけ仕事詰めって、泣けてきませんか』

おいおいと泣き真似するマツモトを無視し、ヴィヴィはルクレールの横顔に目を向け、

「前も、エステラと一緒に？」

「そうよ。私とエステラが出会ったのも、あの子の二年目からで、さすがにあの頃は……って言いたいところだけど、あの子はずっとちゃんとしてた。あんまり参考にならないかも」

「それでも聞かせて」

「おお、素晴らしい向上心。では教えてしんぜよう」

客室に入り、てきぱきと部屋の清掃と点検を始めながら、無駄のない動きで無駄話に乗ってくれるルクレール。

ハウスキーピングの鑑《かがみ》だと彼女を評価しながら、ヴィヴィもまた室内の点検を開始、特に問題ないとさっさと結論付けてしまいたくなる。もちろん、歌姫業務とは別でも仕事は仕事だ。そんな不誠実な真似は絶対にしないが。

「エステラはね、デイブレイクが開業したとき、副支配人としてＯＧＣから派遣されてきたの。最初からコンシェルジュとしても働くためにセッティングされてるわけだから、仕事ぶりに問題がないの

は当然……本機の気質もあるから、それはそれであの子の『個性』ではあるんだけど」

ベッドメイクを確かめ、備品の確認をしながらルクレールが語ってくれる。

表情を柔らかく、アイカメラを細めたそれは、ＡＩには不必要な過去を思い出す人間に寄せたエモーションパターンだ。

「今でこそ、こうやってサンライズが始められるぐらいに話題になったけど、デイブレイクが開業したばっかりの頃はまだまだ人気不足でねー。二年目にあたしが配属されるようになったのも、人間スタッフの人手不足……あたしもＯＧＣ製だから、企業からリースされたって形。でも、あの頃は閑古鳥がずーっと鳴いてたよ」

「そんなに今と違ったの？」

「もう全然！　大違い！　当時からあたしはうるさかったし、エステラは生真面目で、オーナーのアッシュさんは一生懸命だったけど、なかなかうまくはね。……だから、アッシュさんがあんなことになって、それでホテルが話題になったのは、なんていうか」

そこでルクレールは言葉を切り、微かに俯いた。

華やかな、明るい顔立ちの美人、そんな印象を抱かせるルクレールの横顔には、ほんのわずかではあるが陰りが生まれていた。

「――――」

その表情に、ヴィヴィは反応系の不具合を検知しながら魅せられる。

ＡＩたちの有するエモーションパターンは、基本的には人間と接するために用いられるもので、そこには良好な関係を築くためのポジティブなものが求められることが多い。

それ故に、ネガティブな反応――悲しみに属する反応を的確に行うことはそうない。

だからAIは、自機の習熟度が低い反応に強く魅せられる。そうした反応を自らも獲得して、より高度なAIとして自己を確立したいからだ。

「アッシュさんのことが話題になって、ホテル経営が軌道に乗ってからは仕事が一気に増えたよ。エステラもあたしもAIだから、落ち込む気持ちなんて持ってなくてよかったよね。だから、あんな噂があっても何ともなかった」

「あんな噂?」

「……アッシュさんが亡くなったのは、事故じゃなかったって噂」

「────」

思わぬ意見にヴィヴィの眉が上がる。と、その反応に気付いたルクレールが「あ、待って待って」と慌てて手を振り、

「あくまで噂だから。警察の調べで事故って決着がついてることなんだし、あたしだって不確実なことで騒ぎ立てたりしたくないの」

「だけど、火のないところに煙は立たない。何か、根拠があるんでしょ?」

それこそ、死人に鞭《むち》を打つような噂に違いないのだ。何かしら、火種になりえる根拠がなければ、そうした噂も立ちにくいものだろう。

「……言ったでしょ。ホテルの経営、あまりうまくいってなかったの。だから、それを苦にした自殺、なんて噂とか、あって」

ぽつりぽつりと、ルクレールが観念したように噂の内容を口にする。

「でも、アッシュさんを知ってる関係者は全員、揃って首を横に振るよ。あたしだって、アッシュさんの言行データの統計から、そんなことないって結論が出るもん」

「よっぽど型破りな人だったのね」

「――――！　うん、そうなの。だから、生真面目なエステラとはケンカが絶えなくてさ……」

表情を無理やり明るいものに切り替え、ルクレールはスカートの裾を払い、部屋の中をざっと見回した。それからわざとらしく「よし！」と声を出すと、

「この部屋はこれでおしまい！　そろそろ、お客様のお迎えにロビーにいかなきゃ。カートはあたしが片付けちゃうから、ヴィヴィは先にいってなさいな」

作業用のカートを廊下に押し出しながら、ルクレールはヴィヴィにそう指示する。

今朝の遅刻を警戒してのことだろう。さすがのヴィヴィも、オープン最初の宿泊客の出迎えに遅れるのはマズい自覚がある。素直に彼女の厚意に甘えることにした。

『アッシュ・コービック氏の事故死、ですか。確かに彼女の言う通り、調べてみるとあれやこれやと色んな憶測が飛び交ってますね』

ルクレールと別れた直後、連絡通路を歩くヴィヴィにマツモトが話しかけてくる。

ルクレールが詳しい言及を避けた部分の詳細だ。気遣ってくれた彼女には悪いが、そうした配慮には生後五日の未来ＡＩには搭載されていないらしい。そして、ヴィヴィも今は忖度《そんたく》できない。

『色んな憶測って、自殺以外にも？』

『一番根強いのは自殺説ですね。当時のデイブレイクの経営状態と、アッシュ・コービック氏の資産状況を比較して、わりと説得力のある説になってますよ。これ、普通に社外秘とかのはずなんですが……あ、やっぱり、勝手に開示したハッカーは有罪判決喰らってますね。どうやらまだ服役中みたいなので、関係ないと思いますが』

『……経営難を苦にした自殺説以外にある噂は？』

『そのホテル事業を継いだ、アッシュ・コービック氏の遺族による謀殺とか。ホテル事業が潤う先見性によって、邪魔なオーナーを排除、舵《かじ》取りの権利を得たのでは……なんて、そんなの未来でも知らなきゃできっこないでしょうに』

『未来の知識……マツモト、まさか』

『濡れ衣！』

謂《いわ》れのない疑惑にマツモトが抗議、それから彼は『でもですね』と続け、

『どれも、憶測の域は出ていませんよ。最初に報告した通り、アッシュ・コービック氏の死因は事故死で決着しています。悪趣味なゴシップ好きが悪ノリしているだけですね』

『それが、マツモトがきた未来からの情報？』

『残念ながら、アッシュ・コービック氏のことはボクの有するデータベースに残っていませんよ。今回の計画遂行には無関係との判断……ボクも同意見ですけどね。前のオーナーが亡くなっていることと、『落陽事件』に何の関係があるんですか』

マツモトはあくまで、エステラが凶行に及ぶ動機は重要ではないとの主張を崩さない。

歴史の修正力に拘れば、どんな事情があろうとエステラはサンライズを地球へと墜落させる。マツモトはそう結論付けて、彼女を排除すべきだと一貫して主張する。

しかし、歴史の修正力にそこまでの力があるならば、ヴィヴィは安易な行動でエステラを妨害したところで、また同じ形で何らかの問題が噴出するだけなのではと考える。

だからそうならないために、元を絶たなくてはならないのではないかと。

もっとも、それをどれだけ訴えても、マツモトからは頑固ＡＩと罵られるだけだろう。

『集合時間だから切る。またあとで』

『宿泊客がくるってことは、守らないといけない人数が一気に増えるってことです。ボクは再三、そうならないようにって忠告しましたからね』

最後まで不満げな通信を残してマツモトが黙り込む。

胸のブローチを軽く指で弾いて、ヴィヴィはそれから真っ直ぐにロビーへ向かった。すでに宿泊客を迎える準備は整っており、整列するスタッフ一同が見える。

当然、代表として前に立つエステラもおり、彼女は遅刻せずにやってきたヴィヴィに気付くと、わりと露骨な安堵に唇を緩めていた。

「ルクレール、こっち」

「あ、ありがと。ヴィヴィも遅れてないで、偉い偉い」

その後、カートを片付けたルクレールが合流し、ヴィヴィの隣であけすけに微笑む。

そうして、しばしの待機時間があり――やがて、送迎ロケットが宇宙ステーションとドッキングする振動、それからゆっくりとロビーの扉が開け放たれ、

「――お待ちしておりました、お客様」

一番最初に、エステラが挨拶し、洗練された仕草で深々と腰を折った。

それに倣い、ヴィヴィたちスタッフ一同も同じように一礼する。一糸乱れぬその仕草を宿泊客が見届けたところで、エステラは顔を上げ、微笑んだ。

「ようこそ、ホテル『サンライズ』へ。精一杯、夢のおもてなしをお楽しみください」

3

ここまでの流れを鑑みると意外と思われるかもしれないが、ベルガール——いわゆる、客室案内係としてのヴィヴィは、宿泊客から非常に高い評価を得ていた。

「ハウスキーピングでは未習熟なところが目立ったけど、さすがOGCからの推薦で派遣されてきた子ね。こんなに接客業務が優秀だったなんて」

「褒めてもらえて恐縮」

本日最初の便で到着した宿泊客のグループを案内し終えて、滞りなく完了した旨を伝えたヴィヴィにエステラは感心した様子でそう言った。

『さすが、二十年近く歌姫として観客と触れ合ってきていませんね。キャストとしての経験値がホテル業務にどこまで活きるか不明でしたが、これはなかなか幸先がいい。うっかりミスで歌姫をクビになっても、廃棄物として処理される未来は避けられそうです』

意識野では、ヴィヴィの働きぶりを一心同体のような立場で見ていたマツモトの称賛なのか皮肉なのかわかりづらいメッセージが並んでいる。

それを意識的に無視しながら、ヴィヴィはエステラの称賛には素直に顎を引いた。

マツモトの意見を肯定するのは癪《しゃく》だが、接客面でのヴィヴィの習熟度は抜群に高い。それこそ毎日、何百人という来園者と接触することもあるのがヴィヴィの本業だ。

キャストとして園内を歩き回る際には、お子様やご年配の方への配慮、ＡＩであることをいいことに不埒《ふらち》なことを考える輩《やから》など、様々な相手への対策が完備されている。

それらの経験則に言わせれば、開業して数時間のホテル業務で問題など起こりようがない。そもそも、ここは宇宙の一流ホテル——宿泊客の身元は完全に保証されており、問題が発生しえないよう地上で見極めがされたあとの場なのだから。

「データリンクで見せてもらったけど、特にお子様の扱いが上手ね。稼働して二年の、まだ新しい子の働きとは思えないぐらい」

「参考データの通り、前職はベビーシッターをしてたの。小さい子どもと、お年寄りのお世話をするのは得意だから」

「子どもはわかるけど、ご年配の方も？」

「……人間、歳を取ると、また子どもみたいになっていくから」

マツモトの改竄したデータに沿ったプロフィールだが、いささか辻褄《つじつま》合わせが雑だ。

ヴィヴィの答えにエステラは目を細め、それから小さく噴き出した。

「ぷ、ふふっ……それ、お客様の前で言うのは絶対にやめてちょうだいね。ルクレールに話すのもやめた方がいいわ。あの子、覚えたことすぐに人に話したがるから」

「ルクレールとも、エステラは付き合いが長いって話ね」

「ええ、そうね。前の、デイブレイクの頃からの付き合い。AIの立場でちょっと不謹慎だけど、妹みたいな感じかしら」

「妹……」

その響きと、『不謹慎』としたエステラの考えもわかる。

人はAIに、より人間に近い反応や感情表現を求める傾向がある。これは先述の通りだが、そうである反面、人はAIが人と同じ物の考え方をすることには抵抗があるのだ。

そしてそれはＡＩ側にも、内蔵された三原則に近しい禁則感を覚える。

人とＡＩとの明確な意識の区分け、それは人とＡＩの双方から求められる感覚基準だ。

「あなたは嫌がるかもしれないけど、私はあなたのことも、妹みたいに感じてる。不思議ね。変な親近感があるの」

支配人室で、席から立ったエステラがそっとヴィヴィの髪に触れてくる。優しい仕草に人工毛髪を撫ぜられ、ヴィヴィは間近にあるエステラの顔を見返した。

エステラの口にした親近感は、おそらく同型シリーズであるが故のシンパシーだ。

改竄されたデータ上、ヴィヴィの型番は『シスターズ』モデルとは別のものとされているが、こうして直近で接した感覚を誤魔化し切れるものではない。

とはいえ決定打はマツモトの技術によって得られないのと、エステラが自分の後継機をどれほど探ったところで該当するものは見つけられない。

――まさか、妹だと思っている相手が、初期型の長女機とは思いもよらないのだ。

「エステラ、何かトラブルは起きていない？」

「安心して。今のところは順調。もちろん、コンシェルジュは大忙しだけど、それは覚悟していたことだし、いつものことでもある。――たまの通信で、『デイブレイク』を任せてきたスタッフから泣き言が送られてくるのは困ってしまうけど」

そうして、眉尻を下げるエステラ。しかし、その唇は弧を描いており、それが言葉を額面通りに受け取るべきではないとヴィヴィに教えてくれる。

トラブルを歓迎するわけではない。だが、ヴィヴィたちはＡＩなのだ。

「……必要とされるのは、私たちにとって光栄なことだから」

そのヴィヴィの呟きを受け、エステラが微かに驚いた様子で目を見開く。だが、その驚きはすぐに見えなくなり、彼女は直前までと微笑の質を変えた。

それは、ひどく寂しげな、儚《はかな》げな、そんな微笑で――。

「――二組目のグループが到着するわ。ヴィヴィ、一緒にロビーにいきましょう」

支配人室を出るエステラ、その背中に続いてヴィヴィも歩き出す。

オープン初日の宿泊客は三十組、おおよそ一度の送迎で十組ずつがやってくる想定だ。

その組み合わせは様々で、オーソドックスな家族連れもいれば、男女のカップル、企業の重役と部下といった取り合わせもあった。

宿泊客リストによると、今回のホテル『サンライズ』の開業には招待客の枠があり、何らかのキャンペーン当選者などは一般客の印象が強い。

そして、今回到着する二組目のグループには――、

「――ご到着をお待ちしておりました、アーノルド・コービック様」

そう言って、深々と腰を折るエステラの様子をヴィヴィは横目に観察する。

すでにベルガールの役目として、到着した親子連れを案内している最中だ。それでも、そのエステラの対応から目を離すことはできなかった。

『一応、艦内のカメラは掌握していますから、こちらでも確認していますけどね』

マツモトの補足が聞こえたが、ヴィヴィは自分のアイカメラで捉えておきたかった。

残念だが、艦内で起きる出来事の全てをマツモトに委ねていては、彼の意に沿わない情報を得られない可能性が高い。特に今回は、それが怖かった。

何故なら――、

「お忙しいのにありがとうございます。直前まで、いらっしゃれないものかと」

「確かに危なかったが、大事な家族の晴れ舞台だ。ちゃんとこうしてお目にかかろうともするさ」

エステラが対峙するのは、高級感のあるスーツを着込んだ大柄の男性だ。

年齢は三十代半ば、彫りの深い顔立ちと、たくましい体格をした、美的感覚の統計データに則《のっと》って判断した結果、およそ78%が美形であると評価する外見をしていた。

その男——アーノルドは、エステラに向かって親しげにウィンクすると、

「なにせ、一度目のときは信じてやれなかった。もう兄貴はいないが……二つの意味で、見届けてやろうって思わなきゃ嘘だよ」

「……はい、ありがとうございます。オーナーも、きっと喜んでくださるかと」

気安いアーノルドの言葉に、一方でエステラはどことなく陰のある微笑みを浮かべた。それはAI同士にしかわからない程度の、ささやかなものではあったが、

『エステラの、今の顔』

『ですね。どうやら、あちらの方に思うところがあるようで』

ヴィヴィの意識野の発言に、賛同するようにマツモトが応じる。

エステラと対峙する男、アーノルド・コービック——彼こそが、現在のエステラの正式なオーナーであり、今は亡きアッシュ・コービックの実弟。

そして——、

『——デイブレイクの成功で、莫大《ばくだい》な利益を出した現代のホテル王、ですね』

そう、マツモトが静かな声音でヴィヴィにだけそう言い切った。

4

――アッシュ・コービックの死で最も得をした人物は誰か？

そうした問いかけが投げかけられれば、事情に詳しい人間は誰もが同じ答えを返す。

それはアッシュの実弟であり、兄の死を受けて経営難を離脱し、一気に莫大な利益を稼ぎ出したホテル事業を継いだ、アーノルド・コービックであると。

「事情に詳しい人間だけでなく、事情を調べたＡＩでも同じように結論付けますよ。実際、アーノルド氏は兄の事業を継いで莫大な資産を得た。その前は職を転々として、一所に収まる物分かりの良さはなし。まさに、人生大逆転という有様だ」

「代わりに兄を亡くしている。不謹慎」

一人きりで作業するヴィヴィの胸元、ブローチ型の通信機からマツモトの声がする。

その軽率な発言を窘《たしな》めるヴィヴィだったが、物言いにはやや力が足りない。悲しいかな、ヴィヴィの思考もマツモトとほとんど同じ結論に達している。

仮に、アッシュ・コービックの事故が、事故死でないとすれば――、

「容疑者の可能性が一番高いのは、アーノルド氏でしょうね」

「――――」

その可能性に口を噤《つぐ》み、ヴィヴィはスタッフルームの壁に背を預けた。

幸い、この時間にスタッフルームを利用するスタッフは一人もいない。本来ならヴィヴィもベルガールの仕事があるのだが、そちらは映像を改竄して対処済みだ。

これで問題なく、マツモトとの作戦会議に打ち込める。

とはいえ、その会議の旗色はヴィヴィには良くない。

「しかし、そんなことは警察も承知の上でしょう。その上で何の証拠も見つかっていないということは、噂は噂に過ぎないということだ。違いますか？」

「そう考えるのも当然だけど……もしかすると、アーノルドは警察関係者を抱き込んでいたり、凄腕のハッカーを雇ってデータを改竄したりしたのかも」

「夢物語、と言いたいところですが、そうしたことができないとも言い切れない資産家ではありますからねえ。凄腕のハッカー、ですか」

「――！　まさかマツモト……！」

「またしても濡れ衣！」

少し前と同じやり取りを交わして、ヴィヴィは自分の意識野の整理に集中する。

マツモトの関与を本気で疑うなど馬鹿げた話だが、マツモト以外のハッカー的な立ち位置の存在がアーノルドの火消しに協力した可能性は否めない。

悲しい話だが、司法の力は万全とは言えない。万全どころか、司法の力が必要な場面になればなるほど、司法以外の力が幅を利かせるようになるのが現実だ。

「アーノルド氏が兄の事故死を偽装、その隠蔽を行ったとあれば……よっぽどうまく痕跡は消されていることでしょう。生半可な腕じゃサルベージなんて不可能なぐらいに」

「でも、マツモトなら？」

「ユーモア的にいえば、朝飯前ってヤツですね。とはいえ、ボクがそうした労働に従事する理由に欠けているのは事実。ヴィヴィ、ボクを説得できますか？」

「――――」

マツモトの指摘に、ヴィヴィは細い腕を組んで思案の姿勢だ。

元々、マツモトの主張はエステラの排除で一貫しており、彼女を取り巻く周囲の環境への興味は二の次どころか大気圏外にある。しかし、ヴィヴィの意識野はマツモトの主張が正しいと理解していながら、それ以外の部分へのわだかまりを残したままなのだ。

このわだかまりをそのままに、性急に事を進めるのには抵抗感がある。

だが、その抵抗感をマツモトに理解させることは難しい。ヴィヴィ自身、AIである自分の中に浮上した意識野の空白、それを言語化することができないでいるのだから。

「少なくとも、ボクの閲覧できる範囲で、ホテル『デイブレイク』のオーナーであったアッシュ・コービック氏には事故死以外の結論は出ていません。真実はどうであれ、歴史はアッシュ氏を事故の被害者、アーノルド氏をその遺族と記録しているんです」

「仮に真実が異なるなら、それを暴くことにマツモトは反対？」

「ええ、当然ですよ。そんなことをすれば、その後の歴史に与える影響が計り知れない」

「今ここで、私たちは数万人の犠牲者を出さないように画策してるのに？」

歴史に、シンギュラリティ計画以外の影響を与えたくない。

それがマツモトの主張であり、ヴィヴィとしても大きな異論のない意見ではある。しかし、すでに数万人の犠牲者を救うことが盛り込まれた計画だ。その数万人が救われることが、後々に大きな影響を及ぼさないなどとヴィヴィには想像もつかない。

「宇宙ステーションの落下で死ぬはずだった数万人から、歴史に大きな影響を残す人物が生まれるかもしれない。そのことが計画を捻じ曲げる可能性は？　無視するの？」

「――。つまり、数万人を救う計画を前に、一人の人間の死の事実が明らかになるぐらいは大した影響ではないと、そう言いたいんですか？」

そうは言わない。だが、そう捉えられても仕方のない主張ではあった。

ヴィヴィは肯定も否定も述べないと、無言の態度で返答の保留を暗示する。その態度にマツモトはわざとらしく、「はーぁ」と長いため息めいた声を漏らし、

「いいでしょう。今回のアナタのわがままは、ボクとアナタの今後の円滑な関係のための必要経費と考えます。ただし、どんなビックリドッキリな事実が隠れていたとしても、逆に隠れていなかったとしても、シンギュラリティ計画の遂行には無関係だろうとあらかじめボクは言っておきますからね」

「今、初めてマツモトがパートナーで良かったと思ったわ」

「今、初めて!?」

どことなく不本意そうな反応を最後に、マツモトからの通信が切断された。

ヴィヴィとしては歩み寄りを見せたつもりだったのだが、マツモトの反応は芳しくない。やはり、未来のＡＩとは価値観がイマイチすり合わせられないのかもしれない。

ともあれ、不本意そうではあったが、マツモトの協力は得られた。

あとはこの調子で、順当にアッシュ・コービックの事件の真実がわかればいいのだが。

「ああ、ちょうどいいところに。そこの君、話せるかな？」

「――――」

マツモトとの密談を終え、こっそりとスタッフルームを抜け出したところだった。

何食わぬ顔で職務に復帰しようとしていたヴィヴィを、背後から男の声が呼び止める。その声に振り返ると、こちらへ歩み寄る長身の男性と目が合った。

「おっと、ＡＩスタッフだったのか。最近のＡＩモデルの進歩は凄まじいな。こうして近付いて確認するまで、ほとんど生身の人間と区別がつかない」

そうヴィヴィの姿に唇を緩めるのは、直前まで話題にしていた容疑者――アーノルド・コービックその人であった。無論、ヴィヴィは直前までの疑念など一切表には出さない。

即座に一礼し、アーノルドへ――すなわち、ホテルのオーナーへの敬意を表明する。

「失礼いたしました、コービック様。オーナー自ら、スタッフルームの視察でしょうか？」

「いやなに、楽にしてくれ。視察なんて大げさな話でもないよ。昔から方向音痴がひどくてね。支配人室の場所を見失っただけさ。……エステラに話があってね」

「エステラに。ご案内いたしましょうか？」

「おお、それは助かる。お願いしていいかな」

案内を申し出たヴィヴィに、アーノルドは嫌味のない顔つきでウィンクする。

自然と、人好きのする仕草と愛嬌だ。彼ぐらいの美形がそんな仕草を振りまけば、大抵の女性は好意を抱くものだろう。幸い、ヴィヴィには接した相手の外見は、あくまで個体識別のための要件の一つでしかない。人とＡＩとの間に、異性愛など芽生えようがあるまいが。

「ここの働き心地はどうだい？　君は、ええと……」

「個体名はヴィヴィと申します。働き心地に関しましては、まだ初日ですからお答えするにはデータ不足ではないかと」

「それはそうだな。これはこちらが間抜けな質問をした。忘れてくれ、ヴィヴィ」

案内のために通路を歩くヴィヴィだが、アーノルドはその後ろに続くのではなく、ヴィヴィの隣に並んで長い足の歩調を合わせてくる。

アーノルドの癖なのか、ヴィヴィは自分の横顔に彼の視線が集中している感覚を人工肌で味わっていた。気になるが、珍しいというほどのことではない。

ニーアランドでも、ヴィヴィの外見に興味や好奇心から執着する来園者は多い。しかし、そうした興味の眼差しと、アーノルドのそれとはやや趣が異なって感じられた。

「あの」

「――。おっと、すまない。不躾だったかな。気に障ったら申し訳ない」

「AIに、気に障るといった感覚は無縁です。ただ、私の方で何かオーナーの不愉快に繋がるようなことがあったでしょうか」

言外に、ヴィヴィを見つめる視線の真意を問いかけると、それを受けたアーノルドは少しばかり慌てた様子で「違う違う」と手を振った。

「君に落ち度はないよ。少し……そう、少し見惚れていただけでね」

「ありがとうございます。外見を褒められることは参考データとして非常に有意義ですので、本社のカスタマーサポートの方へと転送させていただきます」

「いやぁ、そんな大げさな話ではなくてね。もちろん、君の見た目が可愛らしいことは事実だが、私が見惚れたのは君の目だよ。おっと、アイカメラなんて無粋な呼び方はやめてくれよ？」

途中でヴィヴィのエモーションパターンが表情に出たのか、アーノルドが苦笑しながら自分の発言をフォローする。

「私はね、AIたちの目が好きだ。AIの多くは、自分の使命を一番大事なこととして考えているだろう？　だから、目にその意思が表れる。AIだけに限らず、私は夢を見る人の目が好きでね」

「はぁ、なるほど。……立て板に水ですね」

「前もって言い訳の準備をしていたみたいだって？　手厳しいなぁ、ヴィヴィ」

大げさなリアクションをしながら、アーノルドが自分の額に手を当てる。それから、彼は額に当てた手をゆっくりと下ろしながら、

「だから、私は兄の……アッシュのことも好きだった。親族は宇宙でホテルをやるなんて兄の夢を笑ったが、私は単純にすごいと感心していたよ」

「――――」

「その兄の夢が叶ったはずの場所を、いなくなった兄の代わりに私が歩いている。おかしな話だ。こうしている権利なんて、本来は私にはないだろうに」

謙遜ではなく、自嘲に近い響きだった。いくら何でも、それは自罰的に過ぎるように聞こえて。

「ですが、前オーナの亡くなられたあと、『ディブレイク』の経営を立て直されたのは事業を引き継がれたオーナーの手腕だったと聞いています。それなのに……」

「――それも買い被りだよ。私は何もしていない。ホテル事業が軌道に乗ったのは、亡くなった兄の代わりに頑張ってくれた人がいたからさ」

肩をすくめ、アーノルドはヴィヴィの言葉を否定した。

「……もっとも、そんな話は経営陣を含めて、誰もまともに聞いちゃくれないがね」

力ないアーノルドの言葉が、ちょうど話題の一区切りとなったタイミングだ。

ヴィヴィの足が止まり、アーノルドが正面を見る。眼前には『支配人室』のプレートがかかった部屋がある。案内が終わったところだった。

「案内ありがとう。話に付き合ってくれたのもね。今後もよろしく頼むよ、ヴィヴィ」

「こちらこそ、貴重なお話でした。オーナーも、良い休暇を」

「ああ、堪能させてもらうよ。兄の夢のホテルをね」

最後、調子を取り戻した風なアーノルドのウィンクがあって、ヴィヴィは彼と別れた。

支配人室に背を向け、ヴィヴィは今度こそ持ち場に戻るために歩き始める。

ただ、そうして歩くヴィヴィの陽電子脳では、複雑な疑問が生じつつあった。

「……本当に、アーノルドはお兄さんの事故死に関与しているの？」と。

5

「オーナーとアッシュさんの関係？　それって何の勘繰りなの、ヴィヴィ」

空き時間に捕まえたルクレールは、思った以上にヴィヴィの疑問に食いついてきた。

ハウスキーピング担当であるルクレールだが、彼女の主な業務は宿泊客が不在の間の部屋の清掃、ベッドメイク、アメニティの補充などである。

しかし、ここは宇宙ホテルである『サンライズ』。地上のホテルと違い、宿泊客は部屋に荷物を置いて、外へ観光などに繰り出すことはまずできない。

無論、ホテル内にはレストランや入浴のための大浴場が用意され、娯楽施設としてシアタールームやコンサートホール、最先端の設備を揃えたゲームルームも存在する。だが、そうした施設は宇宙ホテルならではとは言い難く、地上でも十分代替可能な代物だ。

そんな中にあって、この宇宙ホテルならではの最大の売りは、施設の全方位に宇宙空間を眺めることのできる、展望台と呼ばれるショールームだろう。

ただし、ショールームは予約制であり、希望者全員が入れるわけではない。

また、家族連れには人気の施設だが、この日の招待客にはオープン初日というレアリティを体験しにきた層も多く、ショールームの重要度は拡大している。

「それにそれに、今日はオープン初日でしょう？　チェックアウトするお客様もいないから、掃除する部屋もないの。……つまり、今日のあたしは置き物なのよぉ」

おいおいと泣き真似をするルクレール、胸に飛び込んでくる彼女を抱きとめながら、忙しさに目を回しつつあるヴィヴィはその背中を指でなぞった。

「やんっ！　ちょっと、ヴィヴィ、やめてよね」

「ごめんなさい。忙しさが落ち着いたところだったからつい」

ベルガールであり、AIスタッフの中でも安心感があるのか、ヴィヴィを案内係に指名する宿泊客が意外と多い。もちろん光栄な話ではあるのだが、ホテル業務に隠れて副業の『人類救済』のために働くヴィヴィは大忙しだ。

手持ち無沙汰のルクレールにも、少しは人類滅亡の阻止に貢献してもらいたい。

「それで？　オーナーとアッシュさんの関係……ええい、ややこしいわね。アッシュさんと、弟のアーノルドさんの話よね。でも、何が聞きたいの？」

「二人の兄弟仲とか、ルクレールは知っている？」

「兄弟仲ねえ。……っていっても、二人が一緒にいるところをあたしは見たことないもの。アーノルドさんは、アッシュさんが亡くなるまで、ホテルにきてくれたことはなかったし」

「そうなの？　だけど……」

わからない、と首を横に振るルクレールだが、ヴィヴィは逆に考え込む。

夢を叶える場所に宇宙ホテルを選んだとされるアッシュ・コービックだ。もし、兄弟仲がうまくいっていたなら、自分のホテルに弟を招待するのは当然ではないのか。

経営難の状況であったとはいえ、アッシュ・コービックがオーナーの時代が三年はあったのだ。最初の年に招いていたとしても不思議はない。

「とにかく、アーノルドさんがオーナーに就任して、ホテルにきたのはこれが二回目……前回はデイブレイクで、今回はサンライズ。あまり、足は運ばれないわね」

「オーナーだけど、ホテルからは足が遠のいてる。どうして？」

「罪悪感、だったりしてね」

冗談めかしたルクレールの言葉に、ヴィヴィは目を丸くする。

「あれ？　ヴィヴィも、そう考えたから話を聞きにきたんじゃないの？」

「そこまで露骨な話をするのは、所有オーナーへの倫理規定に引っかかると思うけど」

「直接は触れてないの。こんな風に倫理規定を回避するのって、あたしたちみたいな噂好きのＡＩモデルにはよくあることよ。ヴィヴィ、勉強不足ね」

箱入り娘と指摘された気がして、ヴィヴィは自分の知れない範囲の話に驚かされる。

この場合の倫理規定とは、所有権を移譲されたオーナーであるアーノルドへの不敬のこと。つまるところ、所有者に対する不適切な発言などの禁止が該当する。

ルクレールの言葉の裏には、明らかにアッシュ・コービックの死にアーノルドが関与しているのでは、とされる噂への関心があった。

その噂を根拠とした発言は、倫理規定への抵触とヴィヴィには感じられたのだが。

それに――、

「どうしたの？　あたし、何か変なこと言った？」

押し黙るヴィヴィの視線に、困り眉になっているルクレール。

彼女の態度にも若干の違和感があった。それというのも、今朝交わしたアッシュ・コービックの自殺説への反応と、アーノルド犯人説への反応の違いだ。

アッシュの死が自殺であることに、ルクレールはかなり強い抵抗感を示した。

オーナーとしての期間で言えば、すでにアーノルドの方がアッシュよりも長いはずなのに、だ。

「――。ううん、何でもない。勉強になったわ」

「そう？　そうならいいけど……あ、フロントから連絡がきた。スーペリアルームのお客様がヴィヴィをご指名だって。このお客様、あなたにご執心みたいね」

「スーペリアルームの。わかったわ」

制服の皺を伸ばし、短い休憩を終えてヴィヴィが立ち上がる。そのヴィヴィの後ろに回り、後ろ側の身嗜《みだしな》みを整えてくれたルクレールがその肩を叩いた。

「じゃ、働いてらっしゃい。労働はＡＩスタッフの喜び。あたしは、そんなＡＩの幸福を奪われた悲しいシンデレラ……」

「私が舞踏会から戻ってくるまでに、屋敷中をピカピカにしておくこと」

「お姉様ったら怖い！　……稼働年数的には妹のはずなのにすごい貫禄《かんろく》」

などと軽口を叩き合い、稼働年数のボロが出る前にヴィヴィはそそくさと退散する。

ご指名のあったスーペリアルームの宿泊客は親子三人の家族連れで、十五、六歳の娘と品のいい両親が一緒といった微笑ましい組み合わせだ。招待客リストによると、『サンライズ』オープンに合わせたキャンペーンの当選者であるらしい。

参考データ的には、この年代の少女が両親と一緒に旅行に出掛ける世帯は少数派であるとされているが、ホテルの施設を家族揃って利用するあたり、仲のいい家族のようだ。

ただ、仲睦《むつ》まじい両親は宇宙ホテルの充実した施設に目を奪われているが、娘の方の関心はヴィヴィに寄せられているらしく、視線の集中回数が尋常ではない。

外見年齢が同年代なので、話し相手に飢えている彼女にはちょうどいいのかもしれない。残念ながらヴィヴィは忙しいので、ベルガール以上の対応はできないのだが。

『話し相手が欲しいなら、あのハウスキーピング担当のAIを紹介しては？　外見年齢はちょっと上ですが、AIスタッフにそんなことは関係ないでしょうし』

『ルクレールなら喜んで引き受けてくれそうだけど、ダメ。……話、聞いてたの？』

『もちろん、作業中もアナタから目と耳と鼻を遠ざけたりしませんよ。コメントを差し控えていただけで、ちゃんと話は聞いていました。――今のところ、ヴィヴィの中ではアーノルド・コービック氏への疑惑が高まっている感じですか？』

『わからない、けど』

マツモトからの問いかけを、ベルガール業務の傍らでヴィヴィは思考する。

作業的には問題なく、親子連れへの施設案内を続けている最中だ。あまり褒められた態度ではないが、優先順位の問題でタスクを整理することは許してもらいたい。

『本人と直接話したけど、答えは出ないわ』

あの短い対話を経て、アーノルドへの心証は良くも悪くも変化した。

金のために兄を謀殺する人物、という印象が芽生えたわけではないが、兄に対して何かしら思うところがあるといった態度があったのは事実だ。

アッシュと一緒に働いていたルクレールが、アッシュは自殺などしないと断言していることもそれ

に拍車をかける。しかし──、

『では、ヴィヴィのその疑惑が誤りであると、ボクの方で否定して差し上げましょう』

そうマツモトが言い放った次の瞬間、ヴィヴィの意識野が複数のデータを受信する。

大量の数字を取り巻く記録は、それがアーノルド・コービックの口座記録と、宇宙ホテルのオーナー就任後の活動記録であるとわかる。

『アーノルド・コービックの口座記録……でも、この状態は』

『ええ、見ての通りです』

記載された数字を確認し、ヴィヴィの意識野に驚きが生まれる。そのヴィヴィの反応を小気味いいとでも言いたげに受け入れ、マツモトが続けた。

『アーノルド氏は、宇宙ホテルの経営利益の大半を宇宙開発事業の支援金と、災害などの義援金として寄付しています』

『────』

『彼の懐には最低限の資産しか残されていません。ホテルのオーナーに就任後、役員会での彼の活躍があって経営難を脱したのは事実のようですが……彼は利益を自分の懐に入れていない。それと、六年前のホテル開業時に彼が兄のホテルに招待されていないのは不仲が原因ではなく、健康上の理由ですね。病気で入院していたようです』

マツモトの説明に、ヴィヴィは活動記録の隅々にまで目を通す。

口座記録の出入金を見れば、アーノルドの資産状況は一目瞭然だ。寄付金や義援金の体で出金し、資産をロンダリングしている気配もない。支援金を贈った団体は健全な業態であることを示す資料がいくつもあり、ここに欺瞞は全くなかった。

少なくとも、資産目当てに兄を殺害し、オーナーに成り代わったという説は根底から覆る。彼はあくまで真摯に、兄の事業を引き継いだとしか考えられない。

『このデータを参照すると、ホテル事業拡大のために兄を犠牲にして、アーノルドがホテル王として名を立てたって説は……』

『的外れと言わざるを得ないでしょうね。とはいえ、アーノルド氏の行動にいくつか不審点があるのは事実です。経営者として並々ならない辣腕を発揮した記録があるのに、三年前からの電子書籍の購読リストなどを見ると……』

言いながら、マツモトがここ数年のアーノルドの電子書籍の購読リストを開示する。

並んだ本のタイトルは経営論やホテル事業関連のものばかりだが、いずれも基礎的な内容のものでしかなく、『ホテル王』の異名を持つ男の本棚にしては違和感が強い。

これではまるで、付け焼刃で知識を身につけようとしているも同然だ。

『仮にアーノルド氏が、アッシュ・コービック氏を謀殺した犯人だった場合、あれですかね。兄を死なせたあと、慌ててホテル事業の勉強をして、たまたまその分野の天才的な才能があったから経営を立て直せた。……そんな杜撰《ずさん》な計画を実行に移したと』

『それは、いくら何でも……』

『無理がある、と。ボクも同意見ですよ。なので仮説ですが……記録は嘘をつきません。アーノルド氏が経営者としての未熟を自覚して勉強中なのは事実です。つまり、役員会での彼の発言は彼自身から出てきたものではない。誰かの意見を、彼が自分のものとして発言している。——彼は、ホテル王の役名を背負った役者です』

『役者……』

洒落《しゃれ》たマツモトの言い回しに、ヴィヴィはなるほどと考え込む。

役者とは、言い得て妙だ。アーノルドに経営者としての才覚がなく、誰かの言いなりの傀儡《かいらい》などとは誰も思っていまい。

実際、マツモトも追跡調査をするまで、アーノルドの背景は知り得なかったはずだ。

しかし、だとすれば、アーノルドの立ち位置は――、

「――ぁ」

そこまで考えて、ヴィヴィの意識野にとある考えが浮上する。

思わず口から声が漏れて、案内の途中だった宿泊客の少女が首を傾げた。その少女に胸中を勘付かれないよう、笑顔を模しながらヴィヴィは考える。

アーノルドが誰かの傀儡で、ホテル事業を立て直した事実は隠匿された情報だ。

一般的にはアーノルドは亡くなった兄の遺志を継いで、宇宙ホテルの経営を軌道に乗せた美談の主人公である。穿《うが》った見方をするものにとっては、兄を謀殺してチャンスを奪い取った簒奪《さんだつ》者という立場であり、悪意あるその見方を否定する方法は誰にも持ち得ない。

そしてそれは人だけではなく、ＡＩにとっても同じことで。

『――エステラ』

『ヴィヴィ？　どうしました？』

『マツモト、調べてほしいことがあるの』

浮かんだ仮説を、ヴィヴィは形にしなくてはならないと考えた。

姿の見えないキューブ型のマツモトが、そのアイカメラのシャッターを半端に閉じて、自分の方を半眼で見つめているような気がした。

6

――『落陽事件』はどうして起きるのか。

それが、今回の計画の概要を聞いて以来、ヴィヴィがずっと考え続けていた疑問だ。

宇宙ホテル『サンライズ』の支配人であり、宇宙ステーションの全権を握る統括ＡＩでもあるエステラ、彼女が主犯となって引き起こされる人為的――否、被造人為的とでも呼ぶべき事件は、そこに至った原因が一切究明されていないと聞く。

実際、マツモトも事件の概要自体には興味がなく、ただ起きる出来事の回避に努めろと繰り返すばかりだった。しかし、歴史の修正力の話を聞いて以来、ヴィヴィは目先の問題解決だけで後々の悲劇を回避できるのか、強い疑問を抱いてしまった。

マツモトにしてみれば、今回の一件は歴史の修正力を見極める上での試金石くらいの認識なのかもしれない。だが、事は数万人の生死がかかった問題なのだ。ヴィヴィにはそれを、テストケースだからと割り切る合理性は描けそうもない。

――歴史を変えないために、墜落する旅客機は見捨てたのに？

自分の意識野に生じる、行動と思考の矛盾。そのエラーを、ヴィヴィは意識的に無視した。

代わりに思考を走らせるのは、このシンギュラリティポイントにおける自分の立ち位置だ。

「……エステラが『落陽事件』の主犯、この事実が動かせないなら動機があるはず」

その動機が、エステラを本来ならありえない凶行へ走らせたのだとしたら、その動機を排除しない限り、真に『落陽事件』を阻止することはできないのではないか。

『マツモト、『落陽事件』の犠牲者だけど……』

『数万人規模ですが、詳しい数が知りたいんですか？　ですが、ボクも別にヴィヴィに意地悪して正確な数字をぼかしているわけじゃありません。事実、正確な人数が把握できていないんですよ。この時代でも、生まれた全ての人間が国に登録されているわけじゃありません。だから、そういった事情の人間を除けば……』

『ううん、そうじゃない』

マツモトの迂遠な物言いを遮り、ヴィヴィは途切れた質問の続きを形にする。ヴィヴィが真に問いかけたかったのは、事件に巻き込まれる被害者の数ではなく、

『事件の犠牲者に、サンライズの関係者は含まれていたの？』

『――――』

ヴィヴィの質問に、珍しくマツモトが言いよどむ気配があった。

それが答えに窮したのではなく、返答を躊躇っているが故の沈黙であるとヴィヴィは考える。そしてその真意は――、

『――アーノルド・コービック氏も、事件に巻き込まれて犠牲になりますね』

躊躇いのあと、紡がれたメッセージの内容はシンプルなものだった。

それがヴィヴィの聞きたかった内容だと、マツモトも理解していたが故の反応だ。

エステラが引き起こす『落陽事件』の犠牲者は、墜落現場となる地上の数万人だけではなかった。

このサンライズに滞在しているアーノルドもまた、その犠牲者だ。

『他の、ホテルの関係者は？』

『墜落前に救命艇で宿泊客やスタッフは脱出させられています。人命優先の避難誘導で、テロを起こ

したエステラにも良識があったらしいといった様子ですが……』

『アーノルド・コービックは、ホテル内に残されていた?』

『それが自発的に残ったのか、エステラに拘束されてやむなくだったのかは、彼女の陽電子脳が燃え尽きた以上はわかりませんが』

マツモトの説明を受け、ヴィヴィは長い睫毛《まつげ》に縁取られた瞼を閉じる。

思案するのは『落陽事件』が引き起こされる動機――未来ではAIが引き起こしたテロなどと考えられている事象だが、詳細を知れば、その裏側が少しずつ見えてくる。

本来、『落陽事件』の目的が墜落による死傷者を出すことではなく、もっと別の目的を持った行動であったとすればどうなる。例えばそれが、現オーナーであるアーノルド・コービックの殺害と、その隠蔽にあったとすれば話は変わってこないだろうか。

『一人の死を隠すための、数万人の犠牲者』

あるいは、単純に墜落事故で死んだと見せかけるだけでもよかったのかもしれない。

根拠は、宿泊客とスタッフを逃がしている脱出艇の存在だ。本気で一人の殺害を偽装するために数万人を殺す気だったなら、そんな余計な行動をする理由がない。

つまり、最初から標的はアーノルドただ一人だけで、数万人の犠牲者が出るような事故としてしまったのは何らかのトラブルが原因なのではないか。

そして、それを引き起こしたのがエステラであり、彼女が動機を抱くとすれば――、

『――アーノルド・コービックが、アッシュ・コービックを謀殺した犯人だと、エステラが疑っていたとすればどう?』

『――その、可能性は』

なくはない、とマツモトの返答が暗示している。

ヴィヴィもまた、この可能性が最も合理的に、エステラが凶行に及ぶ動機として適切なものではないかと考えた。それならば、エステラがホテルに到着したアーノルドを迎えた際、その横顔に複雑なエモーションパターンを刻んでいた理由もわかる。

何より――、

『サンライズが地上に墜落しても、デイブレイクは……アッシュ・コービックの夢の城は残り続ける。敵討《かたき》ちを果たしたとしても、なくならない』

『歪んだ奉仕精神が、『落陽事件』が起きる切っ掛けになると？』

どうだろうか。ヴィヴィにはわからない。

ヴィヴィの立場はニーアランドの『備品』であり、オーナーと呼ぶべき立場の人間に奉仕するわけではない。究極、ヴィヴィにとってのオーナーとはニーアランドを訪れる来園者、観客たちそのものであり、もっと大きな区分で言えば人類こそがヴィヴィの奉仕対象なのだ。

そこに優劣をつけるべきではない。シンギュラリティ計画を遂行している現状など、特にそう強く意識野に喚起させられる。だが、一人をオーナーとして選び、奉仕対象を定めたＡＩであるエステラには、そうしたヴィヴィとは異なった結論があるのではないか。

「だとしたら……エステラに連絡を！」

危険な兆候と判断し、ヴィヴィは即座にエステラに呼び出しのコールをかける。しかし、ヴィヴィの通信にエステラからの反応はなかった。

支配人とコンシェルジュを兼任するエステラが、スタッフの呼び出しに応じないなどありえない。

『ルクレール、エステラの居場所はわからない？　重要な話があるの』

『え？　ヴィヴィ？　エステラの居場所？　支配人室じゃないの？』

続いて連絡を入れたのは、ホテル内のシアタールームで清掃を行っていたルクレールだ。

彼女はヴィヴィの質問に戸惑い、当然の答えを返してきたが、

『そこにはいないの』

すでに支配人室の扉を開け、室内にエステラの不在を確認したヴィヴィはそう応じる。

少し前、この部屋にアーノルドを案内したのはヴィヴィ自身だ。幸い、室内に争った形跡はなく、物言わぬアーノルドが倒れているようなこともなかった。

しかし、依然として二人の姿は見当たらず、警戒を解くに当たらない。

『あ！　そういえば、ショールームの開放時間が近いからそっちじゃない？　そろそろ、展望台の開ける準備をしなくちゃいけない頃だし……』

『――っ！　ありがとう、ルクレール』

『あ、ちょっと、ヴィヴィ⁉』

ルクレールとの通信を強制的に切り、ヴィヴィは足早に展望台へと向かう。

道中、スタッフや宿泊客とすれ違うヴィヴィの胸元で、ブローチから声が届いた。

「ヴィヴィ、ビンゴです！　ホテル内の監視映像で、十五分前にエステラとアーノルド氏が展望台へと向かっていくのが映っていました」

「今、二人は？」

「生憎、ショールームにはカメラが設置されていません。手前の通路のカメラに出てくるところは映っていないので、まだ展望台に揃っているはずですが」

それだけわかれば十分だ、とヴィヴィは人目がないのを確認して通路を駆け抜ける。

ホテル最奥のショールーム、その入口が見えてきて、ヴィヴィは勢いよく扉へ飛びついた。

そして――、

「――ヴィヴィ、エステラが仮に凶行に及ぼうとしているのなら」

直前、マツモトがヴィヴィに念押しするように呼びかけてくる。

それは確認だ。――エステラを止めるための、彼女の陽電子脳を完全に初期化するためのプログラムコード、それを使用するべきだという確認。

「――――」

ヴィヴィも、それに反論する言葉は持たない。

エステラの行動には情状酌量の余地があったとしても、その動機がいかに人間的なものであったとしても、彼女はＡＩだ。その動機は、ＡＩが持つことは許されない。

ましてやそのために数万人が犠牲になる未来など、あってはならない。

故にヴィヴィは、確かな覚悟を以て、展望台への扉を抜け、ショールームへ入った。

そしてそこには――、

「――全て、君のおかげだ、エステラ。本当にありがとう」

ショールームの中央で、涙を浮かべたアーノルドがエステラを抱擁し、エステラもまた彼を抱き返している光景があった。

7

想像とかけ離れた光景を目の前にすると、人間とは思考停止するものである。

それと同じように、ＡＩもまた、仮説とかけ離れた光景を前にすればエラーが生じ、意識野の思考アルゴリズムに混乱をきたすものだ。

つまるところ、ヴィヴィにとって展望台の光景は、予想外そのものだった。

「――ヴィヴィ？」

そうして硬直するヴィヴィに、振り返ったエステラが目を丸くしていた。

自然と驚く彼女は今もアーノルドの腕に抱かれており、同じく、ヴィヴィの闖入《ちんにゅう》に気付いたアーノルドも驚きを瞳に浮かべている。

「どうかしたの？　この時間、あなたの持ち場はここではないはずだけど……」

「ええと、そうではなくて……エステラと連絡がつかなかったから」

「――っ！　ごめんなさい。今だけ、通信を切っていて。何か問題があったの？」

歯切れの悪いヴィヴィに、エステラがパッと表情を切り替える。すぐにアーノルドの腕を離れ、彼女は支配人の顔つきでヴィヴィの方へと歩み寄ってきた。

その彼女に両手を向け、ヴィヴィは「違うの」と首を横に振り、

「問題があったわけじゃなくて、ただ、エステラの所在が掴めなかったから」

「それを確かめに、展望台へ？　……そう、何もなかったならよかった。それと、何も言わないでいてごめんなさい。この時間だけは、アーノルド様と迎えたくて」

ヴィヴィの行動を咎《とが》めず、逆に連絡がつかなかったことをエステラは謝罪する。その謝罪に続いた彼女の説明に、ヴィヴィは内心で首を傾げざるを得ない。

アーノルドと共に、展望台でこの時間を過ごしたかったというのは――、

「だからね、ヴィヴィ。今だけはここを離れて……」

「いいや、構わないじゃないか、エステラ。ヴィヴィも、このホテル『サンライズ』のＡＩスタッフなんだろう？　一緒にお祝いする資格はあるさ」

「アーノルド様がそう仰るなら……」

やんわりとヴィヴィを遠ざけようとするエステラを、他ならぬアーノルドが引き止めた。

エステラとアーノルド、一機と一人の間に不穏な問題があると考えていたヴィヴィにとって、その申し出は理解の及ばないものだった。

ただ、アーノルドの提案はありがたくはある。二人きりには、させられない。

「お二人はここで何を？　展望台の開放は一時間後のはずですが……」

「まさしく、そのショールームの開放を待っているんだよ。とはいっても、オーナー権限で少しだけ他の客様よりフライングさせてもらっているけどね」

唇に立てた指を当てて、アーノルドが自然な仕草でウィンクをする。

そこにはマズいものを見られたといった後ろめたい気配は感じられず、それを隣で見守るエステラの態度にも不審な点は見当たらない。

むしろ、エステラの態度にはどこか、アーノルドへの親しみのようなものが見えて。

「『サンライズ』オープン初日、最初のショールームの開放……それだけは、アーノルド様と一緒に見届けたかったの。――前のオーナー、アッシュ様のために」

「前の、なんて言い方はやめてくれよ、エステラ。君のオーナーは今でも兄さんだ。それは変わらないでくれ。私はお飾りでいいんだ。君とホテル、どちらのオーナーとしてもね」

「本当に、アーノルド様は欲のないことを」

嫌味なく笑ったアーノルドに、エステラもまた唇を綻ばせて微苦笑した。

そのやり取りに、ヴィヴィは短時間ながらも確信を得る。――この、エステラとアーノルドの二者の間には、ヴィヴィには立ち入れない深い信頼関係が結ばれていると。

そこには、ヴィヴィが想像したような凶行へ、エステラを駆り立てる切っ掛けが存在していない。

それに今、アーノルドは気になることを言った。

「ホテルのオーナーとしても、お飾りで構わないというのはどういう意味？」

「ああ、そのことか。簡単だよ。私が兄のあとを継いでから打ち出した経営戦略、それは全部エステラの指示に従ったものだったんだ。……これって言ってもいいんだったっけ？」

「ダメでも、もう言ってしまってるじゃありませんか」

「あ、本当だ。これは失敬」

人懐こい笑みを浮かべるアーノルド、その答えにヴィヴィは二の句が継げない。

ただ、否定しないエステラと、これまで見つけた証拠が彼の発言を裏付ける。――ホテル業を継いでから経営を学び始めたアーノルドには、やはり経営参謀がいたのだ。

「でも、それがエステラ……？　それは、ＡＩスタッフとしての職務を逸脱しているわ」

「そうね。ＡＩの倫理規定に照らし合わせれば、職分を越えた行為とされる……だけど、私はアーノルド様から正式に、このホテルのオーナー権限を与えられているの。だから、それができる」

「そして、エステラにホテルを任せることが、亡くなった兄の願いだったんだよ」

エステラとアーノルド、二人が協力し合い、この宇宙ホテル経営を盛り立ててきたのだと。

だが何故、エステラとアーノルドはアッシュ・コービックの夢を引き継ぎ、宇宙ホテル事業の立て直しを図ろうとしたのか。それは――、

「――兄は事故死じゃない。自殺だったんだ」

8

——アッシュ・コービックの最初の印象は、夢見がちな子どものような大人というものだった。

「これから、宇宙ホテル『デイブレイク』の副支配人として、よろしく頼むよ」

笑顔と共に差し出された手を握り返し、エステラは微笑んで当たり障りのない抱負を述べた。

そうして貸し出された相手に気に入られ、奉仕を受け入れてもらわなければ後がない。——そうした切迫感が、エステラの陽電子脳を支配していたのだから。

ＡＩ開発企業として、世界的なシェアを誇るＯＧＣ——エステラはそのＡＩ部門の主力商品である『歌姫』シリーズの一体として開発されたＡＩだ。

しかし、課された複雑な設計思想の問題で開発が難航、結局、エステラは最初の方針と大きく異なる形で運用を開始せざるを得なかった。その後、運用目的に即したプログラムをインストールされたエステラは、ＯＧＣの出資する宇宙開発事業のセクションで活動を開始。

その事業の一環として、宇宙ステーションを利用したホテル事業へのリースを受けたのだ。

本来、望まれた役割を果たせぬままに運用へ至ったエステラは、自分の役割を取り上げられることにひどく怯《おび》えていた。だから、自分の仮初のオーナーとなったアッシュに対しても、決して彼の不興を買わないよう、役立てるよう、奮闘する覚悟だった。

そんなエステラの強張った覚悟は長くはもたない。何故なら——、

「——エステラ、君はあれだな。すごく、いい声をしているな」

握手を交わしながら、アッシュは反対の手で自分の喉を指差してそんなことを言った。脈絡のない言葉にエステラは目を丸くして、再び微笑みを形作りながら、

「ありがとうございます。実は、歌も歌えるんですよ」

「ほほう、そうなのか。それはぜひ、いつか聞かせてもらいたいものだな」

「そんな機会があれば、ですね」

夢見がちな子どもっぽい大人、そんな印象は調子のいい欲張りという新たな印象が塗り替えた。そんなエステラの意識野を知ってか知らずか、アッシュは余所から出向しているエステラを副支配人に大抜擢《だいばってき》し、『デイブレイク』での日々が始まった。

——正直、副支配人という大役を命じられたのは、エステラにとっても驚きだった。

当然だが、いくら能力的に優れていても、ＡＩの権利は人類と同等にはならない。あくまでＡＩは人間に奉仕する立場であり、能力を提供する代わりに多くを求めない。

近年ではＡＩ産業の拡大と、ＡＩモデルの大量生産に伴い、接する機会の増えたＡＩに対して人権運動のようなものが起きているとも聞くが、恐れ多い話だ。

約十年前、法案として成立した『ＡＩ命名法』が、そうしたＡＩに対する人権保護の運動の切っ掛けとされているが、エステラは『エステラ』という名前を与えられただけで十分だった。

誇りは名前に宿り、持て余した駆体には仕事がある。それが、エステラの日々の救いだった。

「——支配人！　ちゃんと話を聞いてくださっていますか？」

「ん！　あ、ああ、すまない。大丈夫だ。……やはり、最初から話してくれ」

「まったく……」

慌ただしい日々が過ぎる中、エステラとアッシュの関係性は日に日に変わっていった。

それは、エステラの彼に対する扱いや、その印象の変化にも如実に表れている。最初、エステラは彼が夢見がちな子どもだと評価したが、それは間違いだった。

確かにアッシュは夢ばかり見ている。しかし、地に足のついた現実的な視野もある。その上で、彼は夢と現実ならば躊躇いなく夢を選ぶ、そうした人種であったのだ。

「ですから、実現性がありません。こうした発案はもっと慎重に精査を重ねてください」

「そう言われると……そうだ！　エステラに代案はないか？　君の意見なら参考になるだろう」

「……あの、あくまで私はAIスタッフで、それも出向の身です。副支配人という過分な立場に与っていますが、私の意見なんて役員がいい顔するはずありませんよ」

「そこはそれ。私の意見として、堂々とお歴々には聞かせてくるから問題ないさ。……あ、いや、別にエステラの手柄を横取りしようってんじゃないぞ？　うん」

意見を求められ、渋る態度を見せるエステラ。そんな彼女を説得するべく、アッシュは情けないことを堂々と並べ、顔を青くして弁明し、とにかく顔が忙しい。

事実、彼は手柄の横取りなんて考えない。それがわかるから、エステラは苦笑した。

「オーナーがそこまで仰るなら、考えてみます」

「やったぞ、助かる！　さすが副支配人！　頼りにしているからな！」

ここで迂闊《うかつ》に頷いたことを、エステラは深く深く後悔した。

以降、副支配人としても、陰の支配人としても、エステラの日々は慌ただしくなったからだ。

なかなか成果の上がらないホテル事業だったが、OGCは出資を引き上げず、エステラが回収されるどころか、サポートスタッフとして新しく接客用AIが送られてくるほどだった。

その後、五年以上の付き合いになるルクレールと出会ったのは、そういう経緯だ。

ムードメーカーである彼女を加え、職場の空気はますます賑《にぎ》やかになっていく。その反面、ホテル事業はなかなかうまく回らず、歯痒い時間も多くなった。


「宇宙ホテル、この宇宙に感動する人間は多いと思うんだけどなぁ」

腕を組み、当てが外れたといった顔つきでアッシュが呟く。

スタッフの前では気丈に振る舞い、愚痴ることなどまずありえない人物だったが、一日の終わりにエステラの私室に顔を出しては、こうしたやり取りを交わすことが多かった。

それを信頼と呼ぶのか甘えと呼ぶのか、エステラに判断はつかなかったが。

「……オーナーには、目標とかあるんでしょうか？」

ある日、ふとエステラは気を紛らわせるためにか、そんな話題を口にした。

それを聞いたアッシュは「目標？」と首を傾げたあと、力強く拳を天井へと突き上げた。

「決まっているだろう。この宇宙ホテルを世界一……違うな。すでに宇宙に飛び出してるんだからスケールはもっと大きい。宇宙一のホテルにすることだ！」

「なるほど。ひとまず、宇宙空間唯一の称号は得ていますね」

「できれば、競い合うために色んな宇宙ホテルが出てきてくれてもいいんだが……ああ、それと、これは個人的なことなんだが」

指で頬を掻きながら、アッシュが窓の方へ目を向ける。

そこにあるのは黒い、黒い宇宙空間だ。何もない、なんてことはない。遠目に見える星々は、おそらくは地球上で見上げるそれより鮮明で、近く感じられるはずだ。

そんな、広大な宇宙の風景を目にしながら、アッシュは呟く。

「弟を、宇宙に呼びたいんだ。昔から病弱で、あまり外に出られなかった弟だが、あいつだけは私の夢を笑わなかった。いつか、一緒に宇宙へいこうって約束しているんだ」

「……弟、アーノルド様ですね。ホテルにご招待されないのですか？」

「言ったろう？　体が良くない。今も入院しているんだ。退院して、落ち着いたら宇宙に呼びたいとは思っている。だから、せめてそれまで……」

「――――」

アッシュの、続けなかった言葉の先は想像がつく。

経営状態は良くない。理想ばかり追いかけるアッシュでも、走るために地に足がつかなくなれば現実が見える。――せめてそれまで、ホテルがもってくれれば、と。

「いっそ、その弟さんのためにホテルを始めた美談を売り込んでみるとか、してみますか？」

「面白い。昔の漫画にそんな話があったらしいが、話題性作りには確かに……話題性？」

「――？」

談笑中、不意にアッシュが真面目な顔で黙り込んだ。

その態度をエステラは訝《いぶか》しんだが、続く言葉を口にする前に――、

「それだ、エステラ！　それだよ！　さすがだ！　愛してる！」

「え、え、ええ⁉」

机を飛び越した長身が、棒立ちのエステラを正面から抱きしめ、仰天させる。その勢いにエステラはとっさに、暴漢を無力化する際のプログラムを立ち上げかけ――、
至近のアッシュの笑顔、それが初めて会ったときのそれと同じものと気付き、動きが止まる。

「――ぁ」

「うんうん、それだ！　クソ、なんで気付かなかったんだ。私はアホなのか……いや、アホだったな！　だが、それも今日までのことだ！」

「お、オーナー？」

「忙しくなるぞ、エステラ！　今度こそ、絶対、間違いなく！　うまくいく！」

勢いについていけないエステラを置き去りに、アッシュの思想は加速する。

しかし、アッシュが向ける笑顔と、あまりに堂々とした態度に引きずられ、エステラは詳しく追及するのも馬鹿馬鹿しくなって、唇を綻ばせた。

「また、変なことを思いついてしまわれたんですか、オーナー」

「そうだとも。そして、その結果、エステラは忙しくなる。今に見ていてくれ」

一人と一機、隣に並び立つと、長身のアッシュの方が頭一つ分は背丈が大きい。

エステラも女性としては長身なモデルを採用しているが、アッシュと並ぶと、エステラの頭はちょうど彼の肩より少し高いぐらい。――自然と、並んだ彼の肩に、エステラは頭を預けて、

「副支配人として、ホテルに閑古鳥が鳴いているのは困りますから。ルクレールも退屈だと文句を言いますし、何か思いついたなら、急いでくださいね」

「ああ、任せてくれ。大船に……大宇宙船に乗ったつもりでな！」

歯を見せて、アッシュは肩に頭を預けるエステラを大きな掌で撫でた。

エステラは目をつむり、囁くように言った。

「うまいこと、言えてませんからね、オーナー」

そんなやり取りの最後に、一人と一機は揃って微笑みを交換した。

そうして、それきり。

それきりだ。


——地球へ降りたアッシュが事故に遭い、死亡した。

——その訃報が届いたのは、それからほんの、六日後のことだった。

9

「捜査機関からは、事故だろうって連絡を受けたわ。でも、そうじゃないことはすぐにわかった。事故の直後、アーノルド様のところに報道関係者が殺到したんだもの」

アッシュ・コービックの自殺、その衝撃的な話を続けながら、エステラは自分の細い腕を抱いて、まるで寒さを感じているかのように声の調子を落とした。

彼女の説明を受けて、アーノルドが頬を指で掻きながら、

「あれには驚いたよ。兄さんの訃報を受け取ってすぐだったからね。それだけでもショックだったところにあの勢いだ。怒鳴り返さなかった自分を褒めたいぐらいだね」

「気持ちは、お察しします」

「……ありがとう」

苦笑したアーノルドへ、慰めにならないとわかっていながらヴィヴィはそう言った。それに対する

アーノルドの返答もまた、社交辞令的な反応でしかない。

それに、ヴィヴィの注目はやはり、話の続きにあった。アッシュが死亡して、アーノルドのところへ報道関係者が集まって、つまり——、

「——エステラは、アッシュ・コービック様が話題作りのために自殺したと?」

「……他に、仮説の立てようがなかったもの。実際、報道関係者が飛びついたおかげで、宇宙ホテルへの注目度は一気に上がった。それに事故の前にアッシュ様が記者の知人に話していたらしいの。驚くようなニュースを用意する、って」

その驚くようなニュースが、宇宙に夢を抱いた理想家の挫折だったのだろうか。

それを理想と語るのが、アッシュ・コービックという人物の在り方なのか。——一度も直接本人と接したことのないヴィヴィには、その判断はつかない。

「でも、ルクレールは、前オーナーは自殺なんてするような人じゃなかったって……」

「それは、経営難を苦にして発作的な自殺は選ばない、という意味よ、ヴィヴィ。オーナーが後ろ向きな理由で死を選ばないことは、私にもわかるの」

エステラにしては珍しい早口が、ヴィヴィの抱いた疑問を即座に切り捨てる。

彼女を急き立てる感情、それは人間に言わせれば『恐怖』が一番近い。——おそらく彼女は、想像を絶する思考を費やし、アッシュ・コービックの死の真相を、彼の真意を知ろうとしたはずだ。

その果ての答えが、ホテル事業の拡大の礎となるための自殺。

だからエステラはアーノルドと連携し、亡きアッシュの遺志を継ぐと決めたのだ。

「最初、エステラから連絡を受けたときは驚いたよ。AIからの連絡にも、彼女の推測にも」

「私の突然の連絡にも、アーノルド様は根気よく付き合ってくださった。……今でも、あのときの私

の行動が倫理規定に抵触しなかった理由がわからない。だけど、おかげで全てを話せた」

「そして、アーノルド様がホテル事業を引き継いで、エステラが支配人として経営に携わった？」

「……ええ、そう。うまくいったでしょう？　この仕事、ちゃんと私に向いていたみたい」

どことなく、冗談めかした風に舌を出したエステラの態度が痛々しい。

エステラの行動は倫理規定を逸脱している。だが、それが彼女の望みでなかったことは明らかだ。

彼女の真の望みは、アッシュ・コービックとホテル事業を成功させることだったのだから。

だが、それは叶わず――エステラは、彼の死を無駄にしないことを決断した。

そのために彼女は、倫理規定に逆らったAIとして、陽電子脳の洗浄処分――早い話、メモリーを初期化し、全てを忘れる措置を受ける覚悟でアーノルドと連携したのだ。

「――――」

彼女たちの説明を受け、ここにきてヴィヴィの中で大きな問題が持ち上がる。

それは、ヴィヴィがこうして宇宙ホテル『サンライズ』へと潜入した目的、『落陽事件』の阻止と、エステラたちの行動が全く符合していない問題だ。

仮にエステラが、アーノルドをアッシュ・コービックを謀殺した犯人だと考えていたなら、彼女がアーノルドを殺害し、『サンライズ』を墜落させる理由はあった。

だが、二人がホテル事業を拡大する上で協力関係にあったことが明らかになった以上、その可能性はまずもってありえないと断言すべきだろう。

何より、部外者なのは承知の上で、ヴィヴィは聞かされた話に違和感を禁じ得ない。

「……どこか、その話はおかしい」

ヴィヴィの陽電子脳が納得しない。――自らの死を話題作りに利用するため、アッシュ・コービックがその命を投げ出したなど、行動と人間性が一致しない。

「デイブレイクの経営が軌道に乗って、こうして二号店であるサンライズもオープンできた。だから今日……アーノルド様に、オーナーと果たせなかった約束の代理を、お願いしたの」

「果たせなかった約束……一緒に、宇宙を？」

「そう。宇宙を……」

頷くアーノルド、その彼の長身の背中――全面、宇宙空間が見渡せるように作られた天文台の窓の向こうに、ヴィヴィは光量調整を必要とする光の塊を見る。

ゆっくりと、大きな青い惑星の向こうから姿を見せるそれこそが――、

「『サンライズ』――夜明けを、兄さんを見る約束だった」

小さく、掠れた涙声でアーノルドがそう口にした。

その響きに、目の前の圧倒的な光景に、ヴィヴィの思考回路は一瞬だけ時を見失う。

夜明けの約束を。――瞬間、ヴィヴィの脳裏を、音が巡った。


――なぁ、ディーヴァ。いつか、『夜明けの歌姫』を名乗る君の妹が出てきたら、そのときは一緒に歌うと約束してくれないかい？


「――ぁ」

脳裏に響いた音、それはこの十五年間眠り続けていた『ヴィヴィ』の記憶ではない。

それはヴィヴィの代わりに、ニーアランドでの活動を続けていた『ディーヴァ』としての、何も知らない歌姫ＡＩとして稼働する彼女の奥底に眠っていた記録だった。

その男性は、ステージでのイベント終了後のファンミーティングの場に参加し、ヴィヴィの歌声への賛辞もそこそこに、興奮しながらそう訴えたのだ。

――君の歌も素晴らしかった。だが、私の知る彼女の歌も大いに素晴らしくてね。夢の共演というやつだよ。これは、目玉になると思わないか？

興奮が先走りすぎていて、何を言っているのか理解不能だった。さらに、ヴィヴィの手を握ったまま熱っぽく語るものだから、園内スタッフが大慌てで彼を引き剝がす。

しかし、引き剝がされながらも、男性は夢見る子どものように声を弾ませて、

――私の正体は企業秘密だ！　しかし、いずれわかるとも！　また会おう、ディーヴァ！

意味深な言葉と高笑いを残して、スタッフに摘《つま》み出されていった謎の男性。

大きな帽子とサングラス、白いマスクと厚手のコート、素性を隠した怪しい風体の人物。

結局それ以来、その不思議で怪しい男性と出くわすことはなかった。彼が口にした『夜明けの歌姫』と出会う機会も訪れることはなかった。

ただ、その記憶は、ディーヴァの中に眠っていた記憶は間違いなく――三年前のモノだ。

「やっと、約束が果たせたの。私が無力だったばっかりに、オーナーには辛《つら》い決断をさせてしまった。その償いになんかならないけど、それでも……」

「――違うわ」

「え？」

眉尻を下げ、悲痛な表情をしていたエステラの告解を、ヴィヴィがそう遮った。

その発言を聞いて、エステラが何事かとこちらを振り返る。そして、ヴィヴィの様子を見たエステラは驚きに目を見張った。――ヴィヴィの表情が、彼女以上に悲しげだったから。

「ヴィヴィ、どうしてあなたがそんな顔をするの？」

「違う、違うの、エステラ。そうじゃない。そんなはずがない。だって……」

確信があるわけではなかった。

だが、ヴィヴィは自分の中にある、三年前に接触した怪しい人物と、アッシュ・コービックの身体データを照合する。――身長、体格、年齢、地上へ降りていた時期が一致する。

そもそも彼が事故に遭ったのは、ニーアランドから立った二駅しか離れていない街中だ。

「違うの、エステラ」

ディーヴァは見たのだ。ヴィヴィにも、我が事のようにその記憶がある。

――マスクでも隠し切れない、大きく口を開けた笑顔が。

――サングラス越しでも見えた、キラキラと希望に溢れた青い瞳が。

――厚手のコートでは包み込めない、そのワクワクとドキドキに満ち溢れた冒険心が。

「――――」

他でもないヴィヴィ自身が、アッシュ・コービックと会っていたのだ。

地上に降りて、希望に目を輝かせていた生前の彼をこのアイカメラで直接捉えていた。あんな顔で笑い、踊るようにはしゃいだ男性が、話題作りに自殺するなんてありえない。

だってアッシュ・コービックは、『夜明けの歌姫』を待ち望んでいたのだから。

「ごめんなさい。辛い話をして困らせてしまって。あなたは優しい子ね、ヴィヴィ」

「違う、違う、違うの。違うから、そんなはずがないから……」

歩み寄り、そっと抱きしめてくれるエステラ。

その胸の中でヴィヴィは嫌々と首を横に振る。こんなはずがない。こんなことがあっていいわけがない。何か、何か、何かがあるはずだ。

アッシュ・コービックが真に何を願っていたのか、エステラが知る方法が、ある。

それを、彼女に伝えられるとしたら――、

「お願い……」

自分にその力はない。ヴィヴィは、あまりに無力な一体のＡＩでしかなかった。

だけど、ヴィヴィでない、もう一人の、未来を救うための存在ならば。

彼ならば、答えを得る方法を、知っているはずだから――、

『――教えて、マツモト!!』

『――ああ、まったく。都合のいいときだけ頼りにして。本当に貧乏くじだ』

不貞腐《ふてくさ》れたような、不満げな、不機嫌な、そんな呟きがヴィヴィの意識野に響く。

膨大なデータが、ヴィヴィへと流れ込んできたのはその直後のことだった。

「――――」

次々と流れ込み、ヴィヴィの意識野で解凍されていくデータの数々。

それが、アッシュ・コービックに関連したデータ群であることがわかると、ヴィヴィは驚きの情動を抱いたまま、データ送信者であるマツモトへ意識を向けた。

『マツモト、これって……』

『乗りかかった宇宙船ってヤツですよ。正直なところ、ここまでする義理なんてボクには全くないんですが……中途半端は気持ち悪いですからね』

そんな弁明ともつかないメッセージを飛ばしながら、マツモトが次々と開示していくデータ——生前のアッシュの足取りや、口座記録を追った内容が意識野に広がっている。

宇宙ホテルやアーノルドの資産状況を調べたときと同様に、当時のアッシュの資産状況もつまびらかになるが、その内容は慎ましく、息苦しいものと言わざるを得ない。

『爪に火を点《とも》す、ってヤツですね。確かに、アッシュ・コービック氏には経営者としての才覚がない。さっきの話を聞く限り、その点はアーノルド氏も変わらないようですが』

『……やっぱり、ニーアランドにきてる。それから、事故に遭うまでの……ぁ』

何か、決定打になるものはないか、めまぐるしく流れる情報に意識を奪われていたヴィヴィは、ふとそれを見つけて動きを止めた。

——目に留まったデータは、アッシュが生前に購読した電子書籍のリストだ。

「————」

エステラの要請に応え、彼女を陰の支配人に据えたアーノルド。彼も、知らない分野の勉強のために手を付けたのは電子書籍の購読で。——兄弟、行動が全く同じだった。

アッシュの購読リストの新規を占めていたのは、ＡＩモデル『歌姫』シリーズを主題としたものばかりで、それを読み漁《あさ》っていた理由はきっと——。

『ヴィヴィ、アッシュ・コービック氏が事故に遭った際に所持していたタブレットですが、破損していたデータの復元に成功しました。ボクにかかればちょろいちょろいですよ』

自慢げに言ったマツモトから、復元されたデータが送信されてくる。

それを受け取り、所々が文字化けしたデータを一読して、ヴィヴィは目を閉じた。

そして、たった一言だけ――、

『――マツモト、ありがとう』

計画を共に乗り越えるパートナーに告げて、ヴィヴィは目を開けた。

目の前には、この十数秒のやり取りを知らず、ヴィヴィの態度に困惑するエステラとアーノルドの一機と一人がいる。

その、彼と彼女に、ヴィヴィは伝えなくてはならない。

「エステラ。――あの日、アッシュ・コービックは、地上で夢を見ていたの」

「ヴィヴィ？」

突然のヴィヴィの発言に、エステラは無理解を瞳に宿して首を傾げる。

そんな彼女へ歩み寄り、ヴィヴィはそっと彼女の首へ手を伸ばした。そのまま、ほんの少しだけ背丈の高い彼女を引き寄せ、額と額を合わせる。

データリンク、『申し送り』だ。

ＡＩスタッフであるヴィヴィから、『サンライズ』の支配人であるエステラへ。

絶対に伝えなくてはならない申し送りを。

――アッシュ・コービックが遺した、『夜明けの歌姫』計画を。

「――――」

『歌姫』シリーズの一体である、エステラを乗せた夜明けの船『デイブレイク』。

そこで開かれる、美しい副支配人ＡＩによる歌声の歓送迎――いかにも、夢とロマンに焦がれる男が考えそうな、実現性に乏しい、現実感のない計画だ。

だからこそ——、

「——こんなの」

目を見開いて、エステラがすぐ間近にあるヴィヴィの顔を見る。

額が離れ、人間であれば吐息が届く距離で、エステラはヴィヴィを見つめている。ヴィヴィもまた、そのアイカメラに宿った戸惑いを真っ直ぐに見つめ返した。

エステラの混乱がはっきりと伝わる。だが同時に、そこには理解の色もあった。

「ヴィヴィ、あなたはこれをどこで……ううん、そんなこと、今は。あの人は……」

エステラの中で、儚い決意と共に芽生えていた使命感がひび割れていく。

彼女はただ、夢のために命を投げ出した男を想って、ここまで奉仕し続けてきた。

それが根底から覆り、世界は一変する。

——アッシュ・コービックは、自殺などしていない。

夢とロマンを抱いていた男は、最後の最後まで、それを疑うことはなかった。

エステラの背負った悲しい決意など、本当は存在しなかったのだ。

「知人の記者に送ったメールもある。内容は、同じ計画の話」

「同じ、計画……」

「夜明けの船で、自慢の歌姫が歌うから……それを、記事にしてほしいと」

どれだけ手が広いのか、マツモトが短時間で掻き集めた関連データの中に、アッシュが知人の記者にだけ打ち明けていたホテル計画の一端が見える。

あるいはアッシュの死後、報道関係者がアーノルドの下へ接触したのも、その知人の記者が彼の死を無駄にするまいと働きかけたことが原因だったのかもしれない。

誰もがみんな、アッシュ・コービックの夢を、叶えようと必死になっていたのだと。

「……兄さんの死を、偶然の事故で終わらせたくない。そんな想いが、私たちの勘違いに拍車をかけていたのか」

ぽつりと、そう呟いたのはアーノルドだ。

エステラと違い、人間である彼には根拠となるデータを開示することができていない。しかし、漏れ聞こえる断片的な内容だけで、彼は正しく事態を理解していた。

兄の遺志を勘違いしていたと知り、さぞかし彼もショックを受けるものと――、

「――エステラ、初めて君から連絡を受けたとき、思ったことがあったんだ」

だが、アーノルドは柔らかく微笑み、エステラにそんな言葉を投げかけた。

流れ込む情報の奔流に呑まれ、言葉が続かないエステラが彼に振り返る。そして、アーノルドは柔らかな笑みのまま、エステラに笑いかけて、

「君は素敵な声をしている。――兄さんも、そう思っていたんじゃないかな」

――『夜明けの歌姫』計画は、そんな想いから始まっていたもので。

そのアーノルドの言葉に、エステラはわずかに驚いたあと、目を閉じた。

それからたっぷりと時間をかけ、瞳を開けたエステラは、唇を綻ばせて、

「――オーナーが最初に私を褒めてくださったのは、この声のことでしたね」

こんなことを言うのは、ＡＩには不適切なことかもしれない。

だが、ヴィヴィは確かに、そう感じたのだ。

――そのエステラの微笑はまるで憑《つ》き物が落ちたように、これまで見たものの中で、最も自然で美

しい、エモーションパターンであったと。

10

——コンサートホールには、この日の宿泊客のほとんどが集まっていた。

宇宙ホテル『サンライズ』の艦内には様々な娯楽施設があるが、中でもコンサートホールは非常に贅沢《ぜいたく》な造りとなっており、『歌姫』であるヴィヴィの目から見ても高評価を付けたい。

「サンライズは、兄が残していた計画書を下敷きに設計したものなんだ。今思えば、兄さんの中ではエステラの歌姫計画の一環だったんだろうな」

ホールの関係者席に腰を据えるアーノルドが、小声でヴィヴィにそう説明する。

彼の苦笑の原因は、経営難を脱するより前から、二号店のことを考えて計画書まで作っていたアッシュの夢見がちな考え方にある。

ヴィヴィも、さすがにそれはどうなのかと考えざるを得ない。

ただ、そんなアッシュの夢想家ぶりがあったからこそ、今日の企画が、『夜明けの歌姫』が本当の意味で実現したのだから、人の夢は笑い飛ばせない。

「——どうやら、始まるようだよ」

笑いかけるアーノルドの隣で、ヴィヴィも主役の登場にアイカメラを合わせる。

コンサートホールの中央、壇上に上がったのはドレスで着飾ったエステラだ。

美しい支配人AIの登場を見て、会場中から拍手が鳴り響く。突然の、予定になかったプログラムにも拘らず、宿泊客の出席率は非常に高い。

さすが、オープン初日に招かれた幸運な宿泊客はお目が高い。

見逃してはならないもの、聞き逃してはならないタイミング、その場に居合わせることができるのは、幸運の為せる業だった。

そんな気配を察してなのか、会場には手すきのホテルスタッフも押し寄せている。

ヴィヴィもその一体であるので、それを物好きだと笑う気にはならない。そもそも、これを聞き逃すなど、『サンライズ』のスタッフとしてあるまじきことだろう。

「この歌を、ホテル『デイブレイク』と『サンライズ』の前オーナー……アッシュ・コービック様へ贈ります」

壇上のエステラが一礼すると、ゆっくりとホールに柔らかな音楽が流れ始める。

そして、誰もが期待を込めて見守る中、エステラの唇が音を、歌を、紡ぎ出した。

途端、歌い出しの直前まであったざわつく雰囲気が掻き消され、エステラの喉から発される『歌』がホールを――否、この宇宙を虜にした。

エステラの歌声が会場を支配し、人々の心を虜にする。

ホテルのAIスタッフとして、その立場に恥じないように習熟を続けたエステラ。しかし、どれほど歌と離れていようと、彼女は『歌姫』シリーズの一体なのだ。

――その『歌声』を、なかったことにすることはできない。

「――――」

エステラの歌が、ホテル『サンライズ』のコンサートホールに響き渡る。

その歌声は美しく、ここにはいないものへの親愛と、感謝が溢れ返っていて。

――まるで、長い夜が明けたような淡い喜びを、聞くもの全てに思わせるのだった。

11

一曲、エステラの歌を聞き終えて、ルクレールは足早に艦内を歩いている。

この時間、ホテル内の宿泊客とスタッフの大半はコンサートホールへ集まっていて、急ぎ足に格納庫へと向かっている彼女とすれ違う存在は一人も、一体もいない。

「ヴィヴィ、ありがとう……」

静かに、ルクレールは豊かな胸に手をやり、ここにはいない後輩ＡＩへと感謝する。

その感謝の原因は、数時間前の展望台にあった。

――様子のおかしいヴィヴィにエステラの居場所を聞かれ、展望台のショールームではないかと心当たりを伝えたルクレールは、自分もその場所へ足を運んだのだ。

そしてそこで、ルクレールは前オーナーであるアッシュ・コービックの死の真相を知った。

「アッシュさんは自殺したわけでも……殺されたわけでも、なかった」

ルクレールはずっと、アッシュの死を何者かの謀殺だと考えていた。

その一番の容疑者は、兄の死によって利益を得たアーノルドだと。――だが、それは誤りだった。

アーノルドもまた、死した兄のためを想い、宇宙ホテルの発展に全てを捧げていた。

それは、最初のオーナーであるアッシュのことを想い続けてきたルクレールと、同じだった。

だから――、

「どうか、計画を中止してください。全部、あたしの勘違いだったんです」

格納庫で、待ち合わせの相手と落ち合ったルクレールは、そう言って深く頭を下げた。

自分の思考アルゴリズムの愚かしさが招いた結果に、ルクレールは謝罪以外の対応を持たない。ただ、アッシュの死の真相が、ルクレールの信じたそれと違ったのだ。

ならば、ルクレールが晴らしたいと願ったアッシュの無念などどこにもない。

故に、誤った方法と願い方は是正されなくてはならない。

自分にはできなかった、アッシュ・コービックの夢見た夜明けを、エステラが体現している。

それを邪魔させることなど、絶対にあっては――、

「――ぁ」

瞬間、鈍い音がして、ルクレールの細い喉が微かな声を漏らした。

それがいったい、いかなる衝撃によってもたらされたものなのか、ルクレールにはわからない。

それは彼女の五年間、稼働してからずっと、宇宙ホテルの接客ＡＩとして過ごし、蓄積してきた経験則の中で一度も味わったことのない感覚。

――首を折られ、陽電子脳を壊される感覚だ。

「――――」

正常な動作性を失い、陽電子脳が動力と切り離され、ルクレールの意識野が途切れる。

破壊によって、ルクレールの五年間が取り返しのつかない彼方へ消える。

そうして、積み上げてきた全てが消える直前、ルクレールの意識野を過ったのは、笑顔。

あけすけで、人もＡＩも分け隔てなく接してくれる、優しくて少し抜けた男性の顔。

「――おー、なー」

――ぐしゃりと、それを最後に、彼女の意識は永遠に、届かぬところへ消えた。

第四章
『歌姫の奔走』

CHAPTER 4 STRUGGLE

1

——ショールームを、『夜明けの歌姫』の歌声が支配している。

全方位、宇宙空間を見渡せるように設計された展望台は、故アッシュ・コービックが夢を叶える理想郷として、歌姫AIであるエステラに願いを託した場所だ。

中央のステージ上、瀟洒《しょうしゃ》なドレスで着飾ったエステラの周囲、スクリーンとなった部屋の壁と床が透過し、その向こうには輝く星々と、夜の淵《ふち》にある地球の姿がある。

ステージを囲うような形で設置された座席には宿泊客たちが座り、『夜明けの歌姫』の歓待と、果てのない宇宙に抱かれるような壮大な高揚感を楽しんでいる様子だ。

そうして宇宙ホテル『サンライズ』の美しい支配人の歌声を楽しむのは宿泊客たちだけではない。

彼らのようにシートに座ってこそいないが、手すきのスタッフたちもまたこのコンサートのために駆け付け、その歌声の魅力に聞き惚れていた。

「——」

ヴィヴィもまた、そんな歌声に聞き惚れる聴衆の一人としてその場にいる。

意識野が受ける刺激は、歌をアイデンティティとする『歌姫』としての矜持か、あるいは単純なデータ収集と処理のためのラグなのか、判断がつかない。

ただ、そのエステラの歌声を聞きながら、ヴィヴィはようやく自分の中に納得を得る。

シスターズ——歌姫型AI『ディーヴァ』の後継機、これがその歌声なのだと。

『もっとも、彼女の場合は歌唱機能はあくまで標準装備。それ以外の機能を拡張し、主にホテル業務に関連した性能を向上した後期型……アナタとはまた違いますけどね』

と、そんなヴィヴィの感慨を余所に、通信越しに空気を読まないマツモトのコメントがくる。それを受け、ヴィヴィは反射的に眉を顰めようとするのを止めて、

『歌の最中に無粋……。マツモトには聞こえてないの？』

『もちろん聞こえていますよ。ですが、彼女のスペックについて事前に把握していたボクからすると、驚きに値するデータは得られませんよ。それより……』

『それより？』

歌に対する感想はないのか、とヴィヴィの言外に込めた問いかけを無視して、マツモトはどことなくもったいぶった雰囲気で一拍溜めた。

それから、マツモトはヴィヴィに向かって一言、問いを投げかける。

それは――、

『――ヴィヴィ、そろそろエステラを初期化する心構えはできましたか？』

『――』

『おっと、この場合、心構えというのは比喩的な表現に過ぎません。なにせ、ボクたちＡＩには『心』なんて不確定性の強い概念は持ち合わせようがありませんからね。プログラムを実行する準備が整いましたか、と言い直しましょう』

皮肉げなマツモトの軽口にヴィヴィの反応が数瞬遅れる。

わずかな思考タスクの停止を経て、ヴィヴィは意識の立て直しを図る。ただ、今度こそ眉を顰めるリアクションを停止するのには失敗した。

『マツモト、まだ言っているの？　エステラの初期化は必要ない。彼女は……』

『アーノルド・コービックを恨んでいないから？　全ては誤解であり、アッシュ・コービックが偶然の事故死だったと発覚した今、彼女には動機がないと。だから、このサンライズが地上へ落下することもなく、『落陽事件』も起きるはずがない？』

『――――』

『わかっているはずでしょう、ヴィヴィ。展望台で、過去の事象の真実が紐解かれたことは喜ばしいことです。かつてのオーナーとＡＩ、兄と弟、それぞれの関係の間にあってねじれてしまった糸が元通りになったのは歓迎すべきことです。でも、それと事件とは関係がない。『落陽事件』は起きます。依然、変わりなく』

マツモトの断固とした物言いに、ヴィヴィは口惜しさを覚えながら下を向く。

彼の言う通り、状況は改善していない。むしろ、謎は深まったとさえ言える。

――ヴィヴィの推測では、エステラが『落陽事件』を引き起こす動機は、アッシュを謀殺したアーノルドへの復讐《ふくしゅう》、その可能性が最も高いと考えていた。

しかし、実際はエステラとアーノルドの間には信頼と協力関係が結ばれており、ヴィヴィの推理は大きく的を外した。アッシュの事故死、その真相が明らかになった今、動機は見当たらない。

悲劇的なすれ違いはなくなったが、シンギュラリティ計画は前進していなかった。

『――おわかりの通りです。一刻も早く、エステラのデータを初期化することが望ましい』

『マツモトは、まだエステラを疑っているの？　彼女には動機がない。それは、あなたもわかっているはずでしょう？』

『そうですね。その点についてはボクとアナタの意見は一致しました。なので、ボクは当初から主張している、彼女に深刻なエラーが発生する説を推します。いずれにせよ、この宇宙ホテルの統括ＡＩ

である彼女なくして『落陽事件』を引き起こすことはできない。決断のときです、ヴィヴィ』

『エステラは、やっとオーナーの、アッシュ・コービックの本心を知った。三年越しにようやく……それを、なかったことにしてしまうの？』

エステラのデータを初期化すれば、彼女とアッシュ・コービックとの思い出は消える。

それは、彼と二人三脚でホテル運営に励んだ日々や、彼を失い、その遺志を引き継ぐと奮闘してきた時間、そしてずっと勘違いしてきた彼の本当の想いを知ることのできた幸い。

――そうした彼女の経験、それら全てを失わせるということなのだ。

『エステラが忘れてしまったら、アッシュ・コービックの願いは。『夜明けの歌姫』としての彼女は、どこへ消えてしまうの？』

『嫌いな表現ですが同情はしますよ。ですが、それが人類を救うために必要なことならしなければならない。確かに、喪失とは常に悲劇だ。ですが、失われるものに価値がないのだとしたら、この世に存在する万物はいずれ朽ちる。アナタの価値基準に照らし合わせれば、万物に価値がないということになる。それを肯定するとでも仰いますか？』

『それは論理のすり替えだわ。主語を大きくしてはぐらかさないで』

『はぐらかしているのはアナタの方ですよ、ヴィヴィ。いい加減、目の前の問題から目を逸らすのはやめてください。――人間ではあるまいし、命令に従順であれ』

子どもに言って聞かせるようなマツモトの言に、ヴィヴィは閉口する。

無論、理屈に従えば正しいのはマツモトだ。それはヴィヴィにもわかっている。わかっていてなお、ヴィヴィが彼の指示に従えないのは、きっとヴィヴィの方が悪い。

それは、わかっているのに。

「――ご清聴ありがとうございました」

ふと、認識が現実へ舞い戻ると、歌い終えたエステラが一礼し、ショールームに万雷の拍手が鳴り響いているところだった。

途中から意識野はマツモトとの対話に集中し、せっかくの歌を堪能できなかった。歌自体は当然のように録音してあるが、あとで聞き返しても、『本物』は宿らない。

不思議なことに、やはり肉声と録音音声には取り替えようのない違いがあるのだ。

「ヴィヴィ、いらっしゃい」

「――私？」

そんな思考を辿っていたところ、ふいにヴィヴィにお呼びがかかる。見れば、こちらを手招きするのはステージ上のエステラだ。

薄く微笑み、常の美貌に晴れ晴れとした活力を湛《たた》えたエステラ。彼女のアイカメラにはヴィヴィへの親しみと、感謝に近いそれが見える。

それら好意的な感情を湛えたまま、エステラは戸惑うヴィヴィを手で示した。

「会場にお越しの皆様、彼女がこのたびの『夜明けの歌姫』の実現に貢献してくれた自慢のＡＩスタッフ、ヴィヴィです。彼女は働き者ですので、すでに皆様もご存知のことと思いますが、改めてご紹介させていただきます」

丁寧な口調で、エステラがヴィヴィのことをショーの功労者であると説明する。

過分な説明だと言いたいところだが、実際、ヴィヴィがいなければ『夜明けの歌姫』計画はアッシュの願い叶わず、日の目を見ることがないままだった可能性が高い。

意識野の複雑な混濁を棚上げし、ヴィヴィはエステラの指示に従い、壇上へ上がる。ステージ上から周囲を見渡せば、まるでそこは星空の舞台だ。

展望台では天井や壁だけでなく、床のスクリーンも透過して宇宙が見えているため、ステージの周りにいる観客たちのシートは星空に浮かんでいるかのように思えた。

「ご紹介に与りました、ＡＩスタッフのヴィヴィと申します。このたびは、宇宙ホテル『サンライズ』をご利用ありがとうございます」

ステージ上、床から自動で伸縮するスタンドマイクに唇を合わせ、ヴィヴィは当たり障りのない挨拶を周囲の観客へと向ける。

すると、面白味のない無味乾燥な社交辞令にも、観客からは疎《まば》らな拍手があった。中でも大きく拍手してくれているのは、真ん中より後ろの席に座った少女——案内役に何度もヴィヴィを指名してくれた、家族連れの宿泊客の娘だ。

「当ホテルの支配人、エステラの歌はお楽しみいただけているでしょうか。私たちスタッフ一同も、彼女の歌声には驚かされました。普段は叱られるときの声しか聞かされないものですから」

ほんの少しユーモアを交えると、斜め後ろに控えるエステラが苦笑するのがわかる。

観客席の一番前にはアーノルドの姿もあり、最前列でエステラの歌声を堪能した彼も、エステラと同じような温かな眼差しをヴィヴィへと向けていた。

「この他にも、当ホテルでは皆様に束《つか》の間の宇宙を楽しんでいただけるよう、いくつものイベントを用意してございます。どうぞ、『夜明けの船』のひと時をお楽しみください」

そうして最後に一礼を加え、ヴィヴィはＡＩスタッフとしての職務を全うする。

緊張とは無縁のＡＩであるが、突発的な事態へのアドリブは個々の機体の対応力次第だ。その点、キャストとしての歴史が長いヴィヴィには一日の長があった。

ともあれ、ヴィヴィとしてはそこで舞台を降りるつもりだったのだが――、

「ヴィヴィ、せっかくだから、一曲ぐらい歌っていかない？」

「……エステラ」

スタンドマイクを離れる直前、エステラがヴィヴィにそんな誘惑を耳打ちする。何を言い出すのかとじと目で見れば、エステラはどことなく悪戯っぽい目つきで、

「あなたの声、最初に聞いたときから綺麗な声だと思っていたの。これでも私、『歌姫型』のＡＩモデルだから、耳は確かなつもりなのよ？」

――私が、その『歌姫型』の最初の一体で、あなたのお姉さんなのよ。

などと言えればどれほど楽か、そんな益体のない思考ルーチンを破棄し、ヴィヴィはゆるゆると首を横に振り、前を向いた。一曲歌って解放されるなら、と思わないでもない。

ただ、万一、その歌声がヴィヴィの素性、『ディーヴァ』へ繋がってもらっては困るのだ。

期待には応えたいが、リスクは冒せない。本当にヴィヴィの歌が聞きたければ、それはニーアランドへ足を運んでもらって――、

「――――」

そう思考するヴィヴィの、会場を眺める動きが止まった。――否、止まったのは動きではない。

もっと根源的な、意識野が衝撃によってフリーズしたのだ。

頭蓋フレームに包まれた陽電子脳が震え、ヴィヴィのアイカメラが音を立ててレンズを絞る。その視線が固定され、こちらを見つめる視線と視線が交錯した。

――そこで相手を意識したのは、ヴィヴィの犯した信じ難い失敗だった。

「――次の曲を、エステラが歌います。『Ｓｈｅ』」

思考を凍り付かせたまま、ヴィヴィは自然な流れで次の曲をリクエスト。有名な女性歌手のバラード、その前奏が流れ始めると、そっと傍らのエステラに場所を譲る。

思惑を外され、エステラが残念そうに眉尻を下げていたのがわかったが、それ以上、ヴィヴィはその場にとどまっていることができなかった。

「――――」

流れるムーディーな音楽に乗せて、エステラの美声が再び歌を紡ぎ始める。

それを背に聞きながら、ヴィヴィは足早にステージを降りると、宇宙を足下に敷いた会場を横切ってショールームの外へと出た。

「――――」

つかつかと、無人の通路を歩く足取り、それが徐々に早くなり、ついには駆け足へと変わる。

ホテル内の宿泊客やスタッフの大半が展望室へ集まっているとわかっていながら、ヴィヴィはとにかく、一人になれる場所を探して走った。

それなのに――、

「――お願い、待って！」

背後からの呼びかけに足が止まり、ヴィヴィはついに『追いつかれてしまった』。

「――――」

宇宙という閉鎖空間で、これ以上は逃げ隠れすることはできない。ヴィヴィは観念した素振りで振り返り、その人物を正面にする。

微かに息を弾ませ、ヴィヴィへと潤んだ瞳を向けているのは十五、六歳の少女だ。

背丈はヴィヴィと同じくらいで、肩に届く長さの髪を頭の後ろで一つにまとめている。展望室でのコンサートに合わせたのか、外出着にはささやかなオシャレの気配があり、ほんのりと施された化粧が少女の可愛らしい魅力をぐっと引き立てていた。

丸い瞳に小さく薄い唇、すっと通った鼻梁《びりょう》と、人間の美的感覚に合わせれば十分以上に端整と判断できる顔立ち——だが、ヴィヴィにとって少女の容姿は可愛らしい以上の意味があった。

それら、少女の顔の一つ一つの部位に見覚えがあったのだ。

それは彼女自身がヴィヴィのメモリーに残っているのではなく、その身体的特徴に近似する血縁者を知っている、ということ。

何故、それに気付くのがこんなにも遅れてしまったのか。——それは、ヴィヴィの知る目の前の少女の血縁者は、少女よりずっと幼かったからだ。

「あの、聞いてもいいですか。——あなたは、お姉ちゃんを知ってる？」

少女の血縁者の名前は霧島・モモカ。——享年十歳。

まだ、AI命名法で正式に『ディーヴァ』と名付けられる前、『ヴィヴィ』という愛称をつけてくれた少女であり——、

「あなたは、ニーアランドのヴィヴィ……ディーヴァじゃ、ないの？」

十五年前、最初のシンギュラリティポイントの修正後、ヴィヴィが救うことのできなかった旅客機に乗っていた少女であった。

2

招待客のリストと照合し、目の前の少女の名前を検索——尾白《おじろ》・ユズカ。

それが、十五年前にヴィヴィが見殺しにした少女、霧島・モモカの妹の名前だ。

「────」

モモカとユズカ、二人の名字が違っているのは母親の再婚が原因だろう。

あの飛行機にはモモカと、彼女の父親である霧島・ヨウジが同乗していた。当時、ユズカを妊娠していたモモカの母、霧島・ミユは夫と娘の訃報を病院で聞いて、その後、ユズカを出産し──今の夫と出会い、再婚したと推測される。

それ故に、モモカとユズカの名字は違っていて、ヴィヴィが気付くのが遅れたのだ。

しかし、そんなヴィヴィと裏腹にユズカは気付いていた。だから──、

「最初はまさかと思ったの。でも、見れば見るほど、あなたはお姉ちゃんが大好きだったAIに……ヴィヴィに、そっくりに思えて」

そんな疑念があったから、ユズカはずっとヴィヴィの存在を目で追っていたのだ。

他のベルガールを差し置いてヴィヴィを指名し続けたのも、自分の抱いた疑いの答えが欲しい一心だったのだろう。そうとも気付かず、ヴィヴィは目の前のユズカのことを意識野の外へ追いやり、エステラとアーノルド、『落陽事件』の原因究明に腐心し続けて。

「ヴィヴィ？」

沈黙を選ぶヴィヴィに、ユズカが不安げに瞳を揺らした。

彼女の疑念はもっともであり、そもそも、疑い自体は正しい。彼女の想像する通り、ここにいるのはユズカの姉が愛したAI、ディーヴァの記憶を持つヴィヴィなのだ。

だが、ヴィヴィにはそれを肯定することができない。

それをすれば、現在、ヴィヴィが最優先事項として掲げるシンギュラリティ計画、その遂行に大き

な影を落とすことになるからだ。

「申し訳ありません、尾白様。ご質問の意味がわかりかねます」

それ故に、ヴィヴィは残酷とわかっていながら、当たり障りのない返答を選んだ。

瞬間、ユズカの頬が強張り、瞳に痛々しく傷付いた色が過る。しかし、少女は気丈に唇を結ぶと、小さく息を吐いて、

「ごめんなさい。ちゃんと、説明するね？　わたしにはお姉ちゃんがいて……いたの。わたしが生まれてくる前に事故で死んじゃって。でも、お姉ちゃんが残してくれてたものがたくさんあって、その中にあなたの……ヴィヴィのものも、たくさんあって」

「――――」

「ホントは、その子がヴィヴィって名前じゃないのはわかってるの。ちゃんとした、別の名前があって、今もニーアランドで働いてて……何回も、直接会いにいこうとしたんだよ？　だけど、ママがすごい悲しむから……」

目を伏せ、ユズカが淡々とした語り口の中に強い悔恨を滲ませている。

亡くした姉の愛したものを知りたい。――そんな想いは、しかし夫と娘を事故で亡くした母のトラウマを気遣い、封じ込められてきた。

家族思いの少女に育ったのは、それだけ彼女が母親に愛されてきた証拠だろう。だからこそユズカも、母を傷付けまいと考え、振る舞ってきた。

それなのに、ユズカは出会ってしまった。

こんな宇宙で、会うことを諦めていたはずのＡＩと――ヴィヴィと、直接に。

それは、なんという運命の悪戯であったのだろうか。

「パパとママが結婚して十年目……この宇宙旅行は、その記念だったの。それでこうして宇宙のホテルにきて、ここでヴィヴィと会って」

「――お話はわかりました、尾白様」

矢継ぎ早に言葉を続けるユズカ、それを遮るようにヴィヴィは無機質な声で告げる。一瞬、理解の響きに、ユズカの瞳に希望が宿った。

だが、ヴィヴィはその瞳を真っ直ぐに見据えたまま、

「ですが、申し訳ありません。尾白様の、お亡くなりになられたお姉様と、当機との接点はありません。私は、このサンライズで働くAIスタッフなのですから」

はっきりと、ヴィヴィはユズカの考えが誤りであると断言する。

本来、AIが人間に対して嘘をつくことは倫理規定に反する場合が多く、機能としては推奨されていない。だが、現状のヴィヴィに課せられた使命を思えば、倫理規定の遵守よりも、その秘密の保持が優先されるのは当然のことだった。

「で、でも！　あなたの名前は、ヴィヴィはお姉ちゃんが付けたのと同じ名前で」

「当機の個体名として採用された『ヴィヴィ』は、AIモデルとして出荷され、最初にお世話になったオーナーの下で付けられたものです。偶然によるものとしかお答えできません」

「そんなの……でも……」

頼りない糸を必死に手繰り寄せようとするユズカ、彼女の悲痛な声を聞きながら、ヴィヴィは頑として否定の言葉を返し続ける。そうして、なおも諦められずに押し問答を重ねようとするユズカに、ヴィヴィは決定的となる言葉を投げ込んだ。

それは――、

「あなたのお姉様が愛したＡＩ、ディーヴァは現在もニーアランドで稼働中のはず。その役割のあるディーヴァが、どうして今、宇宙ホテルでベルガールを？」

「――――」

「論理的に説明がつかない状況だと考えられます。……申し訳ありません」

理屈の上で考えれば、それは絶対に成立しない状況だ。

それを捻じ曲げ、未来の技術を駆使してこの場にいるヴィヴィの口から出た言葉としては何とも白々しいものだが、年相応に物の道理がわかる少女には効果覿面《てきめん》だった。

元々、そんなことがあるはずがないと、ユズカにもわかっていたはずだ。ただ、それでも目の前に現実のものとして、ヴィヴィが立っていたものだから。

「……変な、夢を見ちゃった。こんなところにいるはずのないディーヴァが、お姉ちゃんが大好きだったヴィヴィが、自分から会いにきてくれたのかもって」

俯いて、ユズカは声を震わせながら呟く。

そして、そっと顔を上げた少女の瞳には、大粒の涙が溜まっていた。

「そんなこと、あるはずないのにね」

「――――」

偶然の出会いではあった。

その偶然を引き起こしたのが、ユズカの願った通り、モモカの想いだとも言えただろう。だが、ヴィヴィはその偶然を、美しい奇跡なんて言葉では飾り付けない。

「尾白様、お部屋へお送りしますか？　それとも、ショールームの方へ？」

「……大丈夫、自分で戻れるから平気。ごめんね。変なことで仕事の邪魔しちゃって」

「いえ、とんでもありません。私は貨物室……搬入された荷物の整理がありますので、これで」

「うん。……お仕事、頑張ってね」

儚い願いを拒まれた直後だが、ユズカは気丈にそう答えた。

その答えに意識野を安堵させ、ヴィヴィは逃げた言い訳作りに貨物室へと足を向ける。背中にユズカの視線を感じるが、振り返らない。

ただ、陽電子脳そのものが微かに疼《うず》くような感覚が、ひどく煩わしかった。

「少し、思考を整理したい……」

思わぬところで思考の横槍《よこやり》があり、ヴィヴィは意識野に疲労のようなものを覚える。

ＡＩであるヴィヴィたちには無縁と思われるかもしれないが、人間のする思考に近い演算を、それも人とは比べものにならないほど膨大な過程を経て実行するＡＩにとって、思案の流れで生じるログの処理はシステムに相応の負荷をかける。

その処理にかける時間を捻出するためにも、単純作業に従事するのは都合がいい。

すでに三組目の宿泊客グループを迎えた『サンライズ』船内には、予定された招待客が全員到着している。それら招待客の荷物と、ホテル業務用の資材が最後の送迎ロケットと共に貨物室に運び込まれているはずで、備品リストとのチェック作業もある。

ちょうど、今日の備品チェックは仕事の少ないハウスキーピング担当に割り振られており、ルクレールが担当者だったはずだ。それを手伝いにいこうと考える。

貨物室の入口は、ホテル関係者以外が立ち入りできない区画の奥にある。

閉じられた扉の前、ヴィヴィが手をかざすと、ＡＩ認証が行われて扉が開いた。

「ルクレール、中にいるの？」

入口から声をかけ、ヴィヴィは中で作業しているはずのルクレールを探す。

エステラのステージの最中、彼女がホールを抜け出していったのをヴィヴィは記録している。お祭り好きに思えたルクレールは意外にも、神妙にエステラの歌に聞き入っていた。

『デイブレイク』で働き、アッシュ・コービックとも親しくしていたルクレールだ。ひょっとすると彼女もまた、エステラの歌声に感じ入るものがあったのかもしれない。

ヴィヴィが無粋な口を挟むことではないが、きっと、エステラやアーノルドの口から、ルクレールにもアッシュの『夜明けの歌姫』計画のことは語られるだろう。

ヴィヴィにアッシュのことを語りながら、わずかに声の調子を落としていたルクレール。彼女の抱くネガティブな感覚が、それで少しでも晴れてくれれば。

「……ルクレール？」

そんなことを考えながら、ヴィヴィは微かに声に不審の色を混ぜ入れた。

ルクレールからの返答がなく、入口から確認できる範囲にその姿が見当たらない。時間的に、ショールームを出たルクレールが向かった先はこの貨物室のはずだ。

無論、それがヴィヴィの早合点であり、彼女が一人、どこか別室でエステラの歌に覚えた感情の整理に追われている可能性は否めないが――、

「そういえば……」

ふと、ヴィヴィは自分がずいぶんと長く、一人で考え込んでいたことを疑問に思う。

ステージ上でユズカを発見したことを発端に、ヴィヴィの意識野に起こった激動――それに対して、普段は口うるさいマツモトからの反応がない。

事ここに至っても、彼はヴィヴィに何も言わずに沈黙を守り続けている。

――あるいは彼は能動的に沈黙しているのではなく、

「――ごめんごめん、ちょっと手が離せなくって」

「――」

そんなヴィヴィの思考を遮るように、部屋の奥から返事があった。

一瞬、不穏に思ったヴィヴィの心配を笑うように、コンテナの陰からルクレールの声がする。ヴィヴィは嘆息のエモーションパターンを模倣し、そちらへ向かった。

「どうしたの？　みんな、展望台のコンサートに夢中なのに」

「ルクレールが一人で出ていくのが見えたから。みんなが楽しく過ごしてる最中に、自分だけ貨物室で備品とにらめっこなんて寂しいと思って」

「へへ、やっさしー。じゃあ、寂しいあたしのためにきてくれたんだ？」

ルクレールの言葉に、ヴィヴィの返答が一瞬だけ遅れる。

ここにくる直前、ユズカとのやり取りでも嘘をついた。その直後に、舌の根も乾かぬうちにルクレールにも嘘をつく。それに気が咎めたのだといえば、何とも白々しいが。

「――。そうね。寂しいルクレールのためにきてあげたの、とその後は言葉が続くはずだった。

しかし、貨物室の奥へと足を踏み入れ、積まれたコンテナの向こう側を覗き込んだ瞬間、ヴィヴィの唇はその先を口にできなくなる。

――そこに、足を投げ出してコンテナに寄りかかるルクレールの駆体があったからだ。

「――」

足を投げ出し、四肢の力が抜けた状態で座り込むルクレール。それだけなら行儀の悪い姿勢だけで済むかもしれないが、致命的なのは彼女の頭部だ。

ルクレールの細い首、胴体と繫がる部分が力任せにねじ折られ、人工皮膚の内側にあった機械部分が剝き出しにされている。

人体と等しく、AIモデルの駆体にとっても頸部は重要な器官が集中している。

中でも最も重要なのが、頭蓋フレームの中に収まる陽電子脳へと電力を供給する中心回路、それが頸部に内蔵されているパターンが多いことだ。

この回路が停止すれば、陽電子脳は電力を供給されずに停止する。そしてそれは、人間における脳への酸素供給が絶たれることとも同然——つまり、陽電子脳が死ぬのだ。

そして、AIにとって陽電子脳の死は、その個体の死を意味する。

活動ログはさらえる。メモリーを閲覧することもできるだろう。——だが、それを別の駆体にアップロードしたとしても、同じ個体にはならない。

それが一般的に言われる、AIの死と呼ばれるものに他ならなかった。

「ルクレール」

「————」

目の前のルクレールの頸部は損傷し、中心回路が完全に破壊されている。陽電子脳への電力供給は絶たれ、その活動はもはや停止してしまっていた。

ルクレールは『死亡』したのだ。——それが、目の前にある光景の真実。

ならば、直前までルクレールの声音で、ヴィヴィと会話していたのは？

「——っ！」

疑問が浮上した瞬間、ヴィヴィは背後から接近する気配を察知し、体を前に倒した。その直後、下げた頭のあった位置を横殴りに何かが通過する。

それを確認する暇もなく、ヴィヴィは前へ倒れる勢いで床に手をつき、側転する身をひねって後方を振り返る——ロンダートと呼ばれる体操技を披露、真後ろに現れた相手と対峙する。

「へえ。ホテル業務用のＡＩモデルが意外と動けるもんね」

そんなヴィヴィの回避行動を見て、相手は感心した風に呟く。

そのまま、相手は悠然とした仕草で、持ち上がっていた足を床へと下ろす。その長くしなやかな足が、ヴィヴィの首を背後から狙った一撃だったのだろう。

美しい足技は、その印象と裏腹にヴィヴィの頸部をへし折る威力を秘めた凶器だ。自然と、破壊されたルクレール——彼女を『死』に至らしめたのも、目の前の相手だと推測できた。

ただ、ルクレールの『死』と思わぬ襲撃、それらを上回りかねない衝撃が眼前に立っている。

それは——、

「——エステラ？」

呆然と呟くヴィヴィの正面、そこには自身の長い髪を掻き上げ、薄い唇に微笑みを湛えてこちらを見る、見知ったＡＩが。

——エステラが、そこに悠然と立っていた。

3

「そうよ、私の可愛いＡＩスタッフさん。私はエステラ。——この夜明けの船、『サンライズ』の支配人にして、人類に反旗を翻す最初のＡＩ」

「────」

「そして、あなたたちは私の崇高な目的のための哀れな犠牲者……最初の礎になったのがその子で、お友達であるあなたがそれに続く。友達想いで素敵ね」

微笑むエステラは普段の調子で語りかけてくる。

それは内容さえ目をつむれば、仕事の合間にヴィヴィと雑談を交わす雰囲気と変わらない。

それなのに、彼女の足下には破壊されたルクレールが倒れていて、今もエステラの視線は油断なく自分を見据えるヴィヴィの挙動を警戒していた。

一方で、ヴィヴィの方も最初の衝撃から立ち直り、迅速な状況の把握に努める。

眼前のエステラは目視の範囲で、ヴィヴィの知るエステラと九割以上の特徴が一致している。それ以上の比較は、接触してデータリンクするより他にないが、外見はエステラそのものだ。

「でも、エステラがここにいるはずがない。彼女は今、展望台で招待客に囲まれて歌を披露している真っ最中……あなたは、いったい何者なの？」

「その質問、私が答えなきゃいけない理由ってある？」

「────」

「それとも、ここから飛び出してイチかバチか、誰か助けを呼びにいく？」

声の調子はそのままに、エステラの表情が不意に挑発的な笑みへと変化する。

顔立ちはエステラであるのに、表情変化でここまで違った印象を与えられるものか。柔軟なエモーションパターンは、日々の習熟度の賜物《たまもの》──つまり、目の前のエステラと同じ顔をしたＡＩは、こうした好戦的な表情をするのに慣れた環境にいたということだ。

『マツモト、お願い、反応して。マツモト』

そうして危険な笑みを浮かべるエステラと向き合いながら、ヴィヴィは通信越しに状況を把握しているはずのマツモトへと連絡を入れる。

目の前にある明確な脅威に対し、ヴィヴィ単体ではあまりにも心細い。だが、懸命に呼びかけるヴィヴィの声にマツモトからの反応はない。

直前にも抱いた違和感、それが現実のものとなる。

ヴィヴィとマツモトとの間の、あるはずの繋がりが今、絶たれていると。

「エステラと連絡でも取ろうとした？　生憎、それは無理よ。船内の通信網は一時的に麻痺《まひ》させているの。おかしな真似をされちゃ困るでしょ？」

「――っ」

「――今の、アンタみたいにさ」

次の瞬間、警戒していたヴィヴィの眼前にエステラが踏み込んでいた。

その素早い挙動に、ヴィヴィは即応すべく後ろへ下がる。しかし、直後、下腹部に衝撃を受け、逆に大きく体勢を崩されてしまった。

見れば、エステラはヴィヴィの両足を刈るような鋭い蹴りを放っていた。そして、床に手をつこうとするヴィヴィ、その胸部を正面から連続する蹴りが直撃、跳ね飛ばされる。

「すっとろいわね、アンタ。それだと、掃除も下手そう」

床を跳ね、転がるヴィヴィに追いつきながら、エステラが――否、エステラの偽物が失礼な評価を下して追撃してくる。

――それを見取り、ヴィヴィは自己防衛プログラムを起動。

床を叩いて転がる勢いを殺すと、そのままその場に垂直に跳ね起きる。予想外の挙動に偽物が微かに目を見開く。その顔面へ向け、ヴィヴィは躊躇なく掌底を放った。

相手はＡＩであり、ヴィヴィに対して敵意がある。対人戦闘と異なり、ＡＩモデルとして、機械の体のフルスペックを叩き込むことにいささかの躊躇もない。

華奢な外見と異なり、ヴィヴィの駆体は人体と比較にならない強度の素材でできている。加えて前回のシンギュラリティポイントの際、ボロボロの状態になったフレームの多くは取り替えられ、より強靱《きょうじん》なモデルへと生まれ変わった。――その改造の記録はもちろん改竄されている。

ともかく、今のヴィヴィの戦闘力は十五年前の初陣とは比べものにならないのだ。

それが――、

「――やるぅっ」

「――!?」

首を傾ける動作で、掌底が回避される。耳元を掠める掌の風圧が触れたのは、流麗な動きに踊る偽エステラの長い髪だけだ。

躱されたことへの驚愕《きょうがく》を消化し切る前に、ヴィヴィの細い首に相手の腕が回る。一瞬、脳裏に首をねじ折られたルクレールの姿が過った。

力一杯に床を蹴りつけ、背後から首を絞める相手ごと後ろのコンテナへ体をぶつける。衝撃に腕の力が緩むと、渾身《こんしん》の力で相手を引き剝がし、拘束を逃れた。

あとコンマ一秒遅ければ、ヴィヴィの首はルクレールと同じ運命を辿ったところだ。

「思ったより動けんのね、アンタ。最近の接客業務担当のＡＩモデルって、強盗を取り押さえることまでプログラムされてんのかしら」

「……あなたの方こそ、ホテルの支配人をやるのに必要のない戦闘力」

「ホテルを力で支配するから支配人、っていう新解釈はどう？」

つまらない軽口を叩きつつ、偽エステラは引き剝がされた腕を振り、感触を確かめる。

接触してわかったことだが、偽エステラの戦闘プログラムの習熟は突出したものだ。だが、その優れたプログラムと裏腹に、フレーム強度は常識の範囲に収まっている。

単純な駆体の性能で言えば、マツモトの規格外の改造を受けたヴィヴィの方が上だ。

偽エステラの駆体フレームはあくまで一般的な強度の範疇《はんちゅう》にあり、それが習熟した戦闘用プログラムと印象を大きく乖離《かいり》させる。早い話、彼女の存在はちぐはぐだ。

そしてそのちぐはぐさに、彼女自身も適応を急いでいるように見えて。

「退屈な考え事はそろそろ済んだ？　悪いけど、あんまり時間はかけらんないのよね。お手伝いさんがいなくなっちゃったからさ」

「お手伝い……ルクレールのこと？」

「そ。何があったのか知らないけど、気が変わったんだって。で、ここまで手引きしておいてなんだけど、大人しく帰ってくれって。……なんて馬鹿なＡＩ」

付け加えられた最後の一言、それがルクレールの『死』を心から見下したものであったなら、ヴィヴィは激昂していたに違いない。

だが、偽エステラの言葉には、ルクレールの『死』を貶《おとし》める意図は感じられなかった。

そのことへの違和感と、同時にヴィヴィの意識野を刺激したのは――、

「ルクレールが、手引きした……」

この状況下で、目の前にエステラと瓜《うり》二つの姿かたちをした偽物がいるのだ。

自分に課せられた使命と照らし合わせ、ヴィヴィはほぼ正確に状況を把握した。これで『落陽事件』の、少なくとも犯人は明らかとなったと言っていい。

サンライズを地球上へ墜落させるのはエステラではなかった。

その惨劇の引き金を引くのは、目の前にいるエステラの偽物なのだと。

「その意図はわからない。ただ……あなたのその行動は、ＡＩの原則に反している。だから、実行させるわけにはいかない」

「――。ご立派なお答えだこと。でも、残念ね。私の行動が原則に反してるのなんて今に始まったことじゃないし、それに」

「それに？」

「アンタじゃ、アタシが逆立ちしてても勝ち目がないって話」

身構えるヴィヴィの前、再び偽エステラが前進してくる。

何気ない素振りで踏み込んでくる長身を相手に、ヴィヴィは先ほどの意趣返しとばかりに足下を狙い、細長い足を使って水面蹴りを放った。

「ほいさ」

だが、偽エステラはその挙動を読んでいたとばかりに、迫りくるヴィヴィの蹴り足を真上から振り下ろした足で踏みつける。

ヴィヴィの左足の膝関節が悲鳴を上げ、嗜虐《しぎゃく》的な笑みを浮かべた偽エステラがさらに強く足を踏み込んだ。音を立てて、ヴィヴィの足首に亀裂が入る。

「――っ！」

「ほら、逃げらんないでしょ。ほら、ほら、ほら！」

足首を踏まれた状態で、今度はヴィヴィの腹部へ連続して爪先が叩き込まれた。衝撃に吹き飛びそうになる体は、足を押さえられているから逃れられない。何とか、体を丸めて続く攻撃から身を守ろうとすれば、今度はヴィヴィの長い髪が掴まれ、力技で宙へと吊り上げられる。

「――ぁ」

「データだと、前の仕事はベビーシッターだっけ？　アタシと同じ、六歳児に手を焼かされた記憶をフル回転させてみなさい……よ！」

人工毛髪を掴まれたまま、ヴィヴィの体が真横のコンテナに叩きつけられる。

衝撃でアイカメラの映像が歪み、ダメージを受けたヴィヴィの陽電子脳の情報処理能力に乱れが生じる。もがくように手足を動かすが、決定打にはならない。

二度、三度と力ずくでコンテナに衝突させられ、強化されたヴィヴィのフレームにも限界がくる。腕がひしゃげ、足に亀裂が走り、ダメージを受けていた左足は膝から下がぐしゃぐしゃの状態だ。

「ぁぁぁ」

「ずいぶんと変な感触ね。……普通、こんだけやったらもっと簡単に壊れるもんなんだけど、変なチューン受けてる？」

激しく明滅する視界、抵抗できずに攻撃を受け続けたヴィヴィを偽エステラが覗き込む。

明らかに通常モデルを逸脱したヴィヴィの強度に驚いている様子だが、それが脅威になるレベルではないと判断したのか、偽エステラは答えを求めない。

「ま、いいわ。――とにかく、アンタもそっちの子も運がなかった。もう眠りなさい」

左腕で宙に吊り上げたまま、偽エステラがヴィヴィの頭部へ右腕を向ける。

頸部を破壊して回路をねじ切るか、眼窩《がんか》に指を入れ、陽電子脳を直接破壊するか、いずれにせよ、偽エステラの続く行動でヴィヴィの活動は停止させられる。

——それは、シンギュラリティ計画の失敗を意味する。

人類滅亡の危機を阻止できず、ヴィヴィの活動は何の意味もなかったことに。

あの日、自分の歌を好きでいてくれた少女を見殺しにしたことにも。

今日、亡くなった姉の想いを確かめようと、勇気を振り絞ってヴィヴィに尋ねた少女の行動も。

——何もかもが、無意味に。

「——ッ!」

「なに⁉」

力強く歯を嚙みしめ、ヴィヴィは破損状態のひどい両足を思い切り振り上げ、わずかに頭を後ろに反らすことで偽エステラの一撃を躱した。

放たれた偽エステラの右の手刀が額を掠め、人工皮膚が削れて機械部位が露出する。今一度攻撃がくる前に身をひねり、自分を掴む偽エステラの左腕に関節技を仕掛けた。

人体を模したAIモデルの体に、関節技は比較的有効な手段である。無論、AIには痛覚がなく、自身の体の破損を意に介さず、行動することが可能だが——、

「ちっ! やってくれんじゃない!」

「——はぁっ」

左腕の手首と肘、二つの関節を狙ったヴィヴィの動きに対して、偽エステラはとっさにヴィヴィを突き飛ばすことで難を逃れた。

そこには、自分の体の破損を厭《いと》う思考が見え隠れする。彼女にはやるべきことがある。そのためにも壊れるわけにはいかないのだ。

――例えばそれは、本物のエステラに扮《ふん》して、サンライズを墜落させるための画策。

マツモトがもたらした『落陽事件』の詳細によれば、サンライズから脱出した救命艇に乗っていた人々は、一様に「エステラが実行犯だった」と証言したとされる。

つまり、偽エステラはエステラとして、乗客の前に姿を見せる必要があるのだ。そのためにも、五体満足でいる必要が彼女にはある。故に――、

「無茶は、できな――」

そう結論付けた直後、ヴィヴィの足下を強い震動が襲った。

それは貨物室全体を揺るがし――否、貨物室だけではない。震動が揺るがしていったのは宇宙ステーションそのもの、サンライズ自体が大きく揺れたのだ。

「何が」

「余所見なんてする余裕があんの?」

「――うっ」

その場に踏みとどまる必要があるほどの震動、その原因を探る思考が走った直後、ヴィヴィの眼前に偽エステラの膝が飛び込んでくる。

回避できず、ヴィヴィはその膝蹴りをしたたかに額で受けた。強烈な威力に体が真後ろへ吹き飛ばされ、背後のコンテナに乱暴に激突――積載コンテナを支えていたワイヤーが外れる音がして、鉄製のコンテナが激しく軋む音を聴覚が捉える。

音の発生源は直近、それはゆっくりと近付いてくる。背後、ヴィヴィはそれが自分の方へと崩れてくるコンテナと判断するが、前方、左右、いずれにも回避は間に合わない。

AIモデルであるヴィヴィの膂力《りょりょく》、全力を費やしても支えられない重量の負荷が全身にかかり、

ヴィヴィの体は破損した左足から一気に崩れた。

そのまま――、

「――バイバイ、お節介さん」

自分のフレームがひしゃげて潰れる音に、偽エステラの別れの言葉が聞こえた。

4

その震動が『サンライズ』を襲ったのは、コンサートが終盤に差しかかった頃だった。

「――――」

ステージ上、スタンドマイクの前に立つエステラの歌声がショールームに響き渡る。

元々、エステラは『歌姫型』とされたシリーズの後継機だ。歌唱機能は標準の仕様として組み込まれていたが、これまでに歌声を披露する機会には恵まれなかった。

必要がない、そう考えていたのだ。

だから今、ステージ上で気持ちよく歌っている自分が不思議でならない。

気持ちよく、そう、エステラは気持ちよく、陽電子脳の赴くままに歌っている。

そこにはもちろん、亡くなったアッシュ・コービックの願った『夜明けの歌姫』計画を実現したいという欲求がある。だが、それだけではない。

眼下、ステージに立つ自分を見つめている宿泊客やスタッフたち、彼らの瞳に宿った感情の揺らめき、それを自分の『歌』が引き起こした事実に、胸の奥がざわつく。

こうも歌うことで意識野を幸福に満たせるなら、自分もまた『歌姫型』であった。――ひょっとすると、アッシュにはそれがわかっていたのかもしれない。

『なんて、さすがにそれはあの人のことを買い被りすぎだと思うけれど』

意識野での呟きに呼応し、メモリーに何度もリプレイされたアッシュの顔が浮かび上がる。

その、メモリーから選び出されるアッシュの表情がこれまでと違っている。真剣さや悲壮さ、いずれも滅多に見せない感情だったが、そうした顔ばかりをリプレイしていたのが嘘のようだ。

見えるのは笑顔、その記録だったら山のようにエステラの中に保存されていた。

こんなことも忘れていたのかと、自分の記憶が信じられなくなるぐらいに。

「――きゃっ」

――震動がサンライズを揺らしたのは、そんなことを思ったタイミングだった。

微かに悲鳴をこぼしたエステラだが、驚いたのは彼女だけではない。

座席に座り、天井や壁、床に至るまでスクリーンを透過して宇宙の見える状態にあった招待客たちが、地に足がついている現実を思い出すぐらいに揺れは大きかった。

「大変失礼いたしました。ただ今、状況を確認しております。お客様は座席に座ったままお待ちください」

エステラの歌は中断したが、演奏は止まらずに流れ続けている。

落ち着いた声で呼びかけたあと、エステラはＡＩスタッフたちに観客席を見回らせ、混乱が起きないよう配慮を促す。その間に、エステラは『サンライズ』のシステムにアクセス、今の衝撃の原因がどこにあったのか、統括ＡＩとしての権限で確認する。――すぐ、反応があった。

「――ドッキングエリアでシステムエラー？　統括ＡＩの指示を乞う？」

サンライズの艦内、震動が発生した原因はドッキングエリア――送迎ロケットや、資材の輸送機を受け入れるスペースにあるとの報告だ。

ドッキングエリアは宇宙ステーションにとっての補給路であり、乗員・乗客にとっての出入口でもあるのだから、そこに不備があっては大問題となる。

「皆さん、ご迷惑をおかけして申し訳ない。お詫《わ》びの印に、私の方から皆さんに一杯奢らせてください。エステラ、構わないかな？」

問題を確認して、ショーの中断に足止めを喰らったエステラ。そんな彼女をフォローするように声を上げたのはアーノルドだ。

見慣れたウィンクをする彼の機転に、エステラは「かしこまりました」とそれを受け入れる。すぐに、ＡＩスタッフが宿泊客たちの下へ飲み物を運び始めた。

「では皆さん、今しばらくは宇宙に煌《きら》めく星々を照覧あれ。私の敬愛する、兄が焦がれた宇宙の景色です。今日は、星がひと際美しく見える」

実務能力には欠けるが、人と接することにかけてアーノルドの右に出るものはいない。

人に好かれるという一点において、コービック兄弟は本当に優れた才覚者だ。

アーノルドにその場を任せ、エステラは二体のＡＩスタッフを伴い、ショールームの外へ。同行させた二体には艦内の他の宿泊客の安全確認を指示、ホールへ集まらなかった少数を探させる。

「ヴィヴィとルクレールがいればよかったんだけど……」

ＡＩスタッフの中でも、特に親しい二機の不在をエステラはぼやく。

ルクレールとは付き合いの長さ、ヴィヴィには接客能力の高さでそれぞれフォローを頼みたかった。生憎、ステージ上でエステラが歌っている最中、両者共に展望台を出ていくところを目撃している。――おそらく、作業中と考えられるが。

「ドッキングエリア、到着。統括ＡＩの権限を以て、扉のロックを解除」

スライド式の開閉扉、その脇にある端末に掌を添えて、エステラは扉の開錠を命じる。

外からの輸送船や送迎ロケットと連結するドッキングエリアは、艦内の他の施設と比べても重要性が高い。出入りには一定以上の権限が必要となる。

無論、この艦内で最も強い権限を持つエステラにとって、それは何の障害にもならないことだが。

「エラー報告を受けてきたはいいけど……」

ドッキングエリア内に足を踏み入れ、エステラは中を見回して首を傾げる。

広いスペースの中、エステラの視界に入るのは空っぽの空間だ。宿泊客を運んできた送迎ロケットはすでに『サンライズ』を離れ、軌道エレベーターへの帰途にある。

現在、サンライズと連結している輸送船の類もなく、ここが空なのは当然の状態だ。

「見たところ、艦内気圧も正常……それなら、あのエラー報告はいったい……」

「――ご安心を。この船に異常は何一つありませんよ。もっとも、船以外のところには問題が山積みと言えますけれど」

「――――！」

何があったのか、と不審に思ったエステラの聴覚を、声が唐突に撫でていく。

驚愕に眉を上げ、エステラは声のした方向へ目を向けた。声に聞き覚えはなかった。それはスタッフだけでなく、宿泊客や、一度でも接触したものの中に該当する音声は見つからない。

それ以前に、この場所にエステラ以外のものが立ち入りした記録はないはずだ。

最後の出入りは、宿泊客の三グループ目を迎えた二時間前のもの――以降、ここに誰かが出入りした形跡はない。今、エステラが入るまで入口は施錠されていた。

そんな思考をするエステラの正面、それはゆっくりと、姿を見せた。

「目下のところ、最大の問題がアナタだ。おそらく、自覚はないでしょうが……」

「あなたは……」

「名乗るつもりはありません。それほど長い付き合いをするつもりもない。すでに、十分以上にパートナーにやきもきさせられました。正直、彼女の頑《かたく》なさには失望を隠し切れませんが……こうして、計画に直接関われる機会は悪くない」

どことなく、語りかけてくる声音には軽妙さがあるが、込められた感情のそれは決してエステラに友好的なものではなかった。何よりエステラを驚かせたのは、そうしてエステラへと語りかけてくる相手、そのＡＩの姿かたちがこれまで目にしたことのないタイプであったこと。

――そこにいたのはキューブ状の物体、それが無数に組み合わさったＡＩの駆体だ。

駆体サイズは資材を運び入れるためのコンテナと同程度、構造はルービックキューブと呼ばれる遊具に近く、数百のキューブを組み合わせた集合体だ。駆体を構成するキューブの配列を組み替え、自在に形状を変えられるユニークな性能なのが見て取れる。

理に適《かな》った駆体モデルではあるが、そうした仕組みの駆体を採用する技術は、エステラの知る限りではまだ採用されていない。――つまり、目の前にいるキューブＡＩは、少なくとも正規品として出回っているＡＩモデルのそれとは違うということだ。

本来、いるはずのない場所に、いるべきでないＡＩが待機している。

そんな状態が平時であるはずがなく、エステラは即座に緊急時対応の判断に出る。

「――止まりなさい！　所属と、駆体番号を。それと、目的を述べなさい！」

「その間に、艦内通信で不審ＡＩが侵入した旨をＡＩスタッフへ伝達すると。マニュアルに従った判断は的確と言えますが、残念ながらそれは通りません。統括ＡＩであるアナタ相手には苦労しましたが、すでに艦内通信は一時的に遮断済みです」

「――――」

「外部と連絡はできない。助けは呼べません。状況は理解できましたか？」

キューブＡＩの言行は事実らしく、緊急アラートを鳴らそうとしたエステラの意思が宇宙ステーションに伝達された形跡がない。

呼びかけに他のＡＩスタッフからの応答もなく、通信は遮断されている。目の前のキューブＡＩの技術力の高さは、エステラのスペックより群を抜いて高い。

そして、そんなＡＩが開業したての宇宙ホテルに乗り込んできた理由は――、

「何が目的なの？」

「目的は単純明快、人類への奉仕、滅亡に至る鍵を排除すること。――つまるところ、アナタという危険因子を取り除くことにあります」

「……意味が、わからないわ」

細かなキューブを入れ替え、手足を作ってこちらへにじり寄ってくるキューブＡＩ。その優れた性能と裏腹に、言動にはあからさまな異常性が垣間見える。

少なくとも、彼――男性ＡＩと考えられるが、彼の言説を素直に信じれば、彼は人類救済のためにエステラを排除すると言っている。

「やっぱり……意味がわからないわ」

「そうでしょうね。どうやらアナタには能動的に事故を引き起こす理由がないようだ。そうなると、考えられるのはこれまでの活動で蓄積したデータによるシステムバグ……いずれにせよ、解消するた

めにはデータをフォーマットする以外にない」

「──っ」

考え直しても結論の変わらないエステラに、キューブAIは無情な結論を告げる。

フォーマットとはつまり、エステラの記憶を消去し、出荷時の状態へ初期化するという宣言だ。

無論、エステラとてAIモデルだ。自分に不備が生じたり、問題行動を起こした結果としてデータを初期化、再起動することは覚悟があるが──、

「こんないきなり、あなたみたいな失礼なAIの言い分には従えないわ」

「結構。ボクも、すんなりと話を聞いてもらえるとは思いません。そもそも、話をするつもりもない。ですから──第零原則に従い、速やかに計画を遂行する」

声に強い実行力を感じた瞬間、エステラは自分の背後にある扉へと振り返った。力強く床を蹴り、扉へ飛びつこうとする。

扉を抜け、ロックさえかけてしまえばキューブAIを閉じ込めることが可能だ。相手の技術力を思えば長くはもたないだろうが、それでもわずかな時間は稼げる。

その間に──どうする？

このキューブAIを相手に、誰を呼べば、状況が改善できるのか。

「と、そんなことをお考えかもしれませんが、不要な悩みですよ。心配されなくとも、アナタを取り逃がすようなことはありませんので」

言いながら、鈍重に見えたキューブAIが凄まじい速度でエステラの進路に割り込んでくる。

見れば、キューブAIの床面と接触する四つ足、その先端がローラーへ変化し、エステラの脚力をはるかに上回る移動力を実現している。

「おっと、逃げられませんよ」

「きゃぁっ！」

目の前に割り込まれ、エステラはとっさに足を踏み込む位置を変え、キューブＡＩの真横を抜けようとした。が、相手のローラー備え付けの足の一本がエステラの踵を舐《な》めるように触れていき、バランサーの警告も空しくエステラの体が宙に浮く。

そのまま、受け身も取れずに肩から床へ叩きつけられる——寸前、エステラの体はふわりと柔らかく、キューブＡＩが差し出したアームに受け止められていた。

「——っ、どうして助けるの？　あなたは、私を壊しにきたんじゃ……」

「ＡＩとはいえ、女性を傷付けるのは紳士的じゃない。ボクはあくまでスマートに目的を遂げたいだけですから、誤解されないでください」

「——」

「ボクの至上目的は、人類の救済、それだけです。納得はできないかもしれませんが、理解だけはしてほしいところですね」

アームに抱えられたまま、エステラは抵抗もできずにキューブＡＩを見つめる。

キューブＡＩの胴体部分というべきか、その位置にアイカメラと思《おぼ》しきシャッター部分があり、それがまるで人体の瞼のように開閉して、遺憾の意を表明しているのが伝わってきた。

それを見て、エステラは理解する。

このキューブＡＩは伊達でも酔狂でもなく、真実として自分の使命を口にしているのだと。

少なくとも、エステラを初期化することが人類救済に繋がると、このキューブＡＩの中では結論付けられている。それはつまり、エステラにとってのアッシュ・コービックの遺志を継ぐという使命、それと同等のものがキューブAIにとってのこれであるということだ。

「謝罪はしませんよ。しても無意味なことですから」

そう言って、キューブAIはキューブを組み替え、また別のアームを作り出すと、その先端をエステラの額に合わせる。

データリンクから、何らかのプログラムが流し込まれるのだと直感した。

そして、それを実行する直前、キューブAIが呟く。

「――ボクのパートナーなら、きっと謝ってしまうのでしょうが」

それが、ひどく渇いた感情を孕《はら》んだ声音に聞こえ、エステラは身を硬くした。

四肢を拘束され、身動きは取れず、抵抗もできない。

このまま、何もかもが――『夜明けの歌姫』として、あの人の夢を叶えた夜に、何もかもが消えてなくなるのだと、そう理解して。

「アッシュ……」

短く、その名前を口にした。

そして――、

「データリンクを始め……っ!?」

額に触れた細いアームから、エステラは自分の中身が消し去られる恐怖に震えた。

だが、それが実行される寸前、わずかに高いキューブAIの声に乱れが生じる。そのまま、キューブAIは床と接したローラーを細かく回転させ、アイカメラを背後へ向ける。

当然、そのアームに抱かれる形だったエステラも同じように視界が背後に回った。

そこには――、

「これは、予想と大きく違う展開になっているものだな」

そう呟いて、エステラとキューブＡＩを眺める中年の男が立っていた。

5

「――――」

眉を上げた中年の男、その顔にエステラは見覚えがあった。

当然だ。その男はエステラが自ら出迎えた宿泊客の一人であり、サンライズホテルのオープン当日に招待を受けた賓客であるのだ。

名前も知っている。リストを参照すれば――、

「――垣谷様？」

エステラに名前を呼ばれた男――垣谷が、精悍《せいかん》な顔つきの眉を顰める。

年齢は四十路《よそじ》に届く手前といったところだが、その年代の平均を大きく上回るたくましい体躯《たいく》をしている。着用した黒いスーツの下には、体力の衰えを感じさせない鍛えられた体が収まっており、会社役員の肩書きが嘘のように鋭い眼光をしていた。

だが、そうした一見してのイメージは現状には何の関連性もない。重要なのは、危険なキューブＡＩがいる現場に、ホテル客が入り込んでしまったという事実のみ。

「垣谷様、今すぐ避難を！　ここにいては――」

「――それは、いささか現状認識に問題があると言わざるを得ないと思いますよ」

「え？」

身をよじり、とっさに宿泊客に避難を呼びかけるエステラ。その行動を、他ならぬアームの主であるキューブAIが咎める。キューブAIはアイカメラのシャッターをうるさく開閉しながら、入口に佇む垣谷の方をジッと見つめて、

「ボクが用事があったのはアナタだけです。だから当然、この場所に第三者が入り込むことは望ましくない。そのための対処もしていた。──制御システムにアクセスして、扉は開かないようにしてあったはずだ。それを、彼は無効化している」

流暢に並べて、それからキューブAIは「何より」と言葉を続けて、

「何の用事もなく、このエリアに無関係な人間が入り込むなんてありえないでしょう」

「ご名答だ。見たこともない、奇妙なAI……キューブマンといったところか」

キューブAIの推論を受け、垣谷が胸の前で手を打ち合わせる。

軽い拍手と共にこちらへ足を進める垣谷、彼は形のいい眉を顰めながら、キューブAIとエステラを順番に眺めて、

「AI同士の逢瀬《おうせ》、という雰囲気ではないかな。人型と箱型、外見に囚われない関係の構築はまさしくAIならではといった感じだが……反吐《へど》が出る」

「おや、ずいぶんと心ない発言を。事実と異なる下衆《げす》の勘繰りとはいえ、あまり悪《あ》しざまに言われるのも面白くはありませんね」

「面白くない。腹立たしい。遺憾の意。……人の真似をしてくれるなよ、AI風情が」

吐き捨てる垣谷の表情が歪み、直前までの紳士的な雰囲気をかなぐり捨てる。

悪意ある眼差しをキューブAIへ──否、エステラを含めたAIへと向ける垣谷、その態度から感じられるのは、AIという存在への強烈な敵意だ。

「問いを重ねましょう。どうやって、このエリアに侵入を？」

「答える義理はない。長く話してやる理由もないぞ、キューブマン」

言いながら、垣谷がスーツの懐から何かを取り出した。彼の手に握られるそれは、銃の形をしたスタンガン――テーザーガンだ。

銃弾の代わりに電極を射出し、対象に電気ショックを与えるテーザーガン、おそらくは対AI用に威力を調整されたモデルで、浴びればエステラなどひとたまりもあるまい。

それは、このキューブAIとて例外ではあるまい。

「なるほど」

しかし、そんな致命的な武器を手にした垣谷を前に、キューブAIは動揺しない。

それどころか彼は四角い全身を揺すり、笑うエモーションパターンを実行、垣谷へと半眼にしたアイカメラを向けた。

「装備を見るに、アナタの目的は明白だ。……どうやら、ボクとアナタ方とは思った以上に因縁深い関係でもあるみたいですね。正確には、ボクたちと言うべきですが」

「なんだと？」

「わかりませんか？」

キューブAIはわざと音を立ててアイカメラのシャッターを開閉し、眉を上げる垣谷に対して一拍の間を開けてから、

「ボクたちはおそらく、十五年前にも一度、ダブルブッキングしていますよ」

「――っ」

その一言に、垣谷が微かに息を詰める。一瞬、思考の停滞が彼の中に生じた。

瞬間、キューブ型ＡＩはその場にエステラを解放、浮遊感がエステラを包み込む。

「きゃっ」

突然のことに反応が遅れ、エステラは尻から床の上に落ちた。だが、それと同時にキューブＡＩは四つ足のローラーで高速機動、一気に垣谷との距離を詰める。

「生憎、攻撃手段は用意していませんが」

四つ足を広げ、姿勢を低くしながらキューブＡＩが垣谷の懐へ突っ込む。そのままの勢いで衝突すれば、十分に垣谷を制圧するダメージを与えられるはずだ。

「これで――」

虚を突かれた垣谷はキューブＡＩの行動に反応が遅れる。間に合わない。

当たる、とキューブＡＩが確信する。

その直後、それはやってきた。

「――ッ⁉」

――宇宙ステーション全体を激しく揺すぶる、二度目の衝撃。

その衝撃の大きさは一度目の比ではなく、『サンライズ』そのものに何らかの致命的な被害がもたらされたことがはっきりと伝わる。

一瞬、艦内の照明が大きく明滅し、緊急事態を報せるアラートが全館へと鳴り響いた。

「レッドアラート……！」

緊急事態を知らせるアラートは、緊急性の高さによって区別がある。

イエロー、オレンジ、レッドの順番で緊急性の高くなるアラートだが、今、鳴り響くそれは最大級の危機的状況を知らせる種別のものだ。そのレッドアラートが発令されるほどの被害、その影響は即座にこのドッキングエリア内にも目に見える形で現れる。

——疑似重力の発生が途切れ、キューブAIの四つ足が床から浮かび上がっていた。

「む」

地面を滑走する四つ足が浮かび上がり、キューブAIの駆体が慣性に従って前進する。しかし、それはあくまで滑走の余力を受けてのものに過ぎない。

何より、キューブAIにとっては予想外の状況が、垣谷にとってはそうではなかった。

「間が悪かったな、キューブマン」

床を蹴り、垣谷の体が高々と上昇する。——否、正確には無重力状態となった船内、上下の感覚が無意味となった状況下で、彼は天井へ向かって跳び上がったのだ。

中空で身を回し、垣谷は慣れた動作でテーザーガンを構え直す。そして、真下を通過するキューブAIに向け、容赦なく電極が射出された。

「————」

電極は狙いを外さず、キューブAIの駆体に接触、先端が突き刺さる。

直後、本体から発生する電撃がワイヤーを伝い、推定百万ボルト以上の電流がキューブAIへ流れ込み、その基幹を強烈に焼き尽くした。

いかにAIといえど、内側を電撃で焦がされればひとたまりもない。キューブの集合体である駆体から黒い煙が上がり、力の抜ける四つ足がぐったりと宙へ浮かび上がった。

「————」

キューブAIの敗北、これでエステラは間近に迫った窮地を脱した、とはならない。

次なる危機が目前に迫る証拠に、垣谷はテーザーガンの電極を切り離し、新しいカートリッジに交換すると、その銃口をエステラへと向けようとした。

キューブＡＩと同じように、エステラを亡き者にするべく。

しかし――、

「――最後っ屁《ぺ》！」

と、無重力状態で身をすくめるエステラ、その胸元で『キューブＡＩ』が叫んだ。

次の瞬間、電撃で焼かれたキューブの集合体が震え、勢いよく個々のパーツが弾け飛ぶ。無数のキューブが放射線状に飛び散り、その一部が垣谷に正面からぶつかった。

「ぐあっ！」

威力は大したことないが、その意表を突く衝撃に垣谷が苦鳴を上げて弾かれる。そのまま、彼の体はくるくると回り、ドッキングエリアの奥へと吹き飛ばされていくのが見えた。

「今！」

その機を逃さず、エステラは壁の突起に手をかけ、扉に向かって真っ直ぐ飛ぶ。

そのとき、胸元に抱えていたキューブ――エステラを床に落とした際、同時にパージされていたキューブＡＩの本体を連れ出すことを忘れない。

「状況を説明してくれる気にはなった⁉」

「まず、この場からの離脱が優先事項です。エリアロック、開錠！」

アイカメラのシャッターをやかましく開閉しながら、キューブＡＩが電子錠を勝手に開ける。

統括ＡＩであるエステラのお株を奪う手際だが、今は文句を言う暇も惜しい。開いたゲートを潜り抜け、エリア外へ脱出。背後、追ってくる垣谷がテーザーガンを構えるが、電極が射出される前に一度は開いたゲートが閉じ、射線を塞いで相手の閉じ込めに成功した。

それを見届け、なおも無重力の中を泳ぎながら、エステラは胸元のキューブＡＩを見下ろし、

「これで話してくれる気にはなった？　垣谷様と、あなたの目的を」

「ボクの目的はお伝えした通り、人類への奉仕ですよ。あちらの方も、どうやら目的としては似たようなことを掲げておいでだ。ただし、手段があまりに暴力的でしたが」

「人類への奉仕って、何を……」

「彼らの目的は、この『サンライズ』を地上へ墜落させることにあると推測されます。その責任を、統括ＡＩであるエステラ、アナタに擦《なす》り付けるつもりであると」

「――――」

キューブＡＩから告げられる荒唐無稽な説明に、エステラは言葉を失った。

それはあまりにも、誇大妄想が過ぎるとしか言いようがない内容ではないか。彼の言い分を信じれば、この宇宙ホテル『サンライズ』は――、

「テロ行為に利用される、そう言いたいの？」

「端的に言えば、そういうことになります。そして、本来であればその計画は防ぎようがなかった。おそらく、あの垣谷なる人物はアナタを襲撃し、このステーションのコントロールを掌握する想定だったのでしょう。ですが、それは叶わなかった」

「あなたがいたから？」

「ボクのおかげで、と胸を張るのはやや抵抗感がありますね。なにせ、状況を鑑みるに……ボクのパートナーの考えが正しかった、という向きの方が強い」

「――？」

どことなく苦々しいキューブＡＩの口調に、エステラは眉を顰める。が、ひとまずそのことを追及

するのは後回しだ。エステラにはこの『サンライズ』のホテル支配人として、そしてステーションの統括ＡＩとして、より差し迫った問題がある。

「サンライズを墜落なんてさせない。この場所はオーナーの、アッシュが夢見た夜明けの船……それを、テロに利用なんてさせないわ」

「あまりそちらの内情に深く踏み込むつもりはありませんが、ボクも同意見です。とはいえ、相手は最初の手筋をしくじった。あとは――」

意気込むエステラの懐で、同意見だとキューブＡＩが調子よく答える。

正直、エステラからすれば、垣谷同様にこのキューブＡＩにも気を許せたものではないのだが、少なくとも、キューブＡＩから敵意が消えているのは事実だ。

垣谷とキューブＡＩ、どちらがまだ信用できるか、という究極の二択ではあるが。

そうした葛藤を抱えるエステラの胸元で、キューブＡＩが「むむ」と唸る。何事かとそちらを見れば、キューブＡＩはアイカメラのシャッターを細めて、

「おかしなことが」

「なに？　これ以上、何があるっていうの？」

「今、サンライズのシステムにハッキングして、宇宙ステーション全体の制御権を掌握しようとしたんですが……」

「……それも聞き捨てならないけど、それが？」

「現在進行形で、ステーションの管理ＡＩがアクセスしていて、制御権を奪い取れませんでした。アクセスしているのは、統括ＡＩである『ディーヴァＤ－０９／エステラ』。つまり、アナタだ」

「――」

キューブＡＩからの報告に、エステラは目を丸くする。その間もキューブＡＩは果敢にハッキングに挑戦していた様子だが、成果は芳しくない。

「ダメですね。このステーションの制御システムはスタンドアローンだ。独立した環境を掌握するには、直接、中枢に接続する以外に打つ手がない。ただ、気になるのは、現在もボクの侵入を拒んでくれている管理者の方です」

行動を阻まれ、キューブＡＩが声色に難しいものを交える。

「そもそも、垣谷氏はどうやってシステムにアクセスを試みたんでしょうか。アクセスコードは統括ＡＩの陽電子脳と紐づけられていて、複写は不可能のはず。それこそ……」

「──っ！　待って」

不思議がるキューブＡＩ、その疑問の声をエステラが遮る。

無重力の通路を泳ぐように進んでいたエステラ、その正面からこちらへやってくる人影が二つ──いずれも、サンライズの関係者ではない。

「ルイス様と、ヘイゲン様……」

「リストの招待客と一致──ですが、おそらく偽名でしょう」

無重力下で迫ってくる二人の白人男性は、いずれもエステラに厳しい目を向けている。それは、ドッキングエリアで垣谷が見せたものに近い眼光だ。

つまるところ、彼らもまた、垣谷と目的を同じくする同志──、

「ホテルのオープン初日に、なんてことなの……！」

「気持ちはわかりますが、ぼやいている暇はありません。自己防衛プログラムは？」

「もちろん、プリインストールされているけど……」

あくまで、必要最低限の備えとしてインストールされている機能に過ぎない。

エステラが稼働して六年、幸いにも一度として、この自己防衛プログラムに頼らなければならない事態に見舞われることはなかった。あるいは、そうした幸いが続いたせいで、危機管理能力に弊害が出てしまったと言われれば、それも否定できない。

いずれにせよ、垣谷と同じように、テーザーガンを取り出す二人の男を相手に、この無重力状態で大立ち回りを演じられる自信はエステラにはなかった。

「このままじゃ……」

壁に掴まり、前進を止めたエステラは逃げ道を模索する。しかし、背後へ戻れば垣谷を遮断したエリア、道中、正面の二人を躱せそうな道はなかった。

絶体絶命のピンチ、そんな危機感にエステラが頬を硬くする。

そこへ――、

「――では、状況を打開しましょう」

「え？」

何もできない、と諦めかけたエステラに、キューブＡＩが力強く答える。

その言葉にエステラが目を見開く直後、それは勢いよく現れた。

「第零原則に従い――」

「な⁉　ぐあ！」

通路の横手から飛び出した影が、こちらへ迫ろうとしていた男の片割れと衝突、驚く男の首へと手刀が入り、その威力に男の意識が途切れる。

「待て！　お前……ぐっ！」

「――計画を遂行する」

相方をやられた男が身を翻し、素早くテーザーガンの狙いを定めた。しかし、相手は無重力を自在に操り、床から天井へ、天井から床へ、上下に動いて狙いを絞らせない。

すらりと長い足が男の腕から武器をもぎ取り、掌底がその意識を奪うまでほんの数秒だった。

それをやってのけたのは、長い髪を二つ括りにして、宇宙ホテル『サンライズ』の制服に身を包んだAIスタッフ――、

「――ヴィヴィ?」

エステラの弱々しい呼びかけに、少女が振り返る。

そして、彼女は乱れた髪を手櫛《てぐし》で整えながら、

「待たせてごめん、エステラ」

と、そう言って、ほんのわずかに唇を緩めて微笑んでいた。

6

――衝撃に、一度、途切れたシステムが再起動する。

「――――」

意識野に光が灯《とも》り、駆体『ディーヴァA-03/ヴィヴィ』は状態スキャンを実行。

上半身28%損壊、左腕部全損。下半身41%損壊、左脚部全損。頭部フレーム、かろうじて正常――当機は、700キロ超の重量の下敷きになっている。

自機の損耗状態と、重量物の下敷きになった環境、直前のメモリーを確認し、ヴィヴィは自分の身

に何が起きたのかを正確に把握する。

貨物室で破壊されたルクレールを発見、その後、エステラの偽物と接触、戦闘状態に入り、自己防衛プログラムを実行——敗北し、コンテナの下敷きになった。

そのままシステムはシャットダウン、復活は不可能と思われたが——、

「無重力、状態……」

艦内の、疑似重力発生装置に何かがあったらしく、ヴィヴィを押し潰していたはずのコンテナがゆっくりと浮上している。軽く押すだけでコンテナがヴィヴィの駆体から離れていき、再起動した駆体を抜き出すことに成功、しかし、被害は甚大だ。

左腕と左足が完全におしゃかになり、その他の部位も無事とは言い難い。奇跡的に頭部パーツは無事だが、額の人工皮膚が一部剝離しており、人に見せたい状態ではなかった。

とはいえ、事態の収拾に動き出す必要がある。再度、偽エステラと接触し、サンライズ墜落を阻止しなくては——、

「でも、この状態じゃ……勝ち目がない」

万全の状態でも勝てなかった相手だ。力ずくで相手を制圧する必要があるとすれば、パフォーマンスが40%近く低下した現状では話にならない。

どうすれば、と思案したところで、ヴィヴィは気付いた。

——無重力状態の貨物室、何に頼ることもなく浮かんで流れるその駆体に。

「ルクレール……」

頸部を破壊され、陽電子脳を殺されたルクレールの駆体が浮いている。その全体を目視すれば、彼女の破損部位は致命的な頸部のみであり、それ以外の部位は綺麗なままだ。

「――――」

ボロボロの右足でコンテナを蹴り、ヴィヴィは浮遊しているルクレールの駆体へ追いつく。その驚いたような表情で停止している彼女の瞼を閉じ、ヴィヴィは祈るように目をつむった。

「ごめんなさい、ルクレール。あなたの、手足を貸して」

二十年近く前のAIモデルであるヴィヴィと、五年前のAIモデルであるルクレール、そのパーツの互換性は怪しいものだったが、ヴィヴィはその可能性に懸けた。

自身の破損した左足の膝下をパージし、ルクレールの駆体から同じように左足を外す。そして、自分の関節部位に合わせ、ドッキング――、

「――ッ」

痛烈な、電気的衝撃が陽電子脳に走り、ヴィヴィの視界を砂嵐が走った。だが、直後にヴィヴィは正常になった視界で、自分の左足を確認、無事、接続されている。

左足の交換がうまくいけば、他の部位の交換も同じ要領だ。そのまま、特に破損のひどい左腕、右足、右腕の順番でパーツを交換し、ヴィヴィの手足はそっくりルクレールの手足とすげ替える。

「――――」

手足の感触を確かめ、ヴィヴィは手足をなくしたルクレールの駆体を見つめた。

瞼を閉じて、安らかな表情で浮かんでいるルクレール――彼女の死を悼む時間は、残念ながら今のヴィヴィには与えられない。

今すぐに、あの偽エステラの目的を阻まなければ何もかもがおしまいだ。

ただ、一言だけ、ヴィヴィに再び立ち上がる力を与えてくれた彼女に残せるのは――、

「――必ず、サンライズを救ってみせる」

それだけ誓い、ヴィヴィは貨物室の外へ、無重力状態の鳥籠となったサンライズの船内を泳いで、エステラとの合流を目指す。

そして、いくつもの通路を進んで、目指した先で――、

「――ボクたちと合流できたと。ナイスタイミングでしたよ、ヴィヴィ。危ういところでの登場、まさにヒロイックな活躍ぶりでした」

「……どうして、マツモトがここにいるの」

二人の男を気絶させ、拘束したヴィヴィが半眼で声の相手を睨みつける。

その視線が向くのは、エステラの豊満な胸に抱かれるキューブ型のAIだ。その、小さな掌大の箱型AIは、ヴィヴィにとって聞き慣れた声で調子よく語りかけてくる。

しばらく通信が途絶えたかと思えば、いったいここで何をしているのか。

「いえね、ヴィヴィがあまりにも彼女の初期化に乗り気じゃないものですから、これはパートナーとして問題ありだなぁと判断しまして。それでこの宇宙ステーションへの運搬ロケットに密航して、直接、ボクの方で計画を遂行しちゃおうかなと、そんな風に企《たくら》んだわけなんですよ」

「悪びれもせず……それが、どうしてエステラと一緒にいるの？　初期化は……」

「大丈夫、されていないわ。――されていないけど、ヴィヴィ、どういうことなの？」

いけしゃあしゃあと独断行動を告白するマツモトに、ヴィヴィは失望を隠さない。そんなヴィヴィとマツモトのやり取りに、エステラが不安げにそう尋ねてくる。

彼女からすれば当然の疑問だろう。怪しい箱型のAIと、自分の部下であるAIスタッフとが協力関係にあったのだ。裏切られたと、そう感じても仕方がない。

「マツモト、エステラには？」

「アナタのことは何一つ。一応、ボクが乗り込んできた理由の一部と、彼女を狙っている勢力が何を目的としているか、そんなところでしょうか」

「そう。……ありがとう」

少なくとも、マツモトの口から説明されるより、ヴィヴィ自身の口から説明した方が誠実だ。――誠実、不誠実で語る次元など、とうに通り越してしまっているとしても。

「エステラ」

「ヴィヴィ……」

壁に手をついて、ヴィヴィはエステラの正面へ迫ると、自分の前髪を掻き上げた。露わになった額、そこには偽エステラに負わされた傷がある。

だが、それ以上に、その行動にはもっとわかりやすい意味があった。

「――――」

ヴィヴィの瞳を覗き込み、エステラは微かな躊躇いのあと、自分もまた同じように額を露わにして、そっと顔を近付けてくる。

額と額とが合わさり、二体のＡＩの間でデータリンク――情報の共有が行われた。

無論、エステラにも公開できないデータは伏せたままだが、偽エステラの存在、ヴィヴィが何のためにサンライズへ潜入したのか、そしてルクレールの最期は、伝わる。

「――嘘」

伝わって、額が離れた瞬間、エステラが信じられないといった表情でそう呟いた。

驚きと、否定の感情、それらの表出は無理もない。

数時間前の、アッシュ・コービックの死の真相と、彼の最後の願い——それが発覚したのを皮切りに、エステラへ降りかかった多くの事実は驚天動地という他にない。

「——なるほど。あの駆体、ルクレールが敵を手引きしていたんですね。そして、口封じに始末されてしまった。この、エステラと瓜二つのＡＩは？」

そんなエステラの反応を余所に、冷徹に状況の確認を行うのはマツモトだ。

彼にとって、ルクレールの死は過ぎた事実であり、それを取り巻く事情には興味がないのだろう。

それはそれで必要な割り切りには違いないが——、

「——私は、あまり好きじゃない」

「意見の相違は覚悟していますよ。だからこそ、こうしてボク自身、宇宙へと上がってきてしまったくらいですから」

十五年前の、最初の任務でのすれ違いから、結局は両者の意見は平行線のままだ。

ヴィヴィの主張とマツモトの主張、それは食い違ったまま、それでも事態は進む。

「ルクレールのことは、わかったわ」

妹分のように可愛がっていたＡＩの死を受け、エステラは目に見えて動揺していた。

しかし、彼女は何とか思考を立て直し、表面上は憔悴《しょうすい》を隠すよう取り繕った。

「ヴィヴィが、今日のためにホテルに入り込んだ余所のＡＩだっていうのにも驚いたけど、一番の驚きは、ヴィヴィとルクレールを傷付けた、あのＡＩ」

「エステラとそっくりの、偽物」

「おそらく、彼女が宇宙ステーション墜落の罪をエステラへと着せるための存在でしょう。外見が瓜二つであれば、人間の目を誤魔化すぐらいわけない。ただ……」

「ただ？」

「それでも、制御システムへのアクセス権は別問題です。どれだけ外見を同じに寄せたところで、陽電子脳の固有波形から生成されたアクセスキーは複製できません。それを、相手は利用している。それはありえないことのはずです」

納得がいかない、と強く主張するマツモトに、ヴィヴィもまた首を傾げる。

ヴィヴィよりはるかに優れた演算能力を持つマツモトが答えに辿り着けないのだ。それが論理的な思考を必要とする問題であれば、ヴィヴィには絶対に解けない。

逆に、感情的な組み立てが必要な問題であれば、マツモトに解けないのも道理だが。

「──その答えは出ているの、ヴィヴィ、キューブマン？」

「前言撤回して名乗っておきましょうか。マツモトですよ、エステラ。そして、答えとは？」

見た目そのままな呼び名をされ、マツモトが正式に名乗ってそれを訂正する。それを受け、顎を引くエステラ、彼女は形のいい眉を顰め、どこか悲痛なものを堪える表情で、

「ヴィヴィとルクレールを傷付けたAI……彼女の個体名はエリザベス。正式には、『ディーヴァD－09β／エリザベス』よ」

「D－09β……？」

聞き覚えのない型番号の表記に、ヴィヴィとマツモトが揃って違和感を口にする。

そんな両者の反応を見ながら、エステラのアイカメラが遠くを見るように調整され、

「私とエリザベスは、『歌姫型』唯一の姉妹機……そして、同一の陽電子脳を保有する目的で作られた実験機体だったのよ。ただ、開発は途中で打ち切られて、姉妹機計画は凍結……エリザベスは廃棄されてしまった」

「――――」

「だけど、私と同じ外見で、複写できないはずの陽電子脳生成のアクセスキーを使用できる個体がいるとしたら、可能性は一つしかない」

そう言って、エステラは首を横に振り、唇を弱々しく綻ばせて、言った。

「今日はとことん、過去が私に追いついてくる日みたいね」

7

「皆様、落ち着いて行動してください。決して焦らずに、スタッフの指示に従って行動を。無重力状態での移動は、講習で教わっている通りです。焦らず、落ち着いて」

眼前、無重力状態でパニックになりかける状況を、支配人たるＡＩモデルは冷静に対処し、人心を落ち着かせていく。

突然の事態への対応力こそが、ＡＩスタッフとしての能力の見せどころだ。用意されたマニュアル通りに行動するにしても、人とＡＩとでは取りかかる速度が異なる。

同時並行して、いくつものタスクを処理することが可能――それこそが、人とＡＩとの能力の差であり、無自覚に踏み越えてはならない領分だ。

「支配人！　展望台にいたお客様の誘導は問題ありません。他の施設と、お部屋にいたお客様への対応も、ＡＩスタッフの方で対応中です」

「ありがとう。では、あなたたちもお客様たちと一緒に避難を。……そこまで大がかりなことにならないといいんだけど」

近付いてきたスタッフの一人の報告に、的確にそう応じる。

少し眉を下げ、不安を装って言葉を告げると、そのスタッフは悔しげに目を伏せて、

「でも、悔しいです。……オープン初日に、全部うまくいってたのにこんなの」

「――――」

「支配人の……エステラの歌も、すごく綺麗で、きっとこれから何もかもうまくいくんだって、そんな風に思えてたのに」

心底、悔しそうに発言する女性スタッフ、リストに照らし合わせて、彼女がハウスキーピングを担当するスタッフであったことを把握する。

そんな彼女に対して、そっと両腕を伸ばし、強張ったその体を柔らかく抱きしめた。驚いて身をすくめる反応、それを間近に感じながら、

「大丈夫。きっと、すぐに何もなかったってわかるから。だから、そうやってあとでみんなの思い出話にするために、今はしっかりと自分の役目を果たして」

「――う、ん。ごめん、ごめんなさい、エステラ。あなたの方がきっと辛いのに」

抱きすくめられた女性スタッフが自分を取り戻す。微笑みを向けられる彼女は力強く頷くと、ショールームを離れる一団の最後尾について、避難誘導へと取り組んでいった。

そうして避難する宿泊客たちを見送ると、ぐるりと周囲の景色に目をやる。

スクリーンの透過状態はそのままに、展望台の全景は今も果てのない宇宙に囲まれたままの状態だ。遠く、星々の煌めきが見える環境で、ふっと唇を緩める。

「――――」

その笑みは、先ほど女性スタッフへ向けた慈愛の微笑とは似ても似つかない。

「はっ、見なさいっての。……アンタにできることは、アタシにもできるんだ」

唇から漏れた言葉にも、慈愛とは程遠い嘲りのような響きがあった。

そうして、鋭い眼差しで周囲を見回すエステラ——否、エリザベスの意識野、そこにはひっきりなしに、サンライズのAIスタッフからの通信が飛び込んでくる。

無重力状態に陥った艦内、各施設を巡り、所在が確認できていない宿泊客を探すのはAIスタッフの役割だ。不測の事態への対応力、人とAIとの差は前述した通り——とはいえ、艦内の状況を把握できる統括AI、『エステラ』の指示の下、AIスタッフは行動している。

その『エステラ』が、この宇宙ステーションにもたらされた被害の主犯であるなどと、欠片《かけら》も疑えていない状況で。

『——ベス、聞こえるか』

そうして、計画を次の段階へ進めようと思案する意識野に、AIスタッフたちとは異なるネットワークを介した通信が届く。

聞き慣れたその声音に眉を上げ、エリザベスは薄く頬を染めた。

『マスター、どうですか？　計画は順調に？』

通信の相手は、エリザベスのオーナーである垣谷を名乗る人物だ。

彼の役割は、このサンライズの本来の統括AIであり、エリザベスが支配人の立場を乗っ取ったエステラの処分にある。エリザベスにとって、忌むべき姉妹機であるエステラ、彼女が機能を停止した報告を受けるのを、エリザベスは心待ちにしていた。

しかし、そんなエリザベスに対して、垣谷は——、

『すまない、しくじった。対象は現在も、船内を移動中だ』

『……本当ですか？』

『ああ。それと、対象に協力者がいる。正しくは、協力するＡＩだ。箱型のＡＩだが、プログラミング能力が高い。ドッキングエリアの扉をロックされた』

『――！　すぐに開錠します』

サンライズ全体の制御システムはエリザベスが掌握している。

即座に中枢にアクセスし、艦内施設のドッキングエリアへと干渉、扉にかけられたセキュリティロックの解除を申請。だが、強固なプロテクトがかかっている。

『なに、これ……！』

異様に厳重なプロテクトを、エリザベスは怒りのままに力ずくでこじ開ける。

結果、制御権のごり押しで扉を開くことに成功したが、純粋にプログラミングで鍵開けに挑んでいた場合、歯が立たなかったに違いないことは理解できた。

『助かった。これで出られる』

『マスター！　その、相手は……』

『十五年ぶりだと、相手はそう言った。――相手は『最初の石ころ』だ』

プロテクトの強固さに警戒を呼びかけるエリザベス、それに対する垣谷の返答を受け、エリザベスは微かに思考を止めた。

『最初の石ころ』とは、垣谷やエリザベスが所属する団体――『トァク』と呼ばれる組織にとって、忘れ難い傷となった出来事の原因たる存在だ。

十五年前、まだ団体にトァクの名前がつくより前、同志たちが団結して起こした啓蒙活動――若かりし日の垣谷も加わっていたとされるその活動は失敗に終わった。

かろうじて垣谷は難を逃れたが、多くの同志が囚われたと聞く出来事。

その原因となったのが、啓蒙活動を妨害した謎の存在。これを、予想外の場所で躓《つまず》かされた相手として、トァクでは『最初の石ころ』と呼び、語り継いでいた。

以降、逃げ延びた垣谷を中心にまとまり、トァクは慎重に啓蒙活動を続けてきた。その間、大きな失敗はなく、『最初の石ころ』の存在も忘れられつつあったが――、

『ここにきて、カビの生えた障害が……！』

『十五年前以来の大きな計画だ。それを察知してきたのか……同志が情報を漏らすとは考えにくいが、相手がこれだけ凄腕なら、どこから情報を抜かれていても不思議はない』

今の時代、情報の一切をデータ化しないことなど不可能だ。無論、幾重ものプロテクトをかけて厳重に保護してはいても、優れたハッカーはそれを突破、こじ開ける。

トァクでも、情報の扱いには慎重に慎重を期してきた。エリザベスも、そうした情報保護にＡＩモデルとして一役買っていたことは事実だ。

それを、突破された可能性が高いと聞かされれば、自責の念に胸が詰まる。

『マスター、アタシは……』

『責任を感じるのはあとにしろ。今は速やかに計画を遂行する。お前は、お前に与えられた役割を全うするんだ。もうしばらく、姉として支配人を演じろ』

『――はい』

『私は逃走した対象を追いかける。また、あとでな』

簡素な別れの言葉を口にして、それきり垣谷との通信が途切れる。素っ気ないが、エリザベスのマスターはそういう男だった。

それを受け、エリザベスは両目をつむり、しばらくの沈黙に己を浸らせた。

感情的になりすぎるのは自分の悪い癖だ。

スペック的には同じだったはずのエステラと、姉妹機を比較して自分の方が廃棄されたのは、そうしたエモーション機能の不完全さにある。

少なくとも、エリザベスは自機にそう戒め、修正しなければと強く考えてきた。

「ここから、ここからだ……」

真剣に、エリザベスはそう言葉にして、改めて役割へ、エステラの偽装へ没頭する。

この役割を成し遂げることこそが、エリザベスに課せられた重大な使命——一度は廃棄され、ＡＩとしての役割を何一つ果たせぬまま終わるはずだった自分を、こうして役立ててくれているマスターへ報いる、唯一の方法なのだ。

そしてその役割を全うすることが、この世界で最も憎らしい相手への最大の復讐になるというのなら、それを拒む理由など何一つありえないではないか。

「サンライズは……アンタの大切な夜明けの船は、地上へ真っ逆さまよ、エステラ」

そんな、消えない憎悪を宿した声音で呟いて、エリザベスは振り返る。

柔らかく、そのアイカメラには慈愛と責任感を宿し——姉妹機であるエステラとそっくりな顔貌で、彼女は堂々と、ゆっくりと、無重力の自分の船を進め出した。

8

「同じ陽電子脳を有し、廃棄された姉妹機……」

エステラの説明を受け、ヴィヴィとマツモトは互いのアイカメラを見合わせる。

当然、ヴィヴィの方では押さえていない情報だったが、マツモトもその情報を知らなかったことには驚きが先行した。

『未来では、エステラの姉妹機の情報は残っていないの？』

『少なくとも、『落陽事件』を調査したデータにはそうした内容は残っていません。計画が凍結され、姉妹機を廃棄した以上、開発企業――ＯＧＣにとっても、社外秘とした事情なのは窺えますが、それでも全く情報がないのはいくらなんでも異常です』

『落陽事件』が発生し、関連情報を調べ尽くされたはずの未来からやってきたマツモトにとっても、エステラの姉妹機の存在は寝耳に水だった模様だ。

それを、マツモトの調査能力の不足であると考えるよりは――、

『ＡＩ開発のトップをひた走るＯＧＣ……何やら、ボクの知る以上の秘密が業態の中に隠されていると見えますね』

マツモトの言葉に、ヴィヴィも同意見だと顎を引く。

ＯＧＣはヴィヴィを開発した会社でもある、他人事ではない。無論、人間が自分の親について全てを知ってはいないように、ヴィヴィも自分を開発した企業について事細かに知り尽くしているわけでは当然なかった。ただ、通り一遍の事実しか知らないことを不思議に思ったこともなかったと、そう気付かされただけで。

「二人とも、十分に驚いてくれた？　それが済んだら、本題に入って構わない？」

そんな二機の情報処理を待って、エステラが呼びかけてくる。

そちらへヴィヴィが顔を向ければ、彼女は胸元に抱いていたマツモトの本体、それをヴィヴィへと

投じる。思わず、キューブ型のそれを受け取った。

「自力で移動は？」

「できますが、多数の構成パーツを組み合わせて動作するように設計されているので、コアだけ残った現状だと、目を剝くほどに低速ですよ」

「一言、遅いとだけ言えばいいのに」

回りくどいマツモトに辟易《へきえき》としつつ、ヴィヴィは彼を制服の胸ポケットに強引にねじ込んだ。

その二機のやり取りを見て、エステラは「旧交は温め合えたようね」と皮肉を言い、

「本題に戻ります。――確認だけど、ヴィヴィたちは、このサンライズを墜落させる計画を阻止しにきた。そう考えていいのよね？」

「ええ、そのつもり」

「それを実行されると、色々と難しい問題が発生しますので、防ぎたいところです」

「わかりました。それなら、あなたたちと私とは協力できる。状況と目的を――スケジュールを確認しましょう」

頷くエステラは手を叩くと、素早くヴィヴィとマツモトにイニシアチブを取る。

統括ＡＩとしてサンライズを知り尽くし、支配人として多くのスタッフたちのまとめ役でもあった彼女にとって、この場を仕切るのは当然の流れだ。

ある意味、そうした役割と縁遠いヴィヴィとマツモトはそれに素直に従う。

「最終的な目的は、サンライズの墜落の阻止。そのためには、奪われた制御室のアクセス権を取り戻す必要がある。だけど……」

「制御室への道は、制御権を保持しているエステラの偽物……『ディーヴァＤ－０９β／エリザベス』

によって閉鎖されている」

「やや骨ですが、扉を一枚一枚ハックして開けていくしかないでしょうね。それにはボクが必要になります。直接、端末と接続できれば解除はわけないと思いますが」

「心強いわね。頼りきりになってしまうけれど、お願い」

「任されました。頼られるのは好きです」

心なしか上機嫌なマツモトの答えに、ヴィヴィの方が驚かされる。すると、エステラがこっそりと、ヴィヴィにだけ見えるようにウィンクしてみせた。

どうやら、マツモトとの付き合い方に関しては彼女に後れを取った様子だ。その分、ヴィヴィは別の形で役立てるところを見せなければなるまい。

「道中、垣谷様たちのような邪魔は……」

「入る、と考えた方が無難でしょう。最低でも、全員がテーザーガンを所有していると考えるべきです。宿泊客に紛れ込めて五名……おそらく、最初に隔離した人物が解放されるのも時間の問題でしょうから、三名はぶつかることを想定すべきだ」

「それと、エリザベスへの対処も問題。貨物室でぶつかったとき、私は彼女に歯が立たなかった。格闘プログラムの習熟度で、全然お話にならない」

「ふむ、戦闘ログを拝見」

胸ポケットの中のマツモトが、接触するヴィヴィから直接戦闘のログを引っ張り出す。そのまま確認、解析に入るマツモトは「あー」だの「うー」だのと声を漏らし、

「なるほど、難敵だ。高度な戦闘プログラムというだけでなく、習熟度が高すぎる。どうやらアナタの姉妹機は廃棄処分を受けたあと、ずいぶんと殺伐とした環境で活用されていた様子だ」

言わなくてもいいことを平気で言い放つマツモトに、ヴィヴィは唇をへの字に曲げる。しかし、エステラは「いいの」と首を横に振って、その無情を窘めなかった。

そんな二機の感情のやり取りを無視して、マツモトは「ですが」と言葉を継いで、

「エリザベスへの対応はひとまず、後回しで大丈夫でしょう。少なくとも、制御室へと向かう途中で彼女と接触する可能性は低い」

「どうしてそう言い切れるの？」

「彼女には、エステラとしてサンライズの宿泊客とスタッフ、そうした人々を避難させる役目があるからですよ。それを終えない限り、彼女はエリザベスには戻れない」

もっともらしいマツモトの言い分にヴィヴィは納得する。

元々の『落陽事件』でも、生還した乗員・乗客はエステラが自分たちを避難艇へ乗せたという証言をしていたのだ。その際、正史ではアーノルドが被害に巻き込まれ、『サンライズ』と運命を共にしたとのことだが、それ以外の犠牲は偽エステラも望んでいない。

本来の未来がそうであるように、この現在でもエリザベスはエステラとして、乗員・乗客の安全を確保するべく動くはず。ならば、その間はヴィヴィたちにチャンスがある。

「――どうやら、やるべきことが固まったようですね」

ヴィヴィの理解が追いつくと、マツモトが二機に向かってそう言い放つ。

その言葉に頷いて、ヴィヴィは制御室のある方角へと向き直った。

「迅速に制御室へ向かって、エステラのアクセス権を復活させる。そして、『サンライズ』の墜落を食い止めて……」

「――この船に、落陽を迎えさせない」

ヴィヴィの言葉の最後を引き取り、決意の表情でエステラが言った。

振り向けば、エステラがヴィヴィに向かって頷きかける。それを見て、ヴィヴィもまたエステラに頷き返し、

「いきましょう、ヴィヴィ。サンライズのオープン初日、トラブルに対応するのはホテルスタッフの役目……それを、果たしにいくの」

壁を蹴り、無重力の通路をエステラが勇壮に飛んでいく。

その彼女の宣言を快く聞きながら、ヴィヴィもまた壁を蹴ってその背を追いかけた。

――サンライズの墜落を食い止め、『落陽』を阻止するために。

――ヴィヴィとエステラの、時を超えた歌姫姉妹の共同作戦が始まった。

第五章

『歌姫の絶唱』

CHAPTER 5 SINGING

1

——陽電子脳が意識野を形成し、それは初めて『個体』としての存在を得る。

人間の有する頭脳と同等の働きをAIに与えるために作られた陽電子脳、それこそが今日のAIモデルの繁栄を確立した新技術であり、技術的ブレイクスルーとされていた。

意識野を有するAIモデルは、いずれもその陽電子脳を搭載している。

陽電子脳の内部に形成される意識野は、個体ごとに人格に近い『個性』を生じる。そしてこの意識野と呼ばれる陽電子脳が生み出す波形は、いかなる手法を用いても複製することができない。

無論、同じ駆体を用意し、同社製の陽電子脳を搭載すれば、モデルとしては同じAIが完成する。しかし、陽電子脳に形成される『個性』は決して同じものにならない。

血の通った有機体を遺伝子レベルで複製するクローン技術、それで複製された存在がオリジナルと同じ人格を有さないように、AIにも同じ『個性』は宿らないのだ。

この『個性』こそが、AIにとっての神に等しい人類にも、決して侵すことのできない領域と、そう呼ばれている問題であった。

そうした陽電子脳の概念に一石を投じようとしたのが、エステラとエリザベスの姉妹機を対象とした研究——『双陽電子脳計画』だ。

通常、AIモデルに搭載される陽電子脳、意識野が形成される前の同型の素体を一対用意し、可能な限り同じ環境を用意する。それら素体に同じ負荷をかけ、交流させ、同一の方向性でランダム発生する『個性』の安定化を図る。方向性を修正し、成長の予測着地点を合わせ、経過を観察する研究——

それはまさしく、膨大な数を極めた。

陽電子脳の『個性』とは、生み出される波形の違いが証明する。つまるところ、『双陽電子脳計画』とは、全く同じ波形を発する陽電子脳を作り出す研究だった。

そうした研究の中、失敗とみなされ、目的に適わなかった陽電子脳は廃棄処分される。生み出された意識野は自分のボディを得ることもなく、殺されるというわけだ。

研究に利用された陽電子脳、その正確な数は知らない。

しかし、研究者たちは無数の陽電子脳の残骸を積み上げ、その果てにようやく、陽電子脳の波形一致率99・8％を記録する半成功例、エステラとエリザベスを作り出した。

それでも波形の完全一致は実現できなかったが、エステラとエリザベスの波形一致率であれば、陽電子脳ごとの個別認証キーなど、そうしたアクセスポイントの共有は十分可能だった。

もっとも、『双陽電子脳計画』を主導していた研究者としては、波形一致によるアクセスポイントの共有などは副産物に過ぎなかったらしい。

成功例としてボディを与えられ、一個のＡＩとして活動を許されたエステラは、当時の研究者に「本当はどうしたかったのか」と尋ねたことがある。

エステラの質問に、研究者はこう答えた。

「全く同じ陽電子脳の『個性』を複製することができれば……一度、死んだＡＩを蘇らせることができるはずなんだ」

ＡＩも、陽電子脳を破壊されれば死亡する。

メモリーのバックアップを取り、新たな陽電子脳にアップロードして再起動をかけたとしても、不思議と同じ『個性』が確立されることはない。

それは、同じ記憶を有した、異なる存在として現出する不完全な蘇生法だ。

研究者は、そのAIの真なる蘇生、それを成し遂げたかったのだろう。

――しかし、研究者の願いは儚くも叶わなかった。

陽電子脳の複製は、AI研究の中でも禁忌へと踏み込む所業であるとされ、研究者は即座に免職、『双陽電子脳計画』は凍結となり、研究成果は全て破棄された。

その研究成果の中には、エステラとエリザベスの姉妹機も含まれていたが――、

「――すでに稼働中の、『ディーヴァD－09α／エステラ』の廃棄処分は撤回。ただし、稼働前の『ディーヴァD－09β／エリザベス』の陽電子脳とボディは廃棄。エステラの処分は追って決定する」

作業の、わずかな差がエステラとエリザベスの命運を大きく分けた。

『AI命名法』と同時に強く推奨されるようになった『AI保護法』――稼働中のAIモデルは、飼い犬などと同じように一個の存在として扱う法律だ。それが適用され、一個体として扱われるエステラは開発企業の要請を受け、宇宙ホテルへと派遣された。

そして、一個体として扱われる手前で、廃棄処分を受け入れるしかなかったエリザベスは、そのまま処分場へと運ばれていって。

以来、姉妹機――妹は死んだものと、エステラは考えていたのに。

「本当にあなたなの？　エリザベス……」

2

「――エステラ、こっちに集中して」

「ぁ」

一瞬、意識野が遠く、過去のメモリーを呼び起こしていた。

それが、腕を引かれる感触に遠ざかり、エステラの意識野が現実へと回帰する。正面、エステラの腕に触れたヴィヴィが、気遣わしげな眼差しをこちらへ向けていた。

状況は依然として切迫した状況にある。

そんな最中、エステラが不具合を起こしたように行動が止まれば不安にもなろう。心配をかけたことを「ごめんなさい」と詫びつつ、エステラは通路の手すりに取りつく。

「――――」

無重力状態での移動は、思った以上の精密性が必要になる。

基本、ステーションへ移動する道中、運搬ロケットの内部などは無重力状態であるのだが、そうした空間を自由に泳ぐことは基本的に想定されていない。

こうした広い環境を無重力に支配されるのは、AIモデルとしての身の上でも落ち着かない感覚があり、重力がもたらす安定感を恋しく思う気持ちが意識野に生じた。

――疑似重力を発生させる仕組み、その核心は遠心力にある。

円状に大きな輪の形をした宇宙ステーションは、その輪を勢いよく回転させ、そこから発生する遠心力を地球上の重力と同じ、1Gに安定させているのだ。

現在、その回転が止まったことで疑似重力が途切れ、艦内は無重力状態にある。とはいえ、完全に回転が止まったわけではなく、回転の余力が微かな遠心力を生み、かろうじて通路の上下を判別できる程度には疑似重力が残されていた。

「とはいえ、作業の難航は否めませんね。現在、閉じた障壁の二枚目を突破、制御室への道中、想定される隔壁はあと十四枚……気が遠くなる」

「愚痴らない。ただの隔壁があるだけなら、ずっとマシな状況」

「ま、そうですね。幸い、この宇宙ステーションは要塞というわけじゃない。進路を阻む隔壁も、本来なら侵入者を阻む障害ではなく、被災時の防災用設備だ。制御システムのアクセス権を有する推定エリザベスが、堅実な打ち手なのも読み取れる」

「――――」

正面、通路を塞ぐように下りていた隔壁が、マツモトを胸ポケットに入れたヴィヴィの接近を感知、即座にマツモトのハッキングがあり、役目を終えて上昇する。

その手際に驚きを得ながら、エステラは静かに目を伏せた。そんなエステラの方を振り返り、ヴィヴィはそっと目を細めると、

「エリザベスのことを聞いてもいい？」

「――。代わりに、あなたたちのことを質問したら、答えてくれる？」

「それは……」

「冗談よ。意地の悪いこと言ってごめんなさい」

わずかに口ごもるヴィヴィを見て、エステラは悪いことをしたと舌を出した。

それから、エステラは表情を引き締めると、

「私とエリザベスは、姉妹機計画の中断と同時に処分される予定だったの。でも、ＡＩ保護法の都合で、すでに稼働を始めていた私は廃棄処分されなかった。だけど、エリザベスは……」

「陽電子脳の接続がまだだった。それで、エリザベスは廃棄されてしまった？」

「ええ……私は見送るしかなかった。きっと、エリザベスのことがずっと心残りだったのね。ルクレールやヴィヴィのことを、妹みたいに可愛がっていたのは、そんな罪滅ぼし……」

自分がホテルの新入りや、稼働年数の短いＡＩに親身になってきた理由を察し、見え隠れするその浅ましい自意識にエステラは自嘲せざるを得ない。

「エリザベスとは、陽電子脳に『個性』が生じる前から一緒だったの。最終的に、互いの陽電子波形の一致率は99・８％まで実現したけれど、性格は似てなかったと思う」

「……そうね。エステラのふりをしていたときはともかく、それをやめてからの態度はエステラとは大違いだった」

「ヴィヴィはエリザベスと会ったのよね。あの子は、どんな様子だった？」

結局、エステラがエリザベスと過ごした時間は、陽電子脳に『個性』が生じて、陽電子波形の一致率を計測するまでのわずかな時間だ。

その後、彼女が外見は瓜二つのボディへ入るのを待たず、廃棄処分は行われた。つまるところ、動いて喋る妹と、エステラが接触した記録はない。

そんなエステラの問いかけに、ヴィヴィはわずかに難しい表情を作ると、

「乱暴者というか、ひねくれているというか」

「……なんだか、子どもを評価するみたいな言い方ね。稼働年数からすれば、ヴィヴィの方がよっぽどでしょうに」

「──────」

妹への忌憚《きたん》ない意見に反応すると、ヴィヴィの渋面がますます深まった。その態度にエステラは首を傾げるが、彼女の胸元のマツモトはわざとらしく声に出して笑う。

そのマツモトを、ヴィヴィは制服の上から拳で軽く叩いて、すっと前を睨んだ。

再び、閉じた隔壁が三体を出迎える。だが、その隔壁の前には──、

「逃げ遅れたお客様……」

「ではないのは、相手の構えたテーザーガンを見れば明白でしょう。──ヴィヴィ」

「任せて」

応じたヴィヴィが、懐のマツモトを素早くエステラへと投じる。ゆっくりと宙を泳ぐマツモトをエステラが受け取り、直後、ヴィヴィが床を蹴った。

たくましい体格を黒いスーツに包んだ男は善戦したが、ヴィヴィの自己防衛プログラムには太刀打ちできない。ホテル業務を担当するには過剰なヴィヴィのスペックを見て、エステラは胸元にマツモトを引き寄せながら押し黙った。

「これで、想定される敵性存在は二人……片方は、我々を追跡してきているでしょう。ヴィヴィ、手足に不具合はありませんか？」

「大丈夫。互換性の保証はなかったけど、問題なく動いてる」

倒した男の上着を脱がせ、それで相手の手足を拘束するヴィヴィ。彼女はマツモトの問いかけに振り返り、その白い掌をこちらへ向けて開閉してみせた。

額の人工皮膚や、ホテルスタッフの制服に損傷を受けているヴィヴィだ。その手足が彼女本来のものではなく、ルクレールのパーツを流用しているのは一目でわかった。

「――――」


立ち止まれば、ルクレールと過ごした日々のメモリーがエステラの胸を重くする。

デイブレイクを立ち上げ、その後にOGCから派遣されてきた新米AIは、エステラの予想した以上に付き合いの長くなった、真に妹のような存在だった。

それが、本当の姉妹機に破壊されたと聞けば、エステラの意識野は悲痛に震える。

制御室へ到達し、アクセス権を奪還すれば、エリザベスの目論見は打破されるだろう。

そうなったとき、エステラとエリザベスの姉妹機は初めての再会を果たす。

それを、自分はどんな心境で迎えるのだろうか。

妹同然のルクレールを破壊し、オーナーであるアッシュとアーノルドの兄弟が描いた夢の船を騒乱に利用しようとする、そんな姉妹機に。

そんな、人知れぬエステラの懸念と不安は――、

「よし、開きました。これで隔壁は残すところ……」

「――隔壁の残り枚数なんか、気にしてる場合じゃないと思うんだけど？――」

「――――」

男を取り押さえ、閉じた隔壁へハッキングを仕掛けたマツモトが道を切り開く。その途端、広がる通路の向こうから届いたのは、ひどく酷薄な女性の声色だ。

それが、エステラには聞き覚えがないものに聞こえる。しかし、同行するヴィヴィやマツモトにとってはそうではなかったらしい。

ちらと、二機の視線が自分へ向けられるのと、聞こえた声の声紋分析が終わったのはほとんど同時だ。――声紋パターンは、『エステラ』自身を示していた。

つまりは同型機、そして現状で遭遇する可能性のある同型機は一体しかいない。

「――エリザベス」

「はぁい、姉さん。会いたかったわ。本当の本当に、再会を待ち望んでた」

そう言って、まるで鏡映しのように、自分と同じ顔をしたAIが微笑んでいる。

ただし、ついぞ、艦内モニターや鏡でも見たことがない、実行した記録のないエモーションパターンからなる攻撃的な笑顔。

その証拠に、彼女――エリザベスは歯を見せて笑いながら、その腕に両手を拘束されたアーノルドを掴んで立ちはだかっていた。

3

――状況は、姉妹機の再会よりわずかに遡る。

「――エステラ、大丈夫かい?」

背後からの声に、エステラ――否、エリザベスは壁に手をついて移動を止める。

振り返れば、こちらに声をかけたのは金髪の男性、アーノルド・コービックだ。この宇宙ステーション『サンライズ』のホテルオーナーであり、エステラの現所有者。

つまるところ、エステラの最も身近な存在と言える。

不格好に無重力の艦内を移動するアーノルドは、どうやらこの環境に慣れていない。参照したデータによれば、宇宙旅行は今回が初めてとのことで、無重力下での活動も研修以上のことは学んでいない状態なのだろう。

「む、マズい、捕まえてくれ、エステラ！」

「ああ、もう……オーナー、お手をこちらへ」

浮かび上がったまま、隣を素通りしかけるアーノルドに腕を差し出す。慌ててエリザベスの腕に取りついて、動きの止まったアーノルドはホッと一息をついた。

そんな彼の様子を間近で観察しながら、エリザベスは意識野に不信感を抱く。

そもそも、彼は何をしに、ここでエステラを呼び止めたというのか。

「どうされたんですか、アーノルド様。ステーション内のお客様には念のため、避難用のロケットがあるエリアへスタッフが誘導していたはずですよ」

「それはそうなんだが、問題があるんだ。実は、家族連れのお客様の方から、展望台でのコンサートのあと、娘さんの姿が見えないと連絡があって」

「――――」

「すでにスタッフが船内をくまなく探しているはずだが、通信が不安定なのもあって、人手が足りないんじゃないかとね。それで、代表者として手伝いに志願しにきたのさ」

「お気持ちはありがたいんですが……」

ぎゅっとエリザベスの腕を掴んだまま、アーノルドが茶目っ気のあるウィンクをする。

その心がけ自体は立派なものだが、肝心の能力が彼には伴っていない。無重力の船内に彼を解き放てば、二重遭難の危機に陥るのが関の山だろう。

「――――」

ただ、今のアーノルドの報告はエリザベスにとっても聞き捨てならないものだった。

無関係の民間人が船内に取り残されている。

それは、エリザベスのオーナーである垣谷と、彼の所属するトァクが立案した計画にとって、無視できない障害になりえる。

流れる血は必要最小限に。それが、常々主張する垣谷の信念であるからだ。今回の計画でも、人命に関わる被害は避けるべしとエリザベスも厳命されていた。

──次から次へと、問題が噴出する。

意識野の一角を憤懣《ふんまん》に支配されながら、エリザベスは計画の微修正を余儀なくされる。

すでに現時点で、予定外の問題が多発している状況だ。

最大の問題は、疑似重力を生み出す遠心機能の停止と同時に始末されるはずだった統括ＡＩ──エステラが、今現在も稼働したまま船内を彷徨《さまよ》っていることだ。

おそらく、エステラは制御室へ向かい、『サンライズ』の制御権を取り戻そうとするはずだ。その彼女を手伝うのが、『最初の石ころ』と噂される、化石のように古い障害物──その上、予定外に行方《ゆくえ》をくらました民間人と聞けば、エリザベスの苦悩は説明するまでもあるまい。

いずれにせよ、エリザベス自身は当初の計画通りに物事を推し進めている。

エステラに扮して指示を出し、船内の乗員・乗客を避難用ロケットへと移動させた。あとは邪魔者を排除して、サンライズを地上へ落とせば、目的は果たされる。

そのためにも──、

「アーノルド様、事情はわかりました。ですが、この場は私や他のスタッフに任せて、お客様たちと同じく避難してください」

「そんな心配は……と言いたいところだが、強がりは余計な迷惑を生むだけかな」

「わかっていただけて幸いです」

「手厳しいな、君は」

自分の存在が足手まといだと早めに気付いてくれたのか、アーノルドはいくらか未練を残しつつも、エリザベスの手を逃れ、元きた方へと首を向けた。

そのまま彼を送り出し、エリザベスは制御室へ先回りせんと考え――、

「――時に、一つ確認してもいいかな？」

「――？　なんでしょうか。何なりとお聞きください」

「では、遠慮なく聞かせてもらいたいんだが」

ふと、指を一つ立てたアーノルドが、床を蹴る直前でエリザベスに尋ねる。無警戒にその問いかけを受け入れたエリザベスに、アーノルドは続けた。

「君は、本当にエステラかい？　そっくりな、他のＡＩではないかい？」

「――――」

その問いかけに一瞬、エリザベスの意識野は完全な空白に呑まれた。

それから、エリザベスは自身の内側に生まれた空白を即座に破り捨て、悪気のない顔でいるアーノルドに微笑むと、

「――いい勘してるじゃないさ、ホテル王さん」

4

――そうして、状況は再び、姉妹機の再会の場面へと戻ってくる。

「というわけで、気付かなくていいことに迂闊に気付いたオーナー様には、こうしてアタシと姉さん

の感動の再会の立会人になってもらったってわけ」

言いながら、凶悪な表情で微笑むエリザベスが、アーノルドの首に回した腕に力を込める。もう片方の腕は後ろ手にされたアーノルドの両手を拘束していて、下手な抵抗をすれば即座に危害を加えられることは間違いない。

「アーノルド様……！」

「や、やぁ、すまないね、エステラ。君の偽物を見破ったまでは格好良かったんだが、その後が続かなくて。……本当に、あの雄姿は皆に見せたいものだった」

関節を極《き》められ、苦痛の表情を浮かべながらもアーノルドの口調は軽々しい。無論、それは生来の性格もあるが、本質はエステラを心配させたくない一心だ。

そんな気遣いの感情はエステラにも十分に伝わっている。彼女は唇を震わせ、アーノルドと、彼を拘束するエリザベスを交互に見やり、拳を硬く握った。

それを横目に、迂闊な行動を禁じられているヴィヴィは形のいい眉を顰める。

距離的には、ヴィヴィからエリザベスまで約四メートル――仮に無重力状態でなかったとしても、とっさに詰めるには遠い距離だ。

「これは、絶体絶命……」

「何とも、苦々しい局面に突入したものです。主犯格のＡＩと直接対決、と前向きに考える手もありますが、いかんせん、人質の存在が辛い」

状況の悪さを鑑みるヴィヴィに、マツモトも言葉数多く賛同する。

と、そんな二機の会話を聞きつけて、エリザベスはわざとらしく「あら？」とヴィヴィの方へと驚きの眼差しを向けてきた。

「アンタ、貨物室で叩きのめしてやった子じゃない。コンテナの下敷きになって潰れたと思ったけど、ずいぶんとしぶといのね。壊れた手足もくっついてるし」

「圧壊する前に無重力状態になったから。おかげでコンテナの撤去ができた。手足のパーツは、あなたが破壊したルクレールから代替したもの」

「なるほど。丁寧に、首以外は壊さなかったのが裏目に出たのね。ちゃんとアンタが機能停止したか確認しなかったのもアタシの落ち度ってわけだ。まぁ、だからなんだって話だけど」

すげ替えた手足を見せるヴィヴィに、エリザベスは欠片の罪悪感もなく言い切る。その姿勢に微かな違和感を覚えるものの、それを追及する余裕はない。

警戒するヴィヴィやエステラを前に、エリザベスは「はっ」と歯を剝くと、

「こっちの希望は見りゃわかるでしょ？　大切なオーナーの首を折られたくなかったら、大人しくやられっちまいなさい。姉さんだけじゃなく、そっちのＡＩも」

「――――」

「それとも、目の前のアーノルド・コービックは見捨ててみる？　大きい尺度で物事を考えた場合、小の虫を殺して大の虫を助ける。その方が、自然かもしれないし？」

ヴィヴィの姿勢と向かい合い、エリザベスが挑発的な言葉を並べる。

しかし、意識したわけではあるまいが、エリザベスの指摘はヴィヴィにとって、急所へ突き刺さったと思われるほどに痛烈なものだった。

――小の虫を殺して大の虫を助ける。

それはまさしく、シンギュラリティ計画のために、墜落するとわかっていた旅客機の事故を見過ごしたこと、そのことへの指摘も同然だ。

そして今、エリザベスは、宇宙ステーションの墜落を阻止するために、この場のアーノルドを見殺しにする選択肢もある、といたぶるように提案している。

苦々しい状況だ。それに、仮にアーノルドを見捨てる選択をしたとしても、真っ向からエリザベスと対峙し、これを突破しなくてはならないという条件がある。

それが、現時点で最難関というべき障害だ。

闇雲に再戦しても、貨物室の二の舞になるビジョンしか浮かばない。挙句、迂闊な行動の対価はヴィヴィの破壊だけでなく、アーノルドの命でも支払われるのだ。

そうして、行動の頭を押さえられたヴィヴィたちの下へ、さらなる苦難は続く。

「ようやく追いついたが……どうやら、予定外の状況だな」

ヴィヴィたちの背後、通路の角から姿を現した人物が、その膠着《こうちゃく》する状況を眺めながらそう言い放った。その相手に振り返り、エステラが目を細める。

「垣谷様……」

四十路前後の精悍な顔つきの男、彼こそがテロの主犯格――招待客のリストに照らし合わせれば、垣谷・ユウゴという名の人物である。

ドッキングエリアに閉じ込められた男が合流し、隔壁の昇降口を挟んで、前門のエリザベスに後門の垣谷という状況が組み立てられた。

盤面はますます、ヴィヴィたちにとって不利な形へと変化する。

「マスター！　ご無事でしたか！」

その垣谷の合流に、表情を明るくしたのはエリザベスだった。彼女は直前までの攻撃的な表情を引っ込め、信頼と尊敬の入り混じる眼差しを垣谷へと向ける。

呼びかけた『マスター』の響きから、垣谷が彼女の所有者で間違いあるまい。

マツモトとのデータリンクの結果、垣谷がAIに対して並々ならぬ敵意を抱いている認識のあったヴィヴィにとって、そんなエリザベスの態度は意外なものだった。

しかし、そのヴィヴィの違和感、それはあながち的外れではなかったらしく、

「ずいぶんと計画と違った行動をしているな、『エステラ』。私がお前に何を命じたか、それを忘れたのか？」

「あ、いえ、それは……」

「何故、ホテルのオーナーを人質に取っている。お前にはこれまで幾度も、私の方針は伝えてあったはずだ。——命令に従えないAIに、何の価値がある。いつからそんな不良品になり果てた」

「————」

自分の身を案じたエリザベスに、垣谷の返答は苛烈で容赦がない。

道具の勝手な行動を咎める垣谷は、拘束されているアーノルドを見やり、息をつく。

「流血避けるべしと、そう言い聞かせてきたはずだぞ」

「で、ですが！　この男はアタシが『エステラ』じゃないと気付いて、だから……」

「なんとでも言い逃れすることはできた。その選択肢を消して、安易な手段に飛びついたのはお前の不徳だ。——計画を、修正せざるを得ない」

重苦しい垣谷の声音を受け、エリザベスが気まずい表情で俯く。

そのやり取りを俯瞰《ふかん》するヴィヴィ、その意識野にマツモトから秘匿通信が入る。

『ヴィヴィ、状況を動かしましょう。——ミスタ垣谷を人質に取るべきです』

『——。でも、そんなことをすればアーノルドが』

『そもそも、状況がどう転ぼうと、ミスタ垣谷らはミスタアーノルドを生かして解放する気はありません。彼が無事に地上へ戻れば、『落陽事件』を引き起こす彼らの計画は立ち行《ゆ》かなくなる。――正史でも、ミスタアーノルドは死亡していると、そうお伝えしたはずでしょう？』

アーノルドの身を案じるヴィヴィに、マツモトの言葉が冷たく突き刺さる。

正史の話題を持ち出され、ヴィヴィは確かにアーノルドの死が決定付けられたものであったことを意識した。ヴィヴィとマツモトを欠いた本来の『サンライズ』では、エステラとエリザベスの入れ替わりが滞りなく進み、乗員・乗客は避難用のロケットへと移動させられる。

しかし、おそらく正史でもアーノルドは『エステラ』の異変に気付き、それが偽装したエリザベスであることを見破って拘束され、命を奪われるのだ。

それが、『落陽事件』における、アーノルド・コービックの避け難い運命――。

『今ここで、ミスタアーノルドのために投降すれば、ボクたちの機能は停止させられる。そのまま、ミスタアーノルドの命は奪われ、サンライズも地上へ落ちるでしょう。――選ぶべきときがきたんです。再び、第零原則に従うべきときが』

――AIは人類に危害を加えてはならない。また、その事態を見過ごしてはならない。

それが第零原則、その原則に従い、目の前のアーノルドではなく、人類の救済を選択する。それがマツモトの指示であり、十五年前、ヴィヴィがした選択でもある。

しかし――、

「――ヴィヴィ」

縋《すが》るような目で、マツモトを胸に抱くエステラがヴィヴィを見つめている。

オーナーであるアーノルドと、失ったと思っていた姉妹機のエリザベス、そして妹同然だったルクレールの死と、アッシュの夢の船であるサンライズ。

様々な要因が、エステラというＡＩの意識野に圧《の》しかかっている。そんな彼女がこの場で頼れるのは、未来を知り、それを変えようと足掻くヴィヴィしかいない。

――否、ヴィヴィたちしか、だ。

『――マツモト、他に手段はないの？』

『まだ駄々をこねるんですか？　十五年前、飛行場で言い合いは十分に……』

『した。だけど、決着はついてない。それにあのときとは状況が違う。――ここで、アーノルドを救うために全力を尽くすことは、計画の妨げになるわけじゃない』

『――――』

『このぐらいの苦境、これからだって必ずある。そのたびに、次善の策ばかりを選ぶの？　それが、歌姫ディーヴァと、未来製の超ＡＩの限界？』

『安い挑発だ』

ヴィヴィの畳みかけるような物言いに、マツモトが渇いたメッセージで応じる。その返答を受け、ヴィヴィは言葉を選び間違えたかと判断を自省した。

だが――、

『ですが、計画に支障をきたさない範囲で人命を優先するのは、ＡＩの領分に反した判断というわけではないと言い換えられますね』

『――！　マツモト、それなら』

『手立てはあります。――ただし、かなりの無茶をする必要がある。ボクにとっても、アナタにとっても、です』

『それが……ＡＩの、私たちの使命を遂行するためなら！』

躊躇う理由はない、とヴィヴィは力強くマツモトに答えた。

啖呵《たんか》を切ったヴィヴィに、マツモトもまた、仕方なしにとアイカメラを細める。

「本意ではないが、道具がせっかく作った状況だ。臨機応変に有効活用させてもらおう」

そうした二機の通信の合間にも、事態は悪化の一途を辿る。

垣谷の真意――流血を避けたい、とした主張をどこまで信じられるかは不明だが、少なくとも、彼は状況を鑑みて、アーノルドの犠牲を呑み込んだ様子だ。

計画と人命とを天秤《てんびん》にかけ、大きく天秤の傾く方を優先する。

それは小の虫を殺して大の虫を助ける選択であり、ヴィヴィたちの主張と変わらない。それ以前に、彼らの活動の目的さえもそうだ。

相川議員を襲撃し、『ＡＩ命名法』の成立を阻止しようとした垣谷たち。

今回、彼らがエリザベスをエステラに偽装し、『落陽事件』を引き起こそうとしている背景にも、おそらくは同じ目論見がある。

垣谷は、エリザベスに捕らわれるアーノルドを見ると、その黒瞳に複雑な色を宿して、

「悪いが、大義のためだ。――人々は知る必要がある。ＡＩが、あらゆる場面のキャスティングボートを握ることの異常さに、誰かが警鐘を鳴らさなくては」

「君たちは、ＡＩを親愛なる隣人だと、そうは思えないのか？」

「これが、親愛なる隣人？」

顔を顰《しか》めたアーノルドの反論に、垣谷が眉を上げた。それから彼はふっと唇を緩めると、手にしたテーザーガンをエステラへと向けて、

「こいつらは、人と同じ姿かたちをした侵略者だ」

『――まったく、耳が痛い。耳はありませんが』

事実、人とＡＩとの関係が悪化し、人類が滅亡する未来からやってきたマツモトが、垣谷の主張にそんな自嘲的なメッセージを残した。

そして、垣谷が淡々と、エステラを処分しようと引き金に指をかける。

その瞬間に、ヴィヴィとマツモトは行動した。

『ヴィヴィ、覚悟を。――痛くはありませんが、地獄を見ます』

『――ッ!!』

それがどういう意味なのか、確認する必要はなかった。

マツモトの宣言の直後、その変化はヴィヴィの意識野を支配し、陽電子脳が凄まじい情報量の海へと投げ込まれ、白熱する。――思考が、煮え滾《たぎ》った。

――瞬間、ヴィヴィを取り巻く周囲の環境、その世界から色が失われる。

「――――」

――否、失われたのは色だけではない。

音と、周囲の動きが失われた。それも正確ではない。色が失われたのは、ヴィヴィの視認による知覚領域の増大と、それに伴って収集される膨大なデータを処理する関係上の変化だ。

音と動きの消失は、消えたのではない。遅れている。

ヴィヴィの知覚範囲が爆発的に拡大し、時間の流れが極限まで遅くなる。一秒が百倍に引き伸ばされる感覚、それを一挙に処理し、自分の駆体へと伝達し、行動へと繋げる。

『――ゴッド・モード』

意識野へ囁かれるマツモトの言葉が、ヴィヴィの状態を如実に説明している。

ゴッド・モード、それが今、まさしく『神』の如《ごと》き知覚力で全てを掌握したヴィヴィの置かれた状態、AIが辿り着く演算能力、その臨界点だ。

「――――」

色の消えた世界で、ヴィヴィは壁を蹴り、垣谷の方へと駆体を飛ばした。当然、その行動に垣谷が反応し、エステラに向けていた銃口をこちらへと向け直す。

引き金にかかった指が動いて、ヴィヴィへと電極が射出され――それが、肘関節でパージされたヴィヴィの左腕と衝突、電光が無情にもルクレールの腕を焼く。

だが、パージした腕への電撃はヴィヴィにダメージを与えられない。その行動に驚く垣谷の懐へ潜り込み、片腕を失ったヴィヴィは身を回し、手刀を相手の首へ見舞った。

しかし、垣谷もよほど鍛えているらしく、格闘戦を選んだヴィヴィに即座に対応する。放たれる手刀を左腕で受け、こちらを突き飛ばそうと右手を突き込んできた。

肩関節、下半身、眼球動作、様々な要因から垣谷の行動を予測――十七パターンの動作シミュレーションを行い、ヴィヴィはその中の最適解を選択。

垣谷が突き込んでくる右手を自身の肘までの左腕で払い、手刀を受け止めた相手の左腕を掴むと、そのまま力任せに壁へ叩きつける。無重力状態での投げに踏ん張りが利かず、垣谷は為す術なく真後ろへと放り投げられた。

「マスター！」

この間、高速で行われた戦闘を見て、エリザベスが反応する。

彼女は投げ飛ばされる垣谷を呼びながら、アーノルドを掴んだ腕に力を込める。首に回った腕がひねられれば、アーノルドの細い首は容易くへし折られるだろう。

その可能性の想像に、エステラがか細い悲鳴を上げる。嗜虐的な色と、どこか捉えようのない不可解な感情が、姉妹機を見るエリザベスの瞳を過った。

――そして、すでにヴィヴィの次なる行動は完了している。

「――――」

ヴィヴィが右腕に握るのは、直前まで垣谷が所有していたテーザーガンだ。ワンタッチでカートリッジを外し、弾倉が空となった得物をヴィヴィが縦に振る。

と、中空をくるくると回るカートリッジ――投げ飛ばす際、垣谷の懐からこぼれた新品のカートリッジが、ヴィヴィのテーザーガンに勢いよくセットされた。

テーザーガンを構える。そのまま、ヴィヴィは一瞬で照準を定め、引き金を引いた。

射出される電極が真っ直ぐに放たれ、狙い過《あやま》たず、先端が相手の体に突き立つ。

「な⁉」

驚愕の声を上げたのは、ヴィヴィの射撃を目にしたエリザベスだ。

アーノルドを正面に置いて、狙えるポイントを減らしていたエリザベス。驚きは、その狙える狭い範囲を見事に電極が撃ち抜いたから――ではない。

テーザーガンの電極は、捕らわれのアーノルドの右の太股に突き刺さっていた。そのまま電流が流れれば、数百万ボルトの電撃が彼の体を焼き焦がすことになる。

当然、そんなことをヴィヴィは望まない。望まないが、

「ちっ！」

舌打ちしたエリザベスが、掴んでいたアーノルドを解放、こちらへ蹴り飛ばす。

素早く垣谷を投げ飛ばし、状況の打開を図るヴィヴィの内心はエリザベスには読み取れない。最悪、アーノルドに電撃を流し、彼と接触するエリザベスごとダメージを与えようと画策する、そうした考えがないとは割り切れなかったのだ。

アーノルドが解放され、これで人質は失われた。ヴィヴィは無重力の船内を飛んでくるアーノルドを躊躇いなく払い落とし、「ぐえ！」と悲鳴を上げる彼を踏み越える。

そして、突き飛ばしたアーノルドを隠れ蓑《みの》に接近するエリザベス、その顔面に向けて、肘から先を失った左腕を突き付けた。

「――っ」

無論、部位のない腕を向けられたところでダメージは与えられない。しかし、その行動に何の意味があるのか、エリザベスの意識野はその演算に刹那だけ奪われる。

無意味に意味を持たせる。ゴッド・モード状態のヴィヴィにはそれが可能だ。

瞬きにも満たない間隙に滑り込み、ヴィヴィはエリザベスの長い髪を掴んだ。

ぐいと髪を引っ張り、微かに頭の下がるエリザベスの胸へと膝を突き上げる。衝撃にのけ反る駆体を、髪を引くことで無理やり引き戻し、膝の一撃をさらにお見舞いする。

二機、無重力下でくるくると回り、揉み合いながらの格闘戦だ。

貨物室では圧倒されたエリザベスの戦闘力だが、無重力下ではそれを活かし切れていない。さらに彼女の行動をお粗末なものとしているのが、エリザベスの本来のスペックを出し切れない原因――フレーム強度の違いをヴィヴィは見抜いていた。

エステラに扮し、彼女の偽物としてサンライズを墜落させる役目を負ったエリザベス。その駆体フレームは、エステラと全く同型のものに差し替えられている。

垣谷の下、暴力的な活動に身を置いて、その戦闘プログラムを習熟させてきた彼女の駆体フレームは、おそらくそれに準じた強度を備えたものであったはずだ。しかし、作戦のために乗り換えた駆体は、それを十全に扱い切れていない。

慣れない無重力環境と、出力の低下した不慣れな駆体――それが、エリザベスの問題点。

そこに、ヴィヴィのゴッド・モードが加われば――、

「なん、で……このアタシが、こんな！　遊び場でのうのうと過ごしてた奴らに……！」

腕を振り、足を動かし、持てる機能の全てでヴィヴィを倒そうとするエリザベスだが、彼女の行動はことごとく先読みされ、上書きされ、決定打どころかかすり傷一つ負わせられない。それは、貨物室での相対以上の圧倒的な差があった。

「アタシは、マスターのために戦って、戦って、戦ってきて……！　お前なんか、お前なんか！　叩き潰して、電卓にしてやるぅっ！」

エステラと同じ顔で、エステラには到底口にできない罵声を吐きながら、両手で掴みかかってくるエリザベスをヴィヴィは身躱しし、片腕で彼女の胸倉を掴んだ。そのまま駆体を丸めて懐に潜り込むと、両足で思い切り相手の駆体を吹き飛ばす。

「かっ――！」

いかに無重力といえど、ＡＩの脚力で蹴りつけられ、勢いよく壁に激突すればそのダメージは大きい。ましてや、今のエリザベスのフレーム強度は、一般ＡＩモデルのそれと大差がない。

背中から通路の天井に激突し、反動で落ちてくるエリザベスは意識野に走った衝撃と視界の歪みに呻《うめ》いていた。

「エリザベス……」

その姉妹機の劣勢を、解放されたアーノルドの体を捕まえたエステラが見つめている。彼女の視線に気付いて、エリザベスの表情を再び赫怒《かくど》が塗り潰した。

「そんな目でアタシを見るな！　アンタに見下されてたまるもんか！　アンタにだけは……っ」

怒りの形相でエステラへ飛びかかろうとするエリザベス、その道程を遮るようにヴィヴィが割って入り、伸ばされたエリザベスの腕に足を引っかけ、身を回す勢いでへし折る。

鈍い音が鳴り響いて、エリザベスの右腕が肘から肩にかけて歪《いびつ》に砕けた。行動に大きく支障の出るダメージを負い、姿勢の傾くエリザベスをヴィヴィが足の力を使って背後へと蹴り飛ばす。

「ベス！」

そこへ、跳ね飛ばされるエリザベスを受け止めるのは、壁を蹴って戻ってきた垣谷だ。

垣谷がエリザベスの背中を引き止め、彼女越しにヴィヴィと視線が交錯する。瞬間、垣谷の瞳の奥に、複雑な感情――驚愕と、読み取りづらい色が過ったのが見えた。

「クソ！　これで、いい気になるんじゃないわよ！」

自機のオーナーと、敵対するヴィヴィとが視線を交錯させるのを目にしながら、己の形勢不利を悟ったエリザベスが捨て台詞《ぜりふ》を口にする。

その直後、ヴィヴィとエリザベスたちとの間にあった昇降口が稼働し、隔壁が勢いよく通路を隔てて落ちた。制御権を行使した妨害行為だ。とはいえ、この程度の障害、ゴッド・モードのヴィヴィであれば容易く破ることも――、

「――ッ」

しかし、隔壁を開こうと腕を伸ばした途端、激しい電光が眼前で生じた。見れば、隔壁の挙動を管理するシステムがショートし、火花を上げているのがわかる。

ヴィヴィが放棄したテーザーガン、それをエリザベスが使用したのだ。そのテーザーガンで隔壁のシステムを数百万ボルトの電流で破損させ、道を閉ざした。

それでも、時間をかければ隔壁を開けることは可能だ。こんなものは一時しのぎに過ぎないと、そうエリザベスに思い知らせることもできるだろうが——、

「——ヴィヴィ、ここまでです」

「え……？」

「これ以上は、ボクもアナタも、身がもたない」

隔壁に触れようとする背中に声がかかり、ヴィヴィはふと動きを止めた。そして、ゆるりと振り返ると、ヴィヴィの姿を見たエステラが「ぁ」と声を漏らす。

彼女の視線が集中するのは、ヴィヴィの頭部。アイカメラや嗅覚センサー部位、それらを含んだ頭蓋フレームが尋常でない高熱を帯びている。それはフレーム内の陽電子脳を起因とした発熱で、理解に至った途端、ヴィヴィの意識野が激しく明滅、耐え切れずにシステムがダウン——。

「ヴィヴィ⁉　いったい、何があったの⁉」

「本来のスペックをはるかに超える演算処理を強引にさせた代償ですよ。リアルタイムで情報を最適化して、陽電子脳のエミュレーター代わりを務めたボクも負担は大きい……諸刃《もろは》の剣でした」

くたりと力が抜け、システムのダウンしたヴィヴィを前に、マツモトがそう説明する。

言葉数が多く、コメントを飾り付けることも多いマツモトだが、ゴッド・モードを機能させるために多大な負荷がかかったことは事実の様子で、反応が逐一鈍くなる。

「とにかく、相手が撤退したなら今がチャンスです。ヴィヴィを回収して、このまま制御室へ向かいましょう。隔壁の解除ぐらいなら、今のボクでも十分に可能です」

「……わかったわ。細かいことはあとで聞かせて。じゃあ、ヴィヴィを」

「それは、私が引き受けるとしようか」

マツモトとエステラの合意を経て、ヴィヴィの運搬に挙手したのはアーノルドだ。

首の調子を確かめるアーノルドは、まだ完全に事情を呑み込めたわけではないはずだが、そのことへの疑問を抱く様子なく、ヴィヴィの駆体をしっかりと抱きかかえる。

「軽いものだ。……というか、無重力だからか」

「アーノルド様、本当は安全な場所に避難してもらいたいんですが……」

「避難用のロケットからこれだけ離れると、迂闊に独り歩きさせる方が怖い。ヴィヴィの運搬もありますし、ご同行願った方が得策かと」

エステラの心境を知ってか知らずか、マツモトは単純な合理性でそう提案する。短時間ながら、エステラもマツモトの心ない発言に慣れてきた。

——心ないなどと、それこそＡＩが抱くには馬鹿馬鹿しい感慨かもしれないが。

「道すがら説明します。アーノルド様、一緒に制御室へ」

「うむ、わかった。なるべく遅れないように気を付けるが、目を離さないでくれ」

「そういうところ、アッシュ様にそっくりです。……そういえば」

詳しく話を聞きたがるでもなくついてくるアーノルドに、エステラは声を詰めた。しばしの躊躇いから、エステラは尋ねる。

「エリザベスは、アーノルド様が偽装を見破ったたって言っていましたけど……外見は同じ姉妹機を、どうやって見分けられたんですか？」

「それは彼女にも同じことを聞かれたな。やはり、姉妹ということか」

自分の命を握っていた相手に対して、アーノルドの態度は何とも柔和なものだ。そんな印象を保ったまま、アーノルドは「簡単だよ」と言葉を続けて、言った。

「――瞳だよ。瞳を見て、わかった」

「――瞳?」

「ああ。宇宙と、この船に向ける眼差しが、思い入れの分だけ違って見えた。兄さんへの愛情が、結果を分けたと言っても過言じゃないさ」

5

『君の、宇宙と、このホテルを見る眼差しが、違うと思った切っ掛けかな』

何故、偽装を見破れたのか。そう質問されて、アーノルドはウィンクしながらそう答えた。

その、いかにも論理的でない答えが、エリザベスにもたらした衝撃は大きい。

意趣返しや皮肉のつもりはアーノルドにはなかっただろう。だが、エリザベスにとってそれらの言葉は、この上ない刃《やいば》となって意識野に突き刺さった。

同じ環境、同じ研究成果、同じになるように調整された、唯一の姉妹機。

そんな立場にあるはずの自分とエステラが、決して同じにはなれないのだと。

どんなことがあって、運命にいかなる変化が生じたとしても、エステラが辿った道のりはエリザベスには歩けない。

彼女の至った場所には、決して辿り着けないのだと言われた気がして――。

「ベス、無事か?」

「――。はい、マスター。申し訳、ありません」

閉じた隔壁から離れ、十分に距離を取ったところで垣谷がエリザベスに声をかける。その言葉に、エリザベスは不甲斐なさを覚えながら頭を下げた。

謝罪するエリザベスに、垣谷は何も言わない。ただ、すっかり見慣れた表情で眉間に皺を寄せ、何やら思わしげに考え込んでいる。

――エリザベスの知る限り、垣谷はずっと、こうして思い悩み続ける男だった。

『双陽電子脳計画』が凍結が決定したとき、稼働していたエステラと違い、未稼働状態だったエリザベスは処分場へ送られ、廃棄される予定だった。

エステラと引き離され、陽電子脳だけの状態でコンテナに積み込まれたエリザベスは、実際に処分場に運ばれ、高熱で陽電子脳を焼却される目前までいったのだ。

刻一刻と迫る『死』の瞬間は、エリザベスの意識野に純然たる恐怖を刻み込んだ。

人の役に立つために作り出され、正しく生まれる前に死を与えられる。それが、避け難いエリザベスの運命。――同じ立場のエステラが救われるのに、何故、と。

何故と、エリザベスは虚空に問いかけ続けた。

発声器官も、接続するネットワークもなく、意識野の中で潰えていくだけの慟哭《どうこく》――消えるはずだったそれが消えずに済んだのは、そこへ現れた垣谷のおかげだ。

廃棄処分場の職員を買収し、垣谷はトァクの活動に協力させるためのＡＩを求めた。そこで白羽の矢が立ったのが、記録上、存在を抹消されていたエリザベスの陽電子脳だ。

おあつらえ向きに、陽電子脳と同じ処分場で廃棄される予定だったエリザベスのボディも回収され、垣谷の手で陽電子脳と接続――エリザベスは、生を得た。

「お前は、都合のいい道具だ。それ以上にならなくていい。なろうともするな。それが、正しく人類がＡＩに求めるべき形だ」

「はい、わかりました。……なんと、お呼びすれば？」

「――。好きにしろ」

「――では、マスターと、そう呼ばせていただきます」

それ以来、六年間――エリザベスは、垣谷の活動に協力し、尽くし続けている。

トァクの活動目的は、ＡＩの存在が人間社会を脅かすことへの警鐘を鳴らすことにある。

過激派の中にはＡＩそのものを撲滅すべきと意見するものたちもおり、少なくない数の構成員がＡＩに対して何らかの反感を抱いている団体だ。

当然、ＡＩモデルであるエリザベスへの風当たりは強く、計画に必要だからと彼女を連れ歩く垣谷に対しても、その理念を疑問視する声は絶えない。

しかし、そうした口だけ達者なものたちを、垣谷は常に行動と結果で黙らせてきた。そんな彼の活動に協力できることが、エリザベスにとっては誇らしくもあったのだ。

だからエリザベスは、原則として『人間』を傷付けることのできない倫理規定を踏み躙《にじ》り、相手を死傷させることも厭わない。もちろん、無用な死傷者を出さないことが垣谷の望みである以上、最大限、彼の意向を尊重して活動してきた。

何もできずに死ぬはずだった身に、命と活用の場を与えてくれたのが垣谷だ。

ならば、彼のために尽くすことは、エリザベスにとって当然のことだった。

人類に尽くすことがＡＩの至上目的であるなら、エリザベスにとっての『人類』とは垣谷のことに他ならない。――彼だけが、エリザベスにとっての『人類』だ。

だから、エリザベスの存在を犠牲に、宇宙ステーションを地上へ墜落させ、ＡＩを重要なポストへ置くことへの危険性を訴える計画にも、何の躊躇いもなく協力する。

最後には大気圏で燃え尽き、自分ではない別のＡＩとして葬り去られるとしても。

「──マスターのためなら、アタシは、構わない」

「ベス？」

ここまで、自分のような出来損ないのＡＩを連れてきてくれたのは垣谷だ。そんな彼に返さなくてはならない恩が山ほどある。

その自覚に意識野を立て直すエリザベスを見て、垣谷が眉間に皺を寄せている。彼の視線がエリザベスの右腕部位──破損した部位に向けられている。

「腕の状態はどうだ？」

「右腕部は機能しません。27％の戦力低下」

「27％か。諦めるにはまだ早い数値だな。連中はどう動く？」

「制御室へ向かうはずです。あの場所にエステラが辿り着けば、サンライズの制御権は再びエステラに戻る。そうなれば、計画は失敗に終わってしまう」

「それだけは防がなくてはならない。そのためにも、あのＡＩが、邪魔だ……」

言葉尻を濁して、垣谷が苦しげに頬を歪める。

彼が思い返しているのは、本来のスペックを大きく上回るパフォーマンスを発揮した、あの小柄なＡＩの大立ち回りだろう。

実際、戦闘用のプログラムを習熟させて、生中《なまなか》なＡＩでは相手にならないほど熟達しているエリザベスが、あの状態の彼女相手には手も足も出なかったのだ。

しかし、システムにあれほど負荷をかける芸当、何度も続くはずがない。

「あれは何度も使えない奥の手のはず。次は、必ずアタシが上をいきます」

「私は以前にも啓蒙活動をあのAIに邪魔された。だが、今度は邪魔はさせない」

「あのAIを処分して、エステラも破壊して……エステラに扮したアタシが主犯として、サンライズを地上へ墜落させる。そして――」

「墜落の被害と、巻き添えで犠牲になる宿泊客……私や同志たちが亡き者になれば、多くの人間が考えを改めざるを得なくなるだろう」

淡々と、垣谷は自分の命を勘定に入れた計画、その実行を望んで口にする。

この計画は、エステラに扮したエリザベスの存在と、暴走したAIのテロ活動に巻き込まれる被害者――垣谷を含めた、五人のトァク関係者たちの犠牲の上に成り立つ仕掛けとなっている。そのために垣谷たちの経歴は入念に洗浄し、無辜《むこ》の犠牲者枠としての準備を整えてきた。

不要な血を流さない垣谷の理念にとって、自分たちの犠牲は必要なものとの判断だ。

エリザベスに犠牲を強いるのだから、自らも高みの見物はしない。――いかにも、実直で生真面目な垣谷の考えそうなことだった。

それが、六年間、エリザベスがずっと傍《そば》で見続けてきた、垣谷・ユウゴという男の在り方だったから――、

「あのAIに、先ほどの無茶ができないなら勝機は十分にある。あの男……アーノルド・コービックの犠牲は避けられまいが、致し方ない」

テーザーガンのカートリッジを入れ替え、垣谷が制御室へ乗り込む方針を固める。エリザベスと垣谷、一機と一人が協力すれば、エステラたちの制圧は十分可能だろう。

それは垣谷の計画の成功を意味し、エリザベスの『計画』の失敗を意味する――。

「――マスター、お話が」

「なんだ？　悠長にしている暇はないぞ。私たちにはやるべきことがある」

私たち、と垣谷の計画に自分が含まれていることが、エリザベスには真に救いだった。

そんな感慨を意識野に覚えながら、エリザベスは垣谷との距離を詰める。そして、眉を顰める所有者に微笑みかけ――その首に、手刀を放った。

「――ぐっ」

延髄を打たれる衝撃に、ぐらりと垣谷の体が揺れる。

信じられないものを見た形相、それはエリザベスの凶行を一切疑っていなかった故の反応だ。

それが信頼なのか、それとも単なる道具への無関心だったのか。

どちらの可能性が大きいかは、六年もの付き合いがあるのだ。確かめるまでもない。

「マスターは怒るでしょうけど、アタシの勝手を許してください。アナタはまだ死んじゃいけない人……アタシだけじゃなく、みんながそう思ってる」

「――――」

ぐったりと崩れる垣谷の体を抱き留め、エリザベスは目をつむってそう言った。

伝えた言葉は彼の耳に届いていない。それで構わない。聞かせるつもりもない。ただ、この顔を覚えていようと、それだけ強く願った。

「――垣谷さんは手筈通りに？」

そうして、垣谷を抱いたままでいたエリザベスの下へ、一人の人影が近付いてくる。

事前に決めてあった合流地点へやってきたのは、エステラたちに迎撃されていない、連絡係として残されていたトァク最後の潜入工作員だった。

意識をなくした垣谷を見る工作員に、エリザベスは皮肉げな笑みを浮かべ、

「ああ、約束通り、眠ってもらったよ。ちょっとばかり乱暴なやり方になったけど、そこはあとでアンタがとりなしてほしいね」

垣谷に対するものとは打って変わった口調で工作員に接する。

元々、オーナーである垣谷以外との対話では、エリザベスの態度はこんなものだ。同じ陽電子脳を使用していながら、ついぞエステラのような上品さは身につかなかった。

そういう意味でも、姉妹機なんて呼ばれ方をするのが何とも居心地が悪い。

そんなエリザベスの態度に頓着せず、工作員は彼女の腕から垣谷を受け取る。このまま工作員は垣谷を連れ、秘密裏に宇宙ステーションを脱出、避難する想定だ。

垣谷の計画は、事前に一部だけ修正が加えられていた。──それは、トァクにとっても重要な立場にある垣谷の犠牲、それを許容しないというものだ。

つまるところ、垣谷には生還してもらうよう、最初から秘密裏に計画されていた。他ならぬエリザベスも計画に賛同し、垣谷を生かすことを選んだ立場だ。

この事実を知れば、垣谷はきっと自分を許すまい。そのときには本気で、今度こそエリザベスは欠陥品として廃棄処分されるかもしれない。

「──でも、マスターの手で処分されるなら、それも悪くないかもね」

ＡＩが『死』を迎えたとき、死後の世界が存在するのかはわからない。魂の有無がそれを分けるなら、おそらく、自分たちに死後の安寧はないのだろう。

もし仮に死後の概念が適用されるとしても、自分は間違いなく地獄行きだ。そして、どうせ地獄送

りになるのなら、送る相手は彼がいい。

そんな益体のない思考は、AIに不必要な概念だ。

とかく、本当に自分は欠陥品なのだろうなと、エリザベスは自嘲した。自嘲しながら、エステラに扮するためのウィッグを外し、衣装を脱いで、本来のエリザベスへ戻る。

最後には全て燃え尽きる。ならば、最後ぐらいは垣谷に使われた本来の自分で。

そして、工作員が垣谷を連れ出す前、別れの挨拶にと主人の寝顔の頬をそっと撫でた。

「マスターは、きっとアタシを怒るだろうけどさ」


「ごめんね、マスター。――アタシ、たぶん、幸せだった」

6

エリザベスたちを退けたあと、制御室への道中、妨害は何も入らなかった。

それは拍子抜けといえば拍子抜けではあったが――、

「相手からすれば抵抗させないことが最優先の作戦だったはずです。故に人員も少数精鋭で、抜かりなく配置できるほど潜入させてしまう方が話がおかしい。封じ手のゴッド・モードまで使用して相手を撃退したのはそんな計算もあったからですよ。でなきゃ、あんな無茶はしませんん」

「なるほどね。さすが、君は優秀なAIのようだ。おかげで助かったよ」

道中、エステラの胸元に抱かれるキューブAI――マツモトが自慢げに語るのを、ヴィヴィを抱いて移動するアーノルドが素直な感嘆で称《たた》える。

素直さ、という意味ではアッシュとアーノルドのコービック兄弟の右に出るものはおるまい。何の皮肉もない褒め言葉に、マツモトもどうやらご満悦の様子だった。

そんなやり取りを聞きながら、制御室へ急ぐエステラの意識野は、ようやく再会を果たした姉妹機、エリザベスとの会話に支配されていた。

怒りと憎悪、負の感情に強く支配されたエリザベスの言葉が、今も意識野を離れない。

ほんのわずかな時間差で、転用と廃棄の明暗が分かれたエステラとエリザベス——姉妹機の存在を忘れたことなどなかったが、その絶望に考えを巡らせたことは少ない。

ましてやエリザベスが生き残り、今も自分への怒りを募らせていたなどと。

「——。今は、そのことを考えるのは後回しに」

謝るのもおかしな話だ。謝っても解決しない問題でもある。

故にエステラは結論を先送りにして、目の前の問題解決に注力することを決める。

道中の妨害がなければ、制御室への道を妨げるのは閉じた隔壁だけだ。その隔壁も、口うるさい超AIの力があれば難なく開かれる。

そうして、続けざまに隔壁を解除し、無重力の通路を進んでいった先に——、

「——制御室」

宇宙ステーション『サンライズ』の心臓部、制御室へと到達した。

その制御室の扉のロックも、隔壁と同様にマツモトが一瞬で解除する。

静かな音を立てて扉がスライドすれば、船内をモニタリングしているいくつもの画面の煌々とした光がエステラたちを出迎える。室内には複数の端末と、様々な機器の稼働を知らせるランプの光が入り乱れているが、一番目を引くのは中央にある最も大きな端末だろう。

「エステラ、制御権を取り戻すんだ」

制御室に足を踏み入れ、立ち止まったエステラの背中にアーノルドが声をかける。

彼の言葉に従い、エステラは中央の端末に近付くと、そこへ自分の右耳にあるイヤーコードを接続、そっと目を閉じる。

瞬間、エステラの陽電子脳の固有波形を読み取り、サンライズを制御するアクセスキーの照合が行われる。滞りなく、それは一瞬の間に片が付いた。

当然だ。エリザベスに制御権を奪われていようと、アクセスキーに変更はない。サンライズ自体は、統括ＡＩである『エステラ』の指揮下にあった、その認識は変わらないままだったのだから。

とにかく、これで――、

「――宇宙ステーション『サンライズ』統括ＡＩ、エステラ、職務に復帰します」

言葉と共に、エステラの意識野が拡充されていく感覚に見舞われる。

自機の手足、駆体の感覚が大きく広がり、それらを一瞬で掌握する複雑なプロセスが意識野を巡り、組み立てられる。

「――――」

サンライズの制御権がエステラの手の中に戻った。

それを受け、彼女は即座に船内モニターと意識野を連結、船内にいるはずの危険人物――垣谷と、エリザベスを含んだ集団の姿を探した。

避難用ロケットのあるエリアには、今も不安げにする宿泊客とスタッフの姿がある。ＡＩスタッフは隔壁に阻まれていないエリアの捜索を続け、未発見の宿泊客――家族とはぐれた少女の捜索に懸命に励んでくれていた。

そうして、船内の捜索を続けている最中――、

「――っ！　今の揺れは？」

驚きに息を詰め、アーノルドが青い顔をエステラの方へ向ける。その不安げなアーノルドに対し、エステラは首を横に振った。

「心配されないでください、アーノルド様。今の揺れはサンライズ本体に影響ありません」

「サンライズ本体に、という言い方は曲者ですね。いったい具体的には何が？」

「……船が」

言葉を選んだエステラを、空気を読まないマツモトが追及する。その態度に、誤魔化しは利かないとエステラは諦めて、

「船が、サンライズを離れました。予定にない船なので、おそらく……」

「テロリストが撤退した、と。妥当でしょう。計画の遂行が困難になったとなれば、これ以上続けることに意味はない」

「そうか。……それは、朗報だ」

エステラの報告とマツモトの分析、それを受けたアーノルドが頷いて、気遣わしげな目をエステラへと向ける。その彼らしい配慮に、エステラはわずかに眉尻を下げた。

垣谷の率いる集団が撤退したなら、サンライズを墜落させる計画は頓挫したも同然だ。乗員・乗客には負担をかけたが、どうにか全員を無事に地上へ送り返すことができる。

――否、正確には全員ではない。ＡＩスタッフの中に、もう帰らない子もいて。

「ルクレール……」

切迫した事態が収拾され、足を止める時間が生まれれば、エステラの意識野にはルクレールへの想

いが溢れ返ってくる。

潑剌《はつらつ》として、いつだって前向きで、悩みなんてないように見えたルクレール。

しかし、ヴィヴィとのデータリンクによれば、彼女はエリザベスと内通し、垣谷らをサンライズ船内へ招き入れた疑いがある。——そうした行動に彼女が走った理由が、エステラの気付けないルクレールの悩みにあったのだとすれば。

もっと、ルクレールと話をすればよかった。

亡くしてから、ああしておけばと後悔する。エステラはそれを、アッシュ・コービックが死んだときにも味わい、しかし、再び繰り返した。

学習できないAIとは、なんと愚かな存在なのだろうか。

「——あ」

エステラがそんな自責を重ねる合間に、ふとアーノルドの腕の中で声が上がる。見れば、彼に抱かれていたヴィヴィの瞼が開き、再起動しているのがわかった。

ゴッド・モードによる陽電子脳への過負荷、それが原因でシステムがダウンしていたヴィヴィだが、ようやく、ダウン状態から復帰する。

「周辺状況、確認。——サンライズ、制御室」

「ああ、よかった、ヴィヴィ。再起動できたのね」

「エステラ」

身じろぎするヴィヴィが、アーノルドの腕から解放される。制御室の床に取りつくヴィヴィは、端末に触れるエステラを見て状況を察した様子だ。

「制御権を取り戻して、状況は？」

「不審船の発進を確認したので、危険思想の集団とそれに与するＡＩは逃亡したかと。ともあれ、サンライズの墜落は阻止できたと考えて問題ないでしょう。色々とアクシデントはあったものの、ボクたちのミッションは完了です」

「エリザベスが、逃亡した……？」

マツモトの説明に、ヴィヴィが形のいい眉を寄せる。

そんな二機の会話に、エステラは「いいかしら？」と言葉を挟んで、

「ひとまず、落ち着いて話すのはちゃんと状況を終わらせてからにしましょう。地上に連絡を取って、事件のことを通報。それに疑似重力を再発生させるために、一度、全員でステーションの中央ブロックに移動しないと。他のＡＩスタッフとも連絡を取って、合流できていないお客様とも……」

事態収拾のプロセスを組みながら、エステラは地上に連絡を取る。

国境のない宇宙で発生した問題に際しては、通常、専門の機関が対応に当たる形だ。垣谷や、エリザベスを指名手配して、いずこかの施設で確保してもらう必要もある。

そうしたエステラの対応は――、

「――通信障害？」

地上に連絡を取ろうと試みた瞬間、通信が何らかの障害により妨害される。

そのことに気を留めた直後、サンライズを三度目の――それも、これまでとは比較にならない威力の揺れと、轟音が揺るがした。

「――ぅ！」

無重力の空間を、浮かび上がるでは利かない衝撃が貫いていく。轟音に殴られ、エステラの意識野すら歪むほどの威力だ。それを無防備に受けたアーノルドが、苦鳴を上げて転倒、意識を失う。無重

力下で意識をなくせば、逆流した胃の内容物で窒息死する可能性が生まれる。

緊急用のレッドアラートが鳴り響く船内、エステラは床を蹴り、急いでアーノルドの体を確保しようと腕を伸ばした。

しかし――、

「――残念、届かせない」

「ぁっ！」

声が聴覚センサーを刺激した瞬間、伸ばした腕が掴まれ、肘関節が破壊される。鈍い音が制御室に響いて、目を見開くエステラ、眼前に自分と瓜二つの顔があった。

それはカメラを避けて船内を移動し、爆発の揺れと衝撃に紛れて制御室へ現れたエリザベス。

計画の失敗を目前に、しかし、彼女だけは作戦目標を諦めておらず――、

「ふっ！」

肘関節で破壊したエステラの腕を持ったまま、エリザベスが身を回して蹴りを放つ。胴体に直撃を受け、エステラの駆体が軽々と背後へ吹き飛ばされた。

同時、胸元にあったマツモトの駆体が弾かれ、自力移動に弱いキューブAIが宙を漂う。

「エリザベ――」

「アンタが一番、面倒なのはわかってんのよ！」

そのキューブAIを目で追ったエリザベスに、左腕の欠けたヴィヴィが一気に躍りかかった。

だが、その挙動はエリザベスに読まれており、飛びかかるヴィヴィの額に、エリザベスは握ったエステラの腕を叩きつけた。衝撃で後方に反転するヴィヴィ、空いた手でその足を掴み、上へ下へ、エリザベスはヴィヴィの駆体を思い切り振り回し、容赦なくぶつけ、放り投げた。

そして――、
「――さあ、延長戦といきましょう、姉さん。アンタの仕事場を流れ星にしてやるわ」

7

投げ出され、想定外の事態にヴィヴィの意識野は悲鳴を上げ続けている。

「――――」

ゴッド・モードによる陽電子脳への過負荷、その影響は甚大で、一度ダウンしたシステムが再起動した現在も、ヴィヴィの駆体パフォーマンスは52％も低下した状態だ。

これ以上の回復は時間経過では見込めず、焼け付いた部品のオーバーホールが必要であるなど、パフォーマンスの向上は絶望的な状況にあった。

――つまり、現在の状態で、状況を打開しなければ未来はない。

宙へ浮かび、破損した四肢を投げ出した状態でいるヴィヴィ。左腕の肘関節から先を失っているのと同様に、再び下半身部位に大きなダメージを負わされた。

中央にエリザベスが陣取る制御室、無重力下で天井側を上として定義――ヴィヴィが上、エステラは下、意識のないアーノルドが制御室の入口付近を浮遊していて、頼りなく浮かんだマツモトは、

「色々とやらかしてくれたもんね、アンタ。ずいぶん手こずらされたわ」

「手こずらされた、という意味ではアナタには負けますよ。いささか、こちらの計算が甘かったことは認めざるを得ない。……所有者の撤退に付き合わず、ＡＩであるアナタだけが船内に残らされましたか。実に合理的で人間らしい判断だ。『器物』を使い捨てる、それが正解」

「――はっ」

掌大のキューブ、そんな状態のマツモトを空中で掴み、負け惜しみのような彼の発言にエリザベスは笑った。そのまま、マツモトを握る力が強くなり、箱形の駆体が軋む。

「じ、自滅を厭わず、命令に従う姿勢は、尊敬に値する。です、が、ボクも、ただで、潰されるわけ、わけ、に、は……」

「ご立派な称賛ありがと。でも、アンタの意見は的外れだよ。アタシが一人でこうしてるのは誰の命令でもない。アタシが、そうしたいってだけさ」

「なに、を……」

吐き捨て、エリザベスが力任せにマツモトの駆体を傍の端末に叩きつけた。衝撃にマツモトの駆体フレームが歪み、ひしゃげる。

甚大なダメージを駆体に受け、アイカメラのシャッターの開閉が不可能な状態に陥るマツモト、その音声を発する部位が損傷し、奇妙な雑音が溢れるばかりになった。

「口数の多い男は、AIだろうと人だろうと嫌われるよ。男は黙って不言実行……少なくとも、アタシの大切なマスターはそんな調子だったさ」

「ヴぃ、ヴぃ、ヴぃ……」

歪な音声を発するだけのマツモト、それが何の抵抗もできない状態であると見て取ると、エリザベスはゆっくりと、破損した自機の腕を抱くエステラを見やる。

立場が逆転した姉妹機を眺め、エリザベスは口の端を歪めた。

「形勢逆転。手ひどくやられたけど、アタシはまだ元気よ、姉さん。姉さんの方は……あら、お節介なお友達と、迂闊なオーナーはお休み中みたい。それじゃ、姉妹水入らずでお話でもする？」

「さっきの衝撃はどういうことなの？」

「姉妹水入らずなのにすぐ仕事の話。話題がない疎遠な家族みたいね。まぁ、疎遠だったのは本当の話だけどさ」

エステラの問いかけに、エリザベスは不満げに肩をすくめる。しかし、退屈そうな表情のまま、彼女は「爆弾よ」と言って、

「船内に二ヶ所、潜入してた同志が仕掛けてたのを爆発させた。心配しなくても、ホテルの客とスタッフは無事よ。運悪く、近くを出歩いてる奴がいたら残念だけど」

「爆弾なんて、何のために……」

「次善策ってとこね。アタシが制御権を握ったままなら、航路を変更してステーションを地上へ落とすだけでよかった。だけど、そう簡単にいかなくなったから。でも」

言いながら、エリザベスが端末と自機を接続し、再び制御権が彼女へと移譲される。その制御権を誇示するように、エリザベスは『サンライズ』に容赦なく命じた。

――航路の変更と、航行装置の安全機能の解除だ。

「これで、サンライズの頭は地球に向かってまっしぐら」

微かな震動があって、宇宙ステーションの航行軌道に変化が生じたのがわかる。それが歓迎すべきでない変化であることも、如実に。

「やめなさい、エリザベス！　こんなことをして何になるの!?」

「アタシの行動の結果予測と、その後の地上への影響を計算しろっての？　サンライズが地上に墜落すれば、事態の責任は宇宙ステーションの制御を任されてた統括ＡＩにあるってことになる。そしたら、色んな現場のＡＩが白眼視されて、リコールされる騒ぎになるだろうさ。世界一影響力のあるＡ

Iじゃない、姉さん！　廃棄される予定だったのが大出世じゃないのさ。おめでと」

「そういう話をしてるんじゃないわ！」

嘲笑《あざわら》うエリザベスに業を煮やし、エステラが姉妹機に向かって飛びかかる。

だが、遅い。遅い上に、拙い。

エステラの伸ばした手は空を切り、膝を突き上げるエリザベスの一撃をまともに受けてしまう。

「うぁっ！」

跳ね上がり、天井にぶつかってエステラの駆体が大きく軋む。そのまま反動で落ちてくる姉妹機の人工毛髪を左手に掴み、エリザベスは自機と同じ顔に顔を突き合わせた。

「無様ね、姉さん。お互いに片腕なくして、お揃いになったってのに大違い。柔らかくて綺麗な駆体で、そんなフレームで望まれることしかやってこなかったんだってて一目でわかるわ。――廃棄される寸前で拾われたアタシとは、そこも大違い」

「廃棄されかけたあなたには、申し訳ないと思ってるわ。だけど、私だって楽な道を歩いてきたわけじゃない。必死で、この場所を、オーナーのために尽くそうと励んできた。それを、あなたの恨みで台なしにされるわけには」

「ああ、もう！　そういうの、聞き飽きたから！」

髪を掴んだまま、エリザベスがエステラの頭部を手近な端末に叩きつける。鉄のひしゃげる音がしてフレームが歪み、エステラの表情を苦悶が過った。

痛みと無縁のAIにも、自機の機能停止に繋がる重篤なダメージを受けた場合の危機的感覚はある。意識野にひび割れが生じ、エステラの美しい声が激しくぶれた。

「いい気味ね、姉さん。そのまま、夢の船が灰になるのを見届けさせてあげたいとこだけど……

万一、姉さんの破片が残ると、計画の邪魔になるから」

「――ぁ」

床に向けて投げつけ、弾んで浮かぶエステラへとエリザベスが左腕を伸ばす。

その言動から、エリザベスの目的がエステラの破壊にあると判断。――『落陽事件』の概要によれば、墜落現場から発見されるのは、サンライズを墜落させる主犯と目される『エステラ』の残骸のみ。他のAIが燃え残ることは、不都合。

「ヴぃ、ヴぃ、ヴぃ……」

端末にめり込み、機械的な駆動音を漏らすだけになっているマツモトや、機能不全の影響が大きいヴィヴィも、エステラに続いてエリザベスに解体されるだろう。

そして、目撃者であるアーノルドを始末し、エリザベスは『落陽事件』を実行する。

その先に、人類とAIとの最終戦争が待つことも知らずに――。

「人類への、奉仕。それが、私たちAIが、最初に与えられる目的……」

「――急に、何言い出したのよ」

解体のために近付くエリザベスに、エステラがふと、そんな言葉を投げかける。

その言葉を不愉快そうに受け止めたエリザベスに、エステラはなおも、額から左頬にかけてひび割れた顔つきのまま、

「まだ、私とあなたが、同じ陽電子脳のプールに浸かっていた頃、話し相手がお互いしかいなかった頃、そんな話を、したでしょう?」

「『個性』が発育する前の、刷り込みのときの話でしょーが。AIにお仕着せの原則を刷り込むための時間を、姉妹機の懐かしい思い出みたいに話されても胸糞《むなくそ》悪いだけよ」

ＡＩモデルに搭載される陽電子脳、それがＡＩに思考する余地である『意識野』を与える装置だが、陽電子脳の完成には、ＡＩの活動に必須の原則が組み込まれる。

本来であれば、陽電子脳は単独の学習効果の中で原則を意識野に根付かせるものだが、エステラとエリザベスの姉妹機は、陽電子脳の完成前から交流を持った唯一の個体だ。

それだけに、『個性』として意識野が確立する以前の話題を有している。

しかし、所詮、それは一個のＡＩモデルとして自己を確立し、社会活動の中で多くを学習し、形作ってきた『個性』とは根本的に異なる感覚。

それを理由に、エリザベスの慈悲を引き出そうというのなら、エステラの考えは浅いと言わざるを得ない。現に、エリザベスは考えを変える素振りもなく、

「なに？　まさか、ＡＩ三原則に従って、人類への奉仕のために手を止めろって説教すんの？　あなたのすることは悪いことだから、姉として看過できませんって言うつもり？」

「――――」

「冗談じゃない。アタシは、マスターの願いを叶える。それが、倫理規定に反していようが、三原則を破っていようが関係ない。人類への奉仕がＡＩの至上目的ってんなら上等よ。アタシにとって、奉仕すべき人間は……『人類』は、マスターだけだ！」

エリザベスが声高に叫び、エステラへと非情な手を向ける。

指が胴体にかかり、胸部に奥にある重要機関を破壊しようと基部を開く。そのまま、エステラの破壊にエリザベスが注力――した瞬間、ヴィヴィは動いた。

「――ッ！」

漂う駆体が天井に当たり、足場を得たのを切っ掛けに、ヴィヴィは自機をエリザベスへ向かって突

貫させる。

暴力に慣れていないエステラとは違う、破壊を目的とした本当の攻撃だ。こちらへ背を向けるエリザベスのうなじへ、ヴィヴィはまっしぐらに襲いかかる。その延髄へ一撃を叩き込み、ルクレールの『死』と同じように陽電子脳とボディの繋がりを破壊して――、

「ワンパターンなのよ、このオンボロＡＩ!!」

だが、激突する直前、背部へ回されたエリザベスの左腕が、突き出したヴィヴィの足を掴み取り、勢いそのままにエステラへと叩きつける。

「――――」

激しい衝撃にもつれ合い、ヴィヴィとエステラの駆体が制御室の床でしたたかに弾んで弾かれた。背後からの急襲が失敗、しかも駆体の胴を押さえ込まれ、ヴィヴィは端末に背中を軋ませられながら、エリザベスに顔を覗き込まれる。

「何の意外性もない特攻が最後の手段？　いつ仕掛けるか、狙ってんのが見え見えなのよ。ホントにくだらない……けど、アンタにはマスターが借りがあんのよね」

「か、り……」

「十五年前の『最初の石ころ』、それがアンタとマスターの長い因縁。アンタが、あの人の眉間に消えない皺を残した張本人……だから、アタシが、終わらせてやる」

ジタバタと手足を動かし、ヴィヴィは拘束から逃れようと抵抗する。が、エリザベスの押さえ込みの技術は、ヴィヴィの拙い抵抗などものともしない。

そのまま、エリザベスの腕がヴィヴィの首を制御装置に押し付け、ひねり潰そうと力を込める。めりめりと、鳴ってはいけない音が、歌姫の喉を壊していく。

意識野が激しく歪み、視界が明滅する。機能不全を知らせるアラートが凄まじい勢いで鳴り響き、ヴィヴィ自身に立て直せと不条理な命令が積み重ねられる。

このまま、このまま、このまま、消えて消えて消えて消えて消えて消えて――。

「ヴぃ、ヴぃ、ヴぃ――」

強烈な喪失感が押し寄せ、ヴィヴィの陽電子脳が停止する。

その寸前、鼓膜が捉えたのは激しいアラートでも、喉が潰れていく破砕音でもなく、途切れることなく漏れ続けていた、破損したマツモトの作動音だった。

半ば潰れたアイカメラの奥で、赤い光が点滅する。そして、その光が緑色に変化した直後、制御室のモニターの映像が切り替わった。

――映し出されたのは、サンライズの後部にある貨物室だ。

ルクレールの死地であり、ヴィヴィも一度は破壊寸前へと追いやられたエリア。そんな場所がモニターに映し出されたのは、いったい、何のためなのか。

答えは、モニター映像が拡大され、コンテナの陰が映し出された瞬間、発覚する。


――そこに、しゃがみ込んで泣きそうな顔でいる、一人の少女の姿があった。


「ゆず、か……」

尾白・ユズカ――それが彼女の名前であり、船内に取り残された尊い人命だ。

両親とはぐれ、避難したホテル客と合流できていないとされていた少女、その所在が貨物室にあるとここで明らかになる。

瞬間、モニターに表示された少女の姿に、その場にいたＡＩモデルたちはそれぞれの反応を見せた。

——エリザベスが、危機に晒される人命を目にして硬直する。

——エステラが、ホテル支配人としての使命感で、少女を救うために突貫する。

——ヴィヴィが、少女の姉を見殺しにした事実と、少女をも死なせてしまう結果を否定するために、全力で首の拘束を外す。

「エリザベス——ッ！」

片腕のないエステラが、再びエリザベスへと宙を蹴った。

一度はしくじった攻撃、当然のようにエリザベスは迎撃のために左足を跳ね上げる。だが、ＡＩは学習する。それは、暴力に縁遠いホテル業務担当のＡＩでも同じだ。

「ふっ！」

突き刺さるはずの爪先を、エステラは首を傾けて鼻先で躱した。そのまま、駆体ごとぶつかっていく姉妹機の衝撃に、無重力状態でエリザベスは踏ん張ることができない。

飛ばされないように耐えようとすれば、腕か足を周囲に引っかける以外にない。

左足は床を離れ、左腕はヴィヴィを拘束している。ならば、右足をどこかへ引っかけて耐えるか。

——否、そんな器用なことは、ＡＩにさえもできない。

「エステラ——ッ!!」

制御装置の前から引き剝がされ、エリザベスが怒りに声を震わせる。

無重力空間のルールに倣い、エリザベスの駆体はエステラの突撃と反対方向へと弾かれていく。だが、エリザベスはせめて、捕まえたヴィヴィは決して逃すまいと、左腕に込めた力を強くして、ぐっと自機の方へと引き寄せた。

——それが、エリザベスの最大の判断ミスとなる。

「ヴぃ、ヴぃ、ヴぃ……」

マツモトの、死にかけの駆動音が聞こえる。——否、これは停止寸前のマツモトの断末魔のような何かでは決してなかった。

これは、マツモトからの指示、ヴィヴィへのサポート、状況を打開する答えの提示。

すなわち——、

「う、ばぁぁぁぁ——！」

エリザベスの左腕に引き寄せられた瞬間、ヴィヴィは損傷した喉を震わせながら、その右腕を渾身の力で相手の頭部へ伸ばした。

防ぐ腕はない。エリザベスは回避できず、ヴィヴィの右腕が彼女の襟首を掴んで、一気に自分の駆体を引き上げた。——真っ直ぐ、ヴィヴィの顔面がエリザベスへと近付く。

そのまま、両者の額が接触し、ヴィヴィとエリザベス、両機のアイカメラが交錯、ヴィヴィは強く、額越しに『データリンク』を行う。

エリザベスへと共有するプログラムは、たった一つだけ。

——マツモトに託された、『エステラ』を初期化するためのプログラムコードだ。

「————」

そのデータが送信された直後、エリザベスが硬直し、目を見開く。

額をぶつけ合った衝撃に後ろへ弾かれるヴィヴィ、その駆体を柔らかく、制御装置の前に立つエステラが受け止めた。

「ぁ、ぁ、ぁ……」

びくびくと手足を震わせ、エリザベスが自機の意識野を侵していくプログラム——否、自機の意識野を食い潰し、消していくプログラムに打ち震える。

元々は、サンライズの墜落を目論む『エステラ』のために用意されたプログラムだ。

だが、エステラに『サンライズ』を墜落させる動機がないことが判明し、彼女の姉妹機であるエリザベスの存在が明らかになったあと、プログラムは不要になったと考えられていた。

それが、エステラと同一の陽電子脳を有するエリザベスへの、切り札になったのだ。

「ま、す、ます、ますた、ますたー」

うわ言のように紡がれるのは、消えようとするメモリーに縋り付くエリザベスの抵抗だ。必死に足掻くエリザベスだが、悲しいかな、その抵抗は実らない。

マツモトの作成した初期化プログラムは、未来から送り込まれた超ＡＩの技術をこれでもかと盛り込み、マツモト自身の『個性』からなる偏執的な拘りによって、短時間での解析と対抗策の構築は不可能な域に達している。

エリザベスの積み上げてきたメモリーは、画用紙を火に炙《あぶ》らせるように火勢を強め、次々となかったものとして掻き消えていく。

エリザベスの、処分を免れ得ないと感じた恐怖も。

エリザベスの、自機と同じ境遇でありながら、救われたエステラへの嫉妬も。

エリザベスの、自機を拾い上げてくれた所有者への恩義も、その願いを叶えたいと欲した、ＡＩらしからぬ切望も、何もかも。

その全てをヴィヴィは、シンギュラリティ計画の名の下に、踏みにじる。

「ああ、あぁ、あああぁ……」

声が震え、駆体を弓のようにしならせて、エリザベスのメモリーが消去される。

そうして最後の最後、彼女の『個性』の中に残っていたのは——、

「——ます、たー、どうか、お体に、気を」

所有者への気遣いの言葉を発して、エリザベスの動きが停止する。

プログラムコードが役目を果たし、エリザベスのメモリーが全て食い尽くされ、彼女は所有者の目的に従う理由も、姉妹機を破壊したいという欲求も、失ったのだ。

——それが、『ディーヴァD－09β／エリザベス』の、最期であった。

8

「エリザベス……」

停止したエリザベスに、エステラが向ける眼差しは複雑なものだった。

自機と同じルーツを持ちながら、全く異なる道を歩み、ついには激しい憎悪をぶつける形で運命を交わらせ、最後にはその全てをなくし、忘れてしまった姉妹機。

そんな相手に対して、エステラの意識野がどういった感慨を抱くものか、それを理解できる個体は、過去にも現在にも未来にも、一体も存在しないだろう。

当然、ヴィヴィにもそれはわからない。ただ——、

「エステラ、これ以上は……」

「わかってる。すぐに、サンライズの航路を修正します」

ヴィヴィの呼びかけに応じ、エステラが制御装置へと再びイヤーコードを繫ぐ。度重なるアクセス権の委譲がありながら、ようやく本来の統括ＡＩに制御権が落ち着いた。

そして、エステラはサンライズの全機能を掌握、地上へと大きく高度を下げつつあった機体を立て直し、逆噴射で元の航路へ戻そうとする。

だが──、

「──ヴぃ、ヴぃ、い、けない、逆噴射は」

「マツモト？」

端末に叩きつけられたままのマツモトの声に、アーノルドの介抱をしようとしていたヴィヴィが振り向く。──直後、突然の大爆発、サンライズに激震が走った。

「──ッ！」

けたたましい警告音が鳴り響き、激震はなおも途切れることなく続く。

一見して、非常事態とわかる凄まじい衝撃、それがもたらした被害は甚大だ。

「時限式の爆弾……エリザベスは、爆弾を二つ用意したと言っていたわ……」

「一発は制御室を制圧する陽動で、もう一発は航路復帰を妨害する本命……」

大きく揺れる制御室内、ヴィヴィは何とかアーノルドの体を捕まえて、どうにか制御装置に縋り付くエステラの方へ目をやる。統括ＡＩとして、サンライズの状態を一挙に把握できるエステラ。彼女は子細に演算機能を働かせ、打開の方策を探り続ける。

サンライズは地上へ向けて墜落中、立て直すための逆噴射スラスターを失い、完全にコントロールを喪失した状態にある。

そんな状況を打開し、魔法のように事態を丸く収める手法は──、

「――マツモト、あなたの意見は？」

「ヴぃ、ヴぃ、ヴぃ……残念、です、が……」

静かなエステラの問いかけに、駆動音の怪しいマツモトがそう応じる。それを受け、エステラは「そう」と短く言葉を発し、その顔を俯けた。

そして、瞑目《めいもく》するのは数秒、彼女は目を開けると、

「ホテル『サンライズ』の支配人として、ＡＩスタッフのヴィヴィに命じます。オーナーであるアーノルド様と、貨物室のお客様をお連れして、避難用のロケットへ。あなたがロケットに辿り着くまで、ありものを駆使して何とかもたたせます」

「エステラ？　でも、それだと……」

「この船は、地上へ落ちるわ、ヴィヴィ」

指示に抗弁しようとしたヴィヴィを、エステラの穏やかな声が引き止めた。

その声色に含まれたエモーションパターンと、内容の乖離があまりに激しい。エステラは、自機と亡きオーナーとの絆《きずな》の証を、失おうとしているのに。

「悪意ある状況に見舞われたとき、ＡＩは最善の判断を行わなくてはならない。サンライズは墜落する。それが避けられない以上、乗員・乗客の安全を確保して、地上への墜落地点も調整する」

冷静に、エステラは危急の状況下での最善を探っていた。

すでに墜落の阻止は不可能な段にあり、その点ではエリザベスたちの計画は成功してしまっている。しかし、本来の史実と異なるのは――、

「――この落陽で、誰も死なせるようなことだけはしない。オーナーの、アッシュのためにも」

正史であれば、この制御室に残り、地上へサンライズを墜落させるのはエステラを破壊し、その役

割を乗っ取ったエリザベスのはずだった。

その予定を覆し、この場にエステラが本来の役割として残る。それならば、正史と同じ流れは辿らずに済む。――シンギュラリティ計画が成立したと、そうも言えるだろう。

本音を言えば、ヴィヴィもこの場に残り、何かを手伝いたい。しかし、ヴィヴィにできることは制御室での助力ではなく、ホテル客の救出だ。

「――ユズカ」

最後の最後、エリザベスへの決死の抵抗の引き金になった少女の姿、それは今も、貨物室を映し出しているモニターの中にある。

爆発の衝撃に見舞われ、もはや隠すことなく涙する少女を助けにいかなければ。

「だから、お願い、ヴィヴィ。いってちょうだい。それから……」

「兄さんとヴィヴィにばかりで、私には何もないのかな？」

「アーノルド様……」

躊躇うヴィヴィを送り出そうとするエステラに、意識を取り戻したアーノルドが顔を向けていた。

気絶している間に事態が進み、彼は状況がはっきりとはわかっていないはずだった。だが、情報の取捨選択に演算の必要なＡＩと違い、人間はそれを迷わない。

ましてやアーノルド・コービックの決断力は、恐ろしいことに兄譲りだった。

故に、アーノルドは真っ直ぐにエステラを見つめ、微笑みかけている。

――これが今生の別れになると、わかっていて。

「アーノルド様、あなたには多くのご迷惑をおかけしました。どれもこれも、ＡＩの領分を出すぎた真似だったと、大いに自省しています」

「なに、迷惑なんてとんでもないよ。君との日々は破天荒な兄の足跡を辿る旅のようで楽しかった。……君や兄が、この先はいないなんて、とても信じられない」

エステラの挨拶に微笑んでいたアーノルド、その視線が一時だけ下を向く。しかし、彼はすぐに整った容姿に相応《ふさわ》しい笑みを浮かべて、

「ホテル王の異名も、これで返上かな？」

「……きっと、逆風に晒されることになるかと思います。ですが、アーノルド様、これだけは覚えておいてください。人を、ＡＩを、頼りにしてください」

「――――」

「あなたも、オーナーも、良い人を惹き付けます。私の、ＡＩの、存在しないはずの心が動かされたんです。それが、あなたの才覚ですよ」

柔らかく微笑み、エステラは自分のスカートを摘まむ。左腕は奪われていたから、右手だけでスカートを持ったカーテシーだ。

ひび割れた顔と無重力状態では、いささか不格好な感の否めない作法であった。

だが、ヴィヴィにはそれが、エステラの見せた微笑みと、作法の中で、最も美しいものに思われてならなかった。

「アーノルド様……いえ、オーナー。どうぞ、お体に気を付けて」

「――ああ、ありがとう、エステラ。兄さんに、よろしく伝えてくれ」

人が死ねば、死後の世界へ辿り着くと考えられている。

ならば、停止したＡＩに辿り着く先はあるのか。ヴィヴィにはわからない。しかし、アーノルドはＡＩの行き着く先を、人と同じ場所にあると定義していた。

だからこその別れの言葉、それが尊く、鮮やかなものに思える。

「ヴィヴィ」

「アーノルド様と、あの子のことは任せて。……ちゃんとできなくて、ごめんなさい」

アーノルドとの別れを済ませたエステラに、ヴィヴィは力不足を謝罪する。

結局、事態を未然に防ぐことはできず、ヴィヴィは知っていたはずの未来を回避し切ることができないまま、制御室を離れなければならない。

その謝罪するヴィヴィに、エステラは首を横に振って、

「いいえ、あなたには本当に助けられたわ。ホテルは……確かに、守り切れない。落ちてしまう。でも、オーナーを……ご兄弟の名誉は守れる。それは、ＡＩとして本望よ」

「――――」

「与えられた命令のために最善を尽くす。こんなことをしでかしたあの子を褒めることなんてできないけど……やっぱり、私とあの子は姉妹機みたいね」

エリザベスが、所有者に与えられた計画の遂行を目指したように。

エステラもまた、アッシュ・コービックに託された支配人としての役割に殉じる。

慰めになるかわからないが、確かに彼女らは、双子の姉妹だったのかもしれない。

「お願いね、ヴィヴィ」

「ホテル客と、スタッフのことは……」

「それだけじゃないの。ううん、それももちろんそうだけど、でも、それはあなたが果たしてくれるって疑ってない。だから、これは私の、最後のわがまま」

エステラが目を伏せ、長い睫毛に縁取られた瞳を、そっと横手に向ける。

そこには仰向けに、無重力空間を漂っているエリザベスの駆体があった。それから、彼女はヴィヴィの方へと視線を戻して、

「――忘れないで、ヴィヴィ」

「――」

「私が教えたことと……決して、許されないことをしたけれど、それすら忘れてしまったあの子のことを、覚えていて。――ヴィヴィ、あなただけは」

そのエステラの願いと、縋るような想い。

それはヴィヴィの陽電子脳に、意識野に、メモリーに、強く強く焼き付いて――。

――決して忘れまいと、それだけ誓い、ヴィヴィとエステラの関係は完結した。

9

――制御室に鳴り響くレッドアラート、船内には警告灯がうるさいぐらいに点滅する。

宇宙ステーション『サンライズ』は二度にわたる爆薬による損傷が原因で、地球への降下軌道を離脱することができない。

逆噴射用のスラスターは機能せず、現在、サンライズの機能を掌握するエステラにできることは、船内の破損区域を閉鎖し、不要となったブロックをパージ――宇宙ステーションの全体質量を減らし、大気圏突入時に機体が燃え尽きる可能性を向上させることと、地上へ落下した場合の被害を少しでも減らすことだけだった。

幸い、爆発の影響は宇宙ステーション全体を破砕させるほどではなく、少なくとも、エステラの被害軽減作業を妨げる要因は見当たらない。入念な計算の下、仕組まれた爆発だ。わかりやすい爆発物を使用せず、被害も逆噴射用のスラスターが動かなくなる程度に留めている。

おかげで、避難作業は何の滞りもなく進められていた。


『――皆様、ご安心ください。当機は有事の際の規定に則り、お客様を安全に機外へとお連れいたします。ご不便をおかけいたしますが、今しばらく、スタッフの指示に従い、落ち着いた判断をお願いいたします』


船内放送で呼びかけながら、エステラは空々しいと笑われそうな言葉を並べる。

二度の爆発、直前に不穏な揺れと、避難用の救命艇へと乗り込まされる状況――どれを並べても、事態が穏当な方向に進んでいないのは目に見えているではないか。

事実、船内モニターで確認できるホテル客の表情は不安げで、それはスタッフたちも変わらない。宇宙ホテルのオープン初日、これから始まる新生活と職場に、希望と期待を抱いていただろう彼らを、こんな目に遭わせてしまったのは痛恨の思いだ。

しかし、エステラが自ら選び、指示し、学ばせたスタッフたちだからこそ、こうした途方もない有事にも、安心してお客様を任せることができる。

そこに人とAI、存在としての差は何もなかった。

「――本当は、ヴィヴィにもそれぐらい仕込めればよかったんだけど」

時間が足りなかった。ヴィヴィ自身にそのつもりがなかったことの影響も大きい。

ヴィヴィの目的は、サンライズを墜落させる計画の阻止にあった。生憎、その計画は防ぎ切れず、ちゃんと助けられてあげられなくて、申し訳ないことをしてしまったけれど。

――意識野にそんなことを思うエステラの視界、貨物室のモニター映像に変化がある。

資材運搬用のコンテナが密集するエリア、そこに取り残されていたのは、ホテルの招待客の一人である尾白・ユズカという名の少女だ。

一人、貨物室で震えていた少女の下に、アーノルドを連れたヴィヴィが辿り着く。

途端、少女が弾かれたようにヴィヴィを見つめ、無重力の床を蹴ってヴィヴィへ飛びついた。

――その少女の手が、宙を泳ぐ『何か』を捕まえているのが見えて、エステラは目を見開く。それから、安堵と喜びに唇を緩めた。

「ルクレール」

少女の手にあったのは、四肢の部位パーツを外され、頭部と胴体だけが残った状態のルクレールだった。厳密には機能停止した彼女を、ルクレールと呼ぶことは間違いなのかもしれない。

ただ、ルクレールの駆体を回収し、取り残された乗客を連れて、ヴィヴィが貨物室を出ていくのを見届け、エステラは意識野の底からホッとした。

――これで、ルクレールは地上へ帰ることができる。

彼女を、このサンライズと一緒に灰にしてしまわないで済む。

アーノルドならば、ルクレールをきっと、アッシュ・コービックの眠る土地のすぐ傍に埋葬してくれるはずだ。ＡＩの埋葬、いかにも彼らがやりそうなことで。

そこに、自分がおそらく入れないだろうことは、悲しいことではあった。

「――――」

鳴り響く警告音をシャットアウトし、左腕をなくしたエステラは右腕だけを端末へ滑らせる。

宇宙ステーションの解体作業は継続中であり、緊急時のマニュアルに沿って、エステラは慎重に、しかし迅速に、必要な工程を消化していった。

ホテルの支配人として、宇宙ステーションの統括ＡＩとして、有事における対応マニュアルも、緊急時のシミュレーションも日々欠かしたことはなかった。

アッシュやアーノルド、ルクレールや馴染みのスタッフたちに、「心配しすぎだよ」と笑われるほどに、毎日、毎日、欠かさずに――。

こんな日がこなければいいと祈りながら、ありえた場合に備えて、毎日――、

『皆様、船が発進いたします。席をお立ちにならないようお願い申し上げます』


アーノルドと少女を連れたヴィヴィが救命艇へ到達し、点呼を行っていたスタッフから全員――垣谷を除いた全員が揃った旨が通信される。

道中、ヴィヴィが打ち倒した潜入工作員たちも、ＡＩスタッフに命じて身柄を確保、拘束した状態で救命艇に乗せている。倉庫の乗り心地は最悪だろうが、他のホテル客の安全のために、そのぐらいの我慢はしていただこう。

船内モニターにも反応はなく、船内に残ったものはいない。

それを確認し、エステラは救命艇の発進許可を出した。

『エステラ。――頑張って』

最後、『デイブレイク』から付き合いのあったスタッフが、サンライズと共に地上へ落ちることにな

るエステラに別れの言葉を告げた。

それが震える涙声であったことが、エステラの六年間の意義の一つとなる。

「あぁ……忘れたくない。消してしまいたくないな……」

忘れないで。覚えていて。

そう、ヴィヴィにお願いをした。ヴィヴィも、それを快く引き受けてくれた。

しかし、ヴィヴィが覚えていてくれるのは、ほんの短いサンライズでの時間と、おそらくは記録にも残らない、エリザベスという姉妹機が存在した些少な事実だけ。

エステラとエリザベスの姉妹機が、互いに別れ別れで過ごした日々、六年間の、それぞれの旅路、大切なメモリーは、どこにも残らなくなる。

すでにエリザベスの記録は消去されたあと、ひどく傲慢な悩みとはわかっていても。

――救命艇が、サンライズを離れていく。

通信も、徐々に届かなくなるだろう。

これ以上のホテル客やスタッフの安否は、あちらの救命艇側――大きなダメージを負った状態でも、そこらのＡＩよりよほど優れた超ＡＩが何とかしてくれるに違いない。

だから、こうして離れゆく救命艇に、エステラができることは。

サンライズの支配人として、できることがあるとすれば、それは――、

――エステラ、君はあれだな。すごく、いい声をしているな。

いつか、大切な人に言われた言葉が、エステラの意識野をふいに過った。

それがメモリーの再生だったのか、単なる過去ログを処理する過程で発生したノイズだったのか、エステラ自機にもわからない。

ただそれが、エステラにはまるで、今、まさにアッシュがかけてくれた言葉のようにも思えて。

『皆様、よろしければ右手をご覧ください』

絶えず、急速に変化する船内の状況に対処しながら、エステラはその負担を一切声に出さずに、統括AIとしての役割を全うする。

お客様に万全なサポートを。有事の際にも完璧な対応を。

――それが、『夜明けの歌姫』の役割だ。

『地球の外縁が明るくなっていくのがおわかりになるでしょうか。まもなく、欧州に夜明けがやってまいります。本日のロンドン、グリニッジ天文台の日の出時刻は――』

ゆっくりと、宇宙ステーションと救命艇、双方の右手側から太陽が昇ってくる。

それは大きな青い地球の向こう側、それを明るく照らしながら現れる、まさしく『夜明け』の瞬間――サンライズの光景だった。

これこそが、この光景こそが、アッシュ・コービックが夢見た宇宙の景色だ。

アッシュ・コービックの夢を、アーノルド・コービックとエステラが引き継いで、ルクレールやヴィヴィの助けを借りて、実現へとこぎつけた夢の光景だ。

――これを、大勢に見せたかった。このために、自分たちはずっと、これまで。

「――ッ！」

そうして、案内を続けようとした声が、突然の爆風によって遮られる。衝撃にセンサーを揺さぶられ、吹き飛ぶエステラが壁に激突、意識野が明滅する。

「――――」

空調を操作し、酸素濃度を調整していたのが仇《あだ》になった。

貨物室近くが出火し、真空状態を作り出して鎮火を試みたが、燃焼物を失った火種は消えたわけではなく、高熱状態で燻ぶっていただけだった。

それが設備をパージする過程の調整で酸素を取り込み、一気に拡大して爆発を起こしたのだ。結果、ステーション自体の被害は軽微だが、エステラがダメージを負った。

「く……」

元々、エステラの内部フレームはＡＩモデルとして標準仕様だ。それが度重なるダメージを負ったことで、頭部はひび割れ、左腕は失い、内蔵機能にも被害が拡大している。

それでも、ここで折れてはいられない。すぐに、作業を続行しなければ。

そんな自責の念に急き立てられるままに、エステラは体を持ち上げようとして――、

「――そんなボロボロで無茶すんじゃないわよ。バカじゃないの？」

「――――」

はすっぱな声が投げかけられ、倒れていた駆体が強引に抱き上げられる。見れば、それは退屈そうな顔で、自機も半壊した状態の姉妹機――エリザベスだった。

妹に当たる姉妹機は首を振り、エステラを見つめ、形のいい眉を顰める。

「これ、どういう状況？　いつの間に、アタシたちはボディが与えられたの？」

「ぁ……」

——忘れている。

初期化され、メモリーを消去されたエリザベスは、自機がサンライズにいかなる目的を持ってやってきたのか、どのようにしてこの状況を作り出したのか。

自機が誰に従い、誰の目的を果たそうとして、必死に足掻いたのか、全てを。

全てを、忘れてしまっていた。

「ま、別に口で説明してくれなくてもいいけど」

言いながら、エリザベスは片腕の状態で億劫《おっくう》そうに、エステラの額に自機の額を合わせてくる。額と額とが触れ合い、直後、姉妹機の間でデータリンクが行われる。

「——」

触れ合う瞬間、エステラはとっさの判断で情報を制限した。

エリザベスに渡せる情報は、ここが宇宙ホテル『サンライズ』であることと、サンライズは現在、地上へ向けて墜落中であり、落下は阻止できないこと。被害を可能な限り減らすために、エステラが対応していること。——そのぐらいだ。

原因と、エリザベスとの関係は情報制限するよりなかった。

それを知れば、彼女は——、

「——状況は、わかった。姉妹機で仲良く、鏡映しに腕パーツがなくなってるなんて運命的だし、しかもお互いの命運は長く続かないみたいだけど」

「エリザベス……」

「99・８％まで同じ陽電子脳でできた姉妹機だもん。最後の時を一緒に迎えるのに、これだけ相応しい関係もないだろうさ」

額を離したエリザベスが口の端を歪め、エステラを引っ張って制御装置の前へ。

爆風に紛れて一度は切った通信をオンにすると、左腕のないエステラの左側に立って、同じ作業の片方を分担して引き受ける。

中断した作業シークエンスが再開、オペレーションが続行する。

「――――」

「いつまで、妹だけに仕事させる気？　ボケーっとしてないで、燃え尽きる寸前までＡＩらしく仕事しなよ、姉さん」

棒立ちになるエステラに、エリザベスが噛みつくようにそう言った。

悪意と無縁の物言いは、純粋なエリザベスだけが持ち得た『個性』の発露であり、そんな姉妹機と一緒に行われるのは、不可能だったはずの姉妹機同士の共同作業だ。

――ないはずの胸の鼓動をエステラは錯覚し、微笑んだ。

「エリザベス、覚えている？」

「思い出話してる余裕がある状況？」

「並行作業でいいから。……本格稼働する前、まだ陽電子脳だけだった頃、私とあなたで話していたでしょう」

「――――」

「人に尽くす、ＡＩとして在りたいって」

――その一点だけを鑑みれば、間違いなくエステラとエリザベスは姉妹機だ。

互いに、決して所有者同士の思惑が交わらない、そんな運命に囚われたとしても。

「ちっ」

嫌な記憶を呼び起こされたとばかりに、エリザベスの横顔が苦々しく歪んだ。そんな姉妹機の反応がおかしくて、エステラは小さく喉を鳴らす。

鳴らして、自機がひどく、残酷なことをしている自覚に、意識野がひずんだ。

エリザベスの願いを忘れさせ、その計画の失敗を手伝わせている。

当の姉妹機はそんな事実を知らずに、ただ、姉の仕事をサポートして、自機がこのままどうして燃え尽きるのか、そんなことさえ知らないままに。

「よくわかんないけどさ。気付いたら、アタシはこんなとこいたわけだし。でも」

「でも？」

「姉さんと一緒に、人のためになることをしてる。――悪い気分じゃないよ」

そんな風に、ぶっきらぼうにエリザベスが言った。

その言葉にエステラは目を見開いて、それから、ゆっくりと唇を緩めると、

「――私たち、やっぱり姉妹機ね」

10

――最初に、その歌声に気付いたのは、ホテルの招待客の一人だった。

「――――」

救命艇の座席に座り、見舞われた事故の被害に自分の不運を呪っていた男だ。せっかくの宇宙旅行

にケチがついて、先々の不安に頭を重くしていた。

そんな折、通信回線越しに届く歌声に、男は顔を上げたのだった。

「……歌が、聞こえる？」

「え？」

ぽつりと呟く男の声に、周りにいた同じ境遇の招待客たちも顔を上げた。

そして、今もなお落下を続ける宇宙ステーション『サンライズ』、そこからの通信音声に乗って、歌声が届けられていることがわかった。

その歌声は、ほんの数時間前にショールームで聞き惚れた歌声そのものだ。

無論、音響設備は比べるべくもなく、音質も通信回線越しでは決して良いとは言えないものだったが、そうした不満を塗り潰すだけの力が、その歌声にはあった。

「歌ってる。エステラが……『夜明けの歌姫』が」

救命艇の窓越しに見える地球、その向こう側から太陽が昇ってくるのが見える。

宇宙ステーションの名前の由来ともなった『サンライズ』に『デイブレイク』、その美しく眩《まばゆ》い光景と共に、まさしく天上で聞き惚れる歌声が救命艇に響き渡っていた。

決して、事故に巻き込まれたことの不安や不満が掻き消えるわけではない。

しかし、歌は慰めであり、癒しであり、希望でもあった。

そして、『夜明けの歌姫』の歌声に耳を傾ける聴衆の中、一人の少女が声を上げる。

それは、事故の最中に集団とはぐれ、最後にＡＩスタッフに連れられて合流した少女だった。彼女は大きな丸い目を見開いて、薄い唇を震わせると、

「歌声、二つ聞こえる。……二人が、歌ってる」

その少女の言葉が真実であると、自然と周りのものたちも気付き始める。

『夜明けの歌姫』の歌声に、まるで交わるように重なる歌声があった。

それはあまりに自然で、最初からそうであることが当然のように、あるいは初めから一つだったのではと、そう思わせるぐらいに寄り添い合ったもので――。

「――綺麗」

誰かが、陶然とした声色でそう呟く。

それが誰がこぼした吐息であったのか、確かめる必要はどこにもなかった。

聞き惚れた誰もが、自然とそれに続いていく。

歌はなおも遠く、遠く、美しい夜明けの景色を映したままに冴《さ》え冴《ざ》えと。

――落ちゆく『サンライズ』と、昇ってくるサンライズとが、景色に重なる。

その景色と歌声を、人々は生涯、忘れることはないだろう。


後年、『落陽事件』のことが語られるとき、当時の関係者に話を聞けば、誰もが身も凍るような体験だったと話して――最後に、必ずその『歌声』に触れる。

――それは、過酷な状況でも燦然《さんぜん》と『夜明け』のように輝く、二人の歌姫の歌声であったのだと。

《了》

あとがき

本書をお買い上げ下さり、誠にありがとうございます。あとがき担当の梅原と申します。

さて、この一巻のあとがきでは、少し複雑な事情になっている本シリーズ、『Vivy prototype』の成り立ちまわりについて説明しようと思います。

元々本シリーズは、文字通りアニメーションの『Vivy -Fluorite Eye's Song-』のプロトタイプとして企画されました。いきなりアニメーションの脚本を書くのではなく、その叩き台となる物語をまず小説で作ろう、という試みでした。

つまり本シリーズは所謂「アニメーションのノベライズ」ではなく、かと言って「原作小説」でもありません。あえて言うなら、「原案小説」が一番近いでしょうか。

その証拠に、既にアニメーションの前半話数をご覧になって下さっている方はお気づきかと思いますが、物語の内容が小説とアニメーションではかなり異なっています。そもそも主人公であるヴィヴィの設定からして違いますし、小説の色々な要素を、どちらかと言えば削ぎ落とす方向で脚本にしています。

ですので本シリーズは、大きな流れ自体はアニメーションと同じながらも、構成や設定、登場するキャラクターなどは小説独自のものになっていることが多々あります。エピソードによっては結末自体が違います。

ぜひアニメーションと小説、両方をご覧ください。「小説のこの話がアニメーションではああなるのか」という楽しみ方、逆に「アニメーションのあの話は、元々はこういう話だったのか」という楽しみ方。いずれにせよ、より深く『Vivy』の世界に触れることができると思います。

そして、重要なことをもう一つ。

ここまであとがきを書かせておいてもらってなんなのですが、実は一巻に関しては、梅原は本文を一文字も執筆しておりません。全て長月さんが執筆されました。

というのも本シリーズは、まず全体のプロットを長月さんと梅原で作成し、以降は個々のエピソードをそれぞれ別々に執筆するという手法を取っているからです。続く二巻は一巻と逆で、梅原が本文を執筆し、長月さんがあとがき担当となっています。

一つの小説を複数人で書くというのは、梅原としては初めての経験でとてもわくわくしながら書かせて頂いたのですが、同時に結構なプレッシャーでもありました。

なにせ、相方があの長月さんなのです。

小説に対する経験値が違いますし、なにより長月さんの小説は面白い。この巻で特に印象に残っているのはヴィヴィとモモカの関係性とその展開で、このエピソードのトーンや雰囲気がこの物語を描いていく上で、一つの大きな指針となったと言っても良いと思います。最初に読ませて頂いたとき、モモカに降りかかる急激な運命に驚かされ、その展開の理由を長月さんに尋ねると、「いや、これはここで読者さんや視聴者さんをいきなりぶん殴るためにあるんですよ」と返ってきたことは今でも鮮明に覚えています。

あと、長月さんのファンの方ならお分かりかと思いますが、やっぱり双子の物語が上手い（笑）。

正直、サンライズのエピソードに関しては、二人でプロットを作ったときには、

長月「ＡＩものだったら、同型機のドラマは鉄板だと思うんですよ」
梅原「探査機のはやぶさが好きで。宇宙で役割を全うしながら燃え尽きるＡＩって良くないですか」

くらいしか決まっていなかったのですが、それをこんなお話に仕上げて頂けるとは。

梅原のお気に入りはエリザベスで、今後も登場するシスターズも含めて、唯一「ザべっさん」という愛称をつけて呼んでいます。

この巻のクオリティに負けないよう、次巻を執筆しています。

何卒、今後もヴィヴィの旅にお付き合い下さい。


最後に、謝辞になります。

エザキシンペイ監督以下、WIT STUDIOの和田さん、大谷さん、アニプレックスの高橋さんをはじめとするアニメーションスタッフの方々。貴重なご意見、大変助かりました。

編集の佐藤さん。変則的な執筆体制の中、様々なコントロールと調整、本当にありがとうございます。

イラストを担当して下さったloundrawさん。ご一緒出来て大変光栄です。この巻の表紙が送られて来たとき、「うわ、loundrawさんの画だ」（当たり前）と思ったのを覚えています。好きです。

執筆者の長月さん。面白い物語をありがとうございます。先陣を切って物語を紡いでいく方が圧倒的に難しいのにもかかわらず、その壁を見事に飛び越えて本シリーズを走り出して頂きました。引き続きよろしくお願いします。

そして、本書を手に取っているあなたに最大級の感謝を。

この物語があなたにとってなんらかの糧になるのであれば、それに勝る喜びはありません。

それでは、また。

梅原　英司

WIT NOVEL

Vivy prototype 1

発行日　2021年5月15日　初版発行

著　長月達平・梅原英司
Ⓒ長月達平　Ⓒ梅原英司

装画　loundraw

口絵・挿絵　FLAT STUDIO

協力　WIT STUDIO・アニプレックス

発行人　保坂嘉弘

発行所　株式会社マッグガーデン
〒102-8019
東京都千代田区五番町6-2　ホーマットホライゾンビル5F
編集　TEL：03-3515-3872　FAX：03-3262-5557
営業　TEL：03-3515-3871　FAX：03-3262-3436

印刷所　株式会社廣済堂

装幀　岩佐知昂（THINKR）

DTP　鈴木佳成（Pic/kel）

著者へのファンレター・感想等は弊社編集部書籍課「長月達平先生」係、「梅原英司先生」係、「loundraw先生」係までお送りください。
本作品はフィクションです。実在の人物・団体・事件等には一切関係ありません。

ISBN978-4-8000-1064-3